CW01638715

HOUSTON-OSAKA

Bryan Washington est le lauréat du Dylan Thomas Prize, du National Book Award pour les moins de 35 ans et du Ernest J. Gaines Award pour son recueil de nouvelles *Lot*. *Houston-Osaka* est son premier roman et a été finaliste du prix *Page*/America 2022.

BRYAN WASHINGTON

Houston-Osaka

ROMAN TRADUIT DE L'ANGLAIS (ÉTATS-UNIS)
PAR LAURENT TRÈVES

JC LATTÈS

Titre original :
MEMORIAL
Publié par Riverhead books,
un département de Penguin Random House LLC.

© Bryan Washington, 2020.
© Éditions Jean-Claude Lattès, 2022, pour la traduction française.
Cette édition est publiée avec l'accord de Sterling Lord Literistic
et l'Agence Eliane Benisti.
ISBN : 978-2-253-24433-2 – 1re publication LGF.

Pour A, D, et L

« Quels qu'ils soient, où qu'ils soient,
du moins c'est ce que je pense,
Les gens ne font que parler
des mêmes trucs de merde. »

Rachel KHONG

« Le monde est un endroit magnifique, terrible. »

Andrés NEUMAN

« Faut-il une raison pour aimer ? »

Terrace House, Masao WADA

BENSON

1

Mike va bientôt partir pour Osaka, mais sa mère est sur le point d'atterrir à Houston.

Elle va à peine rester quelques semaines, il me précise.

Maximum un mois ou deux. Il faut quand même que je parte.

La première pensée qui me vient c'est : putain de merde.

La deuxième, c'est qu'on a pas assez d'argent pour se le permettre.

Et puis je me rends compte qu'en fait, on a absolument rien mis de côté. Mais gérer les finances, ça a toujours été son truc à Mike, il a toujours été à l'aise au moment de partager l'addition. Et moi, je lui ai toujours accordé une confiance aveugle là-dessus.

Maintenant, il m'annonce qu'il veut retrouver son père. Le type est tombé malade. Mike veut le choper avant qu'il parte définitivement. Et moi je suis posé sur le canapé, à moitié en train de l'écouter, à moitié en train de charger mon portable.

Ça fait des années que t'as pas vu ta mère, je lui dis. Là elle vient pour *toi*. Je l'ai jamais vraiment rencontrée, moi.

J'ajoute, En plus tu l'aimes pas ton père, putain.

C'est vrai. Mais j'ai déjà acheté mon billet.

Mike continue, Et puis Ma sera encore là à mon retour. Tout le monde aime passer du temps avec toi. Elle va survivre.

Il est en train de casser des œufs au-dessus de la plaque. Il dépose les jaunes dans deux poêles différentes. Une fois qu'ils ont commencé à cuire, il les sale, puis il ajoute un trait de mayonnaise et quelques brins d'origan. Avant, Mike avait un vrai problème avec la sauce sriracha, il tirait la même gueule que s'il venait de se faire une hernie à chaque fois que je tendais la main vers la bouteille, mais là il en presse une aux couleurs bien délavées sur mon omelette, avant de mélanger le tout à l'aide d'une spatule.

Je lui demande pas où il va loger au Japon. Je lui demande pas non plus avec qui il va loger. Je lui demande pas où sa mère va dormir, ici, dans notre studio, ni en quoi ce plan consiste exactement. Le truc avec les trains en marche, c'est que parfois t'arrives à monter dedans. Certains gosses avec lesquels je bosse, c'est comme ça que leur famille a réussi à venir dans ce pays. Si tu tombes, t'es mort. Si t'es trop lent, t'es mort. Mais si t'arrives à prendre un bon départ, y a toujours l'espoir que les choses s'améliorent.

Du coup, je renverse pas la table basse. Ni l'une de nos chaises. Je vais pas lui rayer sa voiture, et je viens pas non plus la lui emboutir contre le mur du salon.

Après l'histoire de l'œil au beurre noir, on a arrêté de lever la main sur l'autre : on a tous les deux compris, en silence, que c'était le moins qu'on puisse faire.

Aujourd'hui, je me contente de sourire.

Je remercie Mike de m'avoir tenu au courant.

Je lui demande quand il part, et au même moment je réalise mon erreur. Je suis déjà en train de tendre le bras vers mon chargeur quand il répond : demain.

*

Tout va bien entre nous. C'est gentil de poser la question.

*

On est ensemble depuis quoi, quatre ans ? Enfin tout dépend de comment on compte. Ça fait des mois qu'on est pas allés en soirée, et quand on y allait, au tout début, personne savait qu'on baisait ensemble. Mike restait en retrait pendant qu'une petite Blanche s'immisçait dans mon espace pour me parler, puis il passait la main par-dessus mon épaule pour foutre un doigt dans ma bière.

Ou alors il éternuait, il s'étirait un peu, et s'essuyait le nez dans ma manche de chemise.

Ou alors il caressait mon portefeuille, tout doucement, avant de le remettre en place en lui donnant de petites tapes.

Une fois où on était invités à dîner, il a carrément passé toute la soirée la main sous la table, posée sur ma cuisse. Il promenait son pouce sur mon entre-jambe. De temps en temps quelqu'un regardait, et on voyait direct quand les gens finissaient par s'en rendre compte. Ils se redressaient. Ils nous souriaient avec un tout petit peu trop d'insistance. Mike leur demandait si y avait un problème, alors ils juraient que non. Et il recommençait à faire de grands sourires à tout le monde, sans jamais regarder dans ma direction.

On savait très bien de quoi on avait l'air. Et de quoi on avait pas l'air. Un soir, y a quelques semaines, on faisait la tournée des bars pour le boulot de Mike, et là il suffisait de nous regarder pour comprendre. Il bosse dans un café de Montrose. Ils servent une espèce de cuisine fusion à base de bols de riz et d'egg rolls préparés n'importe comment, même si, en réalité, c'est de la bouffe mexicaine, vu qu'à moins que tu t'appelles Mike, c'est des Mexicains qui l'ont faite.

Ils ont ouvert y a tout juste un an. Ils fêtaient leur premier anniversaire. Mike s'est porté volontaire pour les aider une heure, il retournait des tortillas sur les plaques à côté du DJ.

Je me sentais atrocement triste. Mike se sentait atrocement triste. Tous ceux qui passaient à côté de nous nous regardaient comme pour dire, Mmh. Ils nous posaient une main sur l'épaule. Ils nous demandaient depuis combien de temps on était ensemble. Ils voulaient savoir où on s'était rencontrés, comment on avait géré après le passage d'Harvey ; la musique était beaucoup trop forte putain, du coup Mike et moi on s'est contentés de hausser les épaules.

*

Pendant tout le trajet pour aller chercher sa mère à l'aéroport, j'ouvre pas la gueule, et quand Mike gare la voiture, je l'ouvre pas non plus. Même si IAH se trouve de l'autre côté du périphérique de Houston, y a toujours des embouteillages tout le long de la route. Quand Mike s'arrête au parking Arrivées, il coupe le contact, et je vois une longue file scintillante derrière nous, une minuscule constellation de voyageurs.

Mike porte une moustache maintenant. Plein de petits poils dépassent sur son visage. En général il taille tout ça, et sur le moment je me dis qu'il ressemble à une caricature de lui-même. On est assis au niveau du terminal, et notre situation pourrait pas être plus à chier, mais bon. Ça incite quand même à s'interroger.

Moi je m'interroge.

Et je m'interroge s'il s'interroge.

On a pas été très bons pour s'excuser ces derniers temps. Ce serait un bon moment, là.

Cet aéroport accueille 111 500 visiteurs par jour, et nous on est là, sur le podium des deux plus ridicules à y être entrés.

Mike lance un Hey.

Il pousse un soupir. Il me passe les clés. Il m'explique qu'il revient tout de suite, avec sa mère.

Il ajoute, Si t'essaies de nous abandonner sur le parking, sache qu'on arrivera à te retrouver.

*

C'est seulement à la toute fin de notre deuxième rencard qu'il s'est décidé à évoquer la question de la Race.

On s'était retrouvés dans un pub irlandais caché derrière Hyde Park. Sur la terrasse, tous les autres clients étaient blancs. J'étais un peu bourré, et quand j'ai dit à Mike qu'il était légèrement plus petit que mon mec idéal, il a lâché un « 'tss », en mode pourquoi tu t'en rends compte que maintenant.

Mike a demandé, Et si je te disais que t'es beaucoup trop poli.

Ouais, OK.

Ou que tu t'exprimes super bien.

C'est bon j'ai compris. Désolé.

T'as pas à être désolé, Mike a lâché, avant de me balancer un coup à l'épaule.

C'était la première fois qu'on se touchait ce soir-là. Le barman a jeté un coup d'œil dans notre direction, sans trop comprendre ce qui se passait.

J'espère juste que tu me vois comme un être humain à part entière.

En dehors de mon sex-appeal évident, je veux dire.

Ta gueule, j'ai répondu.

Mike a repris, Nan, sérieux, arrête de déconner. Moi Mifune, toi Yasuke.

Arrête ça, OK.

Ou peut-être qu'en fait, on est juste Bonnie et Clyde putain, il a continué.

*

Trois flics différents viennent jeter un œil dans la voiture pendant que Mike attend encore au retrait des bagages. Je souris aux deux premiers. Je fronce les sourcils quand le troisième se pointe. Il tape contre la vitre, en mode T'attends quoi là putain, et quand je lui montre du doigt l'entrée de l'aéroport, il se contente de froncer les sourcils.

C'est à ce moment que je les vois sortir. Le premier truc qui me vient à l'esprit c'est qu'on comprend direct qu'ils sont de la même famille. La mère de Mike est voûtée, juste un peu, et lui est en train de tirer sa valise derrière elle. À une époque, ils se voyaient chaque année : elle prenait l'avion pour lui rendre visite. Ces derniers temps, leur relation est plus instable. Elle a arrêté de venir au moment où j'ai emménagé avec Mike.

Le moins que je puisse faire, c'est leur ouvrir le coffre. J'aurais adoré être le genre de type qui bouge pas, mais bon.

Mike aide sa mère à régler le siège arrière ; elle me lance même pas un regard. Elle s'est fait un chignon. Elle porte un coupe-vent bleu vif, un masque chirurgical, et un maquillage à peine visible.

Mike demande, Ma, t'as faim ?

Elle marmonne un truc en japonais. Elle hausse les épaules.

Ma.

Il me regarde. Il lui repose la question. Puis il abandonne, lui aussi.

Elle répond un truc, il lui répond un truc, et puis un autre type en charge de la circulation se pointe à la vitre. C'est un Latino musclé, tout serré dans son gilet jaune fluo. Il a le crâne rasé comme s'il était à l'armée. Je vois ses lèvres bouger derrière la vitre, du coup je me décide à la baisser, et là il me demande si tout va bien.

Je lui assure que c'est bon, on va bouger.

Alors bouge.

Les mots suivants sortent de ma bouche avant que je puisse en saisir le goût. Un peu comme la gravité. Je lui dis, Ça marche fils de pute, on se casse.

Mais le Latino nous jette un regard noir. Avant qu'il puisse répondre quoi que ce soit, des coups de klaxon retentissent derrière nous. Il m'observe à nouveau, et puis il s'en va, tout en se grattant le torse et en se retournant parfois vers notre voiture d'un air embarrassé.

Quand je remonte la vitre, Mike est en train de me fixer. Sa mère aussi. Elle dit un truc en secouant la tête, pendant que je nous introduis dans la circulation.

J'allume la radio, je tombe sur Meek Mill.

Je change de station, et je tombe sur Migos.

Je finis par éteindre ce putain d'appareil. On arrive enfin sur l'autoroute.

D'un coup, on est qu'un soap opera de plus parmi beaucoup d'autres, mais c'est à ce moment-là que la mère de Mike se met à rire en secouant la tête.

Elle lance un truc en japonais.

Mike ouvre la boîte à gants et dit, Ma.

*

Mes parents font comme si j'étais pas gay. Ça leur est plus facile qu'on le penserait. Mon père vit à Katy, à l'ouest de Houston, et ma mère a décidé de rester à Bellaire, même après son deuxième mariage. Avant ça, on allait souvent dîner au centre-ville avec presque toute la famille. Mon père était météorologue. Y avait comme un enjeu de statut social. Il passait à la maison pour nous prendre, ma sœur, ma mère et moi, avant de nous emmener sur l'I-45 juste pour aller dîner avec ses collègues, et il commandait toujours le plus gros plat du menu pour notre table : du porc cuit dans du jus qui débordait des plateaux, ou des kilos de crabes à la vapeur qui grésillaient encore sur leur lit de bok choy. Et il appelait ça du Travail, vu qu'il était tout le temps en train de Travailler.

L'une des questions qu'il aimait bien nous poser c'était, Combien vous avez déjà vu de négros présenter la météo ?

Ma mère cherchait jamais à débattre avec lui, à l'engueuler, ou à faire quoi que ce soit de ce style. En général, elle se contentait de répéter ce qu'il avait dit. Elle imitait sa façon de parler. C'était ça son truc. Elle faisait comme s'il était en train de dire quelque chose d'important, comme s'il était une espèce de patron, mais mon père est plutôt un petit employé, du coup ses tactiques fonctionnaient exactement comme on peut l'imaginer.

Grosse journée aujourd'hui, disait-elle, au milieu des bouchons sur la 10.

Ces prévisions sont impressionnantes, affirmait-elle alors que mon père venait de balancer un verre de vin contre le mur de la cuisine.

Je te promets, vraiment, c'est le dernier, assurait-elle en le regardant droit dans les yeux, tandis que lui, bourré, faisait de grands gestes désespérés en s'agrippant à ses genoux, jurant que plus jamais il toucherait à la moindre bière.

Elle a fini par le quitter. Lydia est partie avec notre mère, ce qui l'a forcée à changer d'école. Je suis resté en banlieue, dans mon ancien collège, et mon père a continué de boire. Il vivait de ses économies après s'être fait virer parce qu'il est arrivé déchiré à l'un de ses bulletins live. Parfois il assurait des remplacements de SVT au lycée, mais la plupart du temps il traînait sur le canapé à huer heure après heure les prévisions météo diffusées sur KHOU.

Parfois, lors de rares moments de sobriété, il m'arrivait de le trouver en train de corriger des copies quand je rentrais à la maison. L'un des gamins avait répondu *anticipation* au lieu de *précipitation*. À la question « Expliquez ce qu'est un cumulus », un autre avait fait de petits gribouillis ronds partout sur la page. Un jour, mon père a posé trois devoirs les uns à côté des autres sur une table déjà beaucoup trop en bordel, tous avec la même écriture et juste trois noms différents.

Il les a montrés d'un grand geste de la main, en me demandant pourquoi tout était tout le temps putain de *compliqué*.

*

Au bout de quelques mois ensemble, Mike m'a dit qu'on pouvait être ce qu'on voulait. Peu importe ce que ce serait.

Je suis vraiment pas difficile, il a ajouté.

Moi si, j'ai répondu.

Ça va pas durer. Laisse-moi juste un peu de temps.

*

Il est minuit passé quand on arrive dans notre quartier. La plupart des lumières sont déjà éteintes. Quelques gamins agglutinés sur le trottoir fument de l'herbe ; ils font les cons avec des pétards.

Quand on en entend un exploser derrière nous, les gamins se tirent direct. C'est leur délire du moment. La mère de Mike bronche même pas.

Ma, on est arrivés à la maison, Mike lui dit.

On habite dans le Third Ward, un quartier de Houston historiquement noir. Notre appartement est beaucoup trop grand. Ça n'a pas de sens. À une certaine époque, c'était un quartier plutôt riche, ensuite le crack est arrivé et l'argent s'est envolé. Par moments, on entend des coups de feu, des gens qui se battent ou des fils de pute qui roulent beaucoup trop vite. Mais récemment, le quartier s'est fait envahir par des fraternités qui viennent de la fac située un peu plus haut. Y a aussi une poignée de profs et d'autres gens du style. Et quelques poches de gosses de riches qui jouent aux pauvres. Les Noirs qui vivent ici depuis des décennies les laissent faire, trop contents que, comme la science l'a montré, les gosses blancs gardent les flics à distance.

Nos voisins directs viennent du Venezuela. Ils ont genre neuf gosses. Les autres sont des grands-parents noirs qui ont toujours vécu ici. Toutes les quelques semaines, Mike prépare à manger pour ces deux familles ; il leur cuisine de la sopa de pescado, de l'igname, des macaronis et du riz. Il en a jamais fait toute une histoire ; il se lève et il s'y met. Après plusieurs fois, j'ai demandé à Mike si c'était pas un peu condescendant.

Mais, à un moment, j'ai remarqué que les gens l'autorisaient à traîner sous leur porche. Il taquinait leurs gosses tout en s'appuyant contre la rambarde en bois. Parfois ces familles noires l'invitaient à entrer et lui montraient des photos de leurs petites-filles.

Mike vivait ici depuis des années. J'ai quitté la maison de mon père pour la sienne. La première nuit dans ce nouvel appart, j'ai pas pu fermer l'œil à cause du bruit. Mike m'a dit que je finirais par m'y faire. Pour être honnête, j'en avais aucune envie.

À présent, la mère de Mike enlève ses chaussures devant la porte. Elle passe la main le long du mur. Elle tape doucement sur le comptoir de la cuisine et donne de petits coups de pied contre le bois. Quand elle arrive dans le couloir, Mike me fait un grand sourire, le premier depuis des mois, et c'est à ce moment-là qu'on l'entend : tout doucement au début, après quelques hoquets. C'est la mère de Mike en train de pleurer.

*

Quelques années après leur séparation, mes parents m'ont emmené à Montrose pour qu'on déjeune tous ensemble. On s'était pas retrouvés à la même table depuis des années. Lydia avait globalement coupé les ponts ; elle avait déménagé, elle était passée à autre chose, et elle m'avait dit de faire pareil. À la place, j'ai préféré commander un Reuben.

La semaine précédente, mon père était tombé sur un gars en train de me branler. Personne de très important. On s'était rencontrés sur une appli de baise. Mon père avait ouvert la porte, puis il avait toussé avant de carrément dire Excusez-moi, tout en sortant de la chambre. Le garçon à côté de moi avait tiré une gueule genre, Bon on continue ou quoi.

Cette nuit-là, une fois le gars parti, j'avais attendu que mon père vienne m'en parler. Mais il s'était contenté de s'asseoir sur le canapé et de chercher une échappatoire en s'enfilant deux packs de bière. L'incident s'est évaporé. Avant de repartir, le type m'avait demandé si on pourrait se revoir, et je lui ai répondu que je pensais pas non, vu qu'on allait sans doute nulle part. J'avais pas encore compris qu'y a juste un nombre fini de personnes qui s'intéressent à toi.

Quand notre serveur, un mec tout maigrichon à la peau foncée, nous a demandé s'il nous fallait autre chose, j'ai répondu un peu trop vite. Il a souri. Et puis ma mère a souri.

Tu sais que tu peux nous parler, elle a dit.

À tous les deux, elle a ajouté.

Ma mère sentait le chocolat. Mon père avait mis sa belle chemise. Jamais t'aurais pu penser que cet homme avait balancé sa femme contre un mur. Ni que cette femme, tout de suite après, lui avait planté une fourchette dans le coude.

Trop bien. Merci.

De n'importe quel sujet, ma mère a continué, en posant sa main sur la mienne.

J'ai eu un léger sursaut, alors elle l'a retirée. Mon père a pas ouvert la gueule.

Ce soir-là, mon père m'a déposé devant la maison. Il m'a dit qu'il reviendrait le lendemain matin.

À peine une heure plus tard, j'ai envoyé un message au garçon de l'autre jour. Quand je lui ai ouvert la porte, il avait pas l'air trop sûr, mais une fois que je lui ai touché le poignet il a affiché un immense sourire.

Je l'ai laissé me baiser sur le canapé. Et puis dans la cuisine. Et une nouvelle fois dans la chambre de mon père. On l'a fait sans protection.

Il est reparti le matin même, mais pas sans qu'on ait pris le petit déj ensemble. Il venait des Philippines et parlait avec un fort accent. Il m'a dit qu'il voulait devenir avocat.

*

Un jour, au bout de deux ans ensemble, j'ai raconté tout ça à Mike. On était en train de faire les courses. Il était occupé à caresser le gingembre, le chou et le bacon.

Arrivé à la moitié de mon histoire, il m'a arrêté pour demander à un employé où trouver du kombu.

Il m'a dit, Ils ont vraiment l'air adorables dans ta famille.

Et toi, Mike a continué, t'es un vrai bébé. T'es juste un garçon très chanceux.

Et puis un autre jour, quand je me suis réveillé Mike était déjà parti au resto. Il avait oublié son portable près de l'évier. J'avais pas l'intention d'y toucher, mais à ce moment-là l'écran s'est allumé, du coup je l'ai pris.

Je connaissais pas, et je connais toujours pas, le type dont la bite est apparue sous mes yeux.

Juste une seconde.

Ensuite elle a disparu.

Ce genre de scènes tu les vois dans les films et les conneries du style, et à chaque fois tu te dis que jamais ça pourrait t'arriver. Évidemment que tu réagirais direct. Tu balancerais le truc à l'autre bout de la pièce.

Quand Mike a frappé à la porte pour récupérer son portable, j'ai seulement pointé un doigt vers l'évier, sans rien dire.

Attends deux secondes, il a dit, y a un problème ?

Nan, j'ai répondu.

Dis-moi.

Je suis crevé, c'est tout.

Mike a répondu, Tu bois pas assez d'eau c'est pour ça, avant de carrément s'asseoir pour me servir un verre.

J'ai jamais ouvert ma gueule à propos de cette photo. Mais t'aurais raison de dire qu'elle m'a pas mal travaillé.

*

Mike explique qu'on va faire dormir sa mère sur le clic-clac.

Demain tu pourras prendre la chambre, il lui dit en me regardant.

Sa mère répond que dalle, mais au moins elle a arrêté de pleurer. Elle pose ses valises sur le comptoir de la cuisine, puis elle reste debout, bras croisés. On soulève le matelas du canapé, on y met les draps et couvertures que Lydia nous a passés, et quand je file dans ma chambre pour y chercher des oreillers, je me dis qu'en fait j'ai pas envie d'en sortir.

Le truc avec notre appart, c'est qu'y a pas grand-chose à nettoyer. La majorité de mon salaire part dans le loyer, et Mike dépense la moitié du sien en bouffe. Ce qui, en y réfléchissant bien, laisse largement de quoi se payer un billet d'avion. C'est vrai, il reste largement assez pour aller à l'autre bout du monde.

Ils sont encore en train de se crier dessus quand je me mets au lit. Un truc super lourd tombe par terre. Je me lève pas pour aller voir. Et quand Mike finit par me rejoindre en fermant la porte, j'entends sa mère sangloter derrière lui.

Elle a l'air de bien encaisser, Mike dit.

Tu l'as pas franchement prévenue. Elle prend un avion pour venir te voir, et toi t'en prends direct un autre pour te barrer, putain.

C'est pas juste. Tu sais très bien pourquoi.

C'est pas juste pour elle non plus.

Ça va. Elle va s'en remettre.

C'est si facile de t'aimer.

Il continue, Ma demande pas beaucoup d'entretien. T'auras rien à faire, si c'est ça qui t'inquiète. Au bout de quelques jours, t'auras carrément oublié qu'elle est là.

Je m'apprête à demander, Elle parle anglais au moins ?

Et je me retiens.

Et puis je lui demande.

Mike dit, Tu déconnes là. Il enlève sa chemise.

Pas du tout.

Je dirai pas que c'est raciste, Mike répond. Mais c'est vraiment dégueulasse. Pendant un instant, j'ai cru que t'en avais sincèrement quelque chose à foutre.

Il enlève son pantalon, avant de le fourrer dans son sac. Il a encore grossi, mais c'est pas nouveau. Ça m'a jamais posé problème, ça a jamais été un truc que je méprisais, sauf que là, pour la première fois, j'ai comme un haut-le-cœur.

Mike me voit. Il réagit pas.

Il dit, Tu pourras lui apprendre. Si c'est tellement important pour toi. Un mot après l'autre.

Tu déconnes.

Je fais mon sac.

*

Ma sœur l'a rencontré par accident. Ça s'est passé à Halloween, dans un bar derrière Westheimer. Je l'avais laissé pour aller pisser, et quand je suis revenu à la table, Lydia était à côté de lui, en train de remuer une paille dans son Coca. Elle portait une espèce de tenue de sorcière avec beaucoup trop de lanières. Mike avait mis une toge. J'étais déguisé en moi-même.

J'étais justement en train de discuter avec Mark, Lydia a dit.

Tu m'avais pas dit que t'avais une grande sœur, Mike a enchéri.

Ils ont continué leur conversation pendant un moment. Lydia a recommandé des verres. Quand je lui ai demandé si elle était pas censée être à un rencard là, elle m'a répondu en souriant qu'elle allait devoir le décaler à un autre jour. Ça là, elle a dit, c'était un truc unique. Plus jamais elle rencontrerait de nouveau le copain de son petit frère.

Lydia avait l'âge de Mike. Donc quelques années de plus que moi. Elle écrivait des articles pour le Buffalo Soldier Museum situé au centre-ville. Si tu lui disais que t'avais jamais entendu parler de ce genre de musées à Houston, elle te répondrait que c'est parce qu'il est fait pour les négros.

Mais ce soir-là, elle a été plutôt cool. Elle a ri à nos blagues. Elle nous a payé d'autres bières.

Avant la dernière tournée, Lydia a filé son numéro à Mike.

Mike a dit, Waouh, c'est une première.

La vie est longue, Lydia a répondu.

À ta santé alors.

Plus tard cette nuit-là, Lydia m'a envoyé un message.

Il est marrant.

Elle a ajouté, Trop marrant pour toi.

*

De nous quatre, Lydia et mon père avaient la peau la plus foncée. À chaque fois qu'on allait au resto quand on était gosses, elle et moi on s'asseyait toujours du même côté de la table. Sinon, on prenait le risque que les serveurs sortent deux additions séparées, le genre de truc dont mon père reparlait pendant des mois. On revenait plus jamais manger dans ces restaurants-là.

*

Il est tard quand Mike se met à me toucher ; j'y pense pas vraiment avant qu'on ait commencé. Ensuite, on écrase nos corps l'un contre l'autre, tout en entremêlant nos jambes et nos coudes.

Sa langue presse la mienne. Mon nez lui mitraille le nombril. Quand t'es avec quelqu'un, à un certain moment tes réactions deviennent purement mécaniques. T'as déjà fait tout ce qu'y avait à faire.

Mais à de rares occasions, l'autre devient presque un étranger, un visiteur offert à tes mains.

Et voilà, on s'embrasse pour la première fois depuis des semaines, je commence à sucer Mike, qui décide alors de lever les genoux.

Je lui montre le salon du doigt.

Grandis, Mike me lance.

Et avant qu'il ajoute quoi que ce soit, je lui ai mis un doigt, puis quatre. Comme si je pétrissais de la pâte. Il se met à rire. Il s'arrête une fois que je suis en lui.

Il est serré, mais à ma taille.

Je regrette de pas tenir plus longtemps.

Quand on a fini, Mike va aux toilettes en se dandinant, alors que je fixe son sac de voyage rempli. Lorsque je me réveille, il est revenu au lit et il dort encore, les bras enlacés autour des épaules.

Ce serait le bon moment pour lui demander de rester, mais je le fais pas.

Je regarde sa poitrine qui se soulève et retombe, encore et encore.

*

Au bout de quelques rendez-vous, Mike m'a raconté une blague. On était chez lui, et je venais tout juste de le laisser me baiser. On avait pas dépassé le canapé. C'était plutôt pas mal globalement, à part deux trois trucs, comme le fait qu'il me mette son pouce dans la bouche, que je le recrache, que je le baise trop vite, qu'il me dise *ralentis*, que je rigole, qu'il jouisse immédiatement, et que moi je mette une éternité.

Mais ça a fini par arriver.

Ensuite, j'ai passé ma paume sur sa cuisse. Il caressait ma tête posée sur ses genoux.

OK, alors, Mike a dit, un Niak et un négro entrent dans un bar.

Et, j'ai demandé.

C'est tout, Mike a continué. C'est ça la blague.

2

Je suis réveillé par des portes de placard qu'on claque. Je tends la main pour attraper ma boîte de médicaments. Et puis pour toucher Mike, mais il est pas là.

Son sac est parti, lui aussi. Il a pas éteint la lumière de la salle de bains. Me laisser un mot aurait visiblement été trop lui demander, je regarde quand même s'il m'en a écrit un, au cas où.

J'ai reçu un message, malgré tout : MITSUKO HARA.

Et : VÉRIFIE QU'ELLE PREND BIEN SES MÉDOCS, ELLE OUBLIE TT LE TEMPS.

Et puis : C'EST MON PÈRE, BEN. C'EST VRAIMENT PAS TOI.

*

Mitsuko est à la cuisine ; elle ouvre des trucs au hasard, elle regarde à l'intérieur, les referme. De l'eau est en train de bouillir sur la plaque. Y a une tasse posée sur le comptoir. Elle a déjà préparé du riz, coupé un concombre en tranches et poché un œuf quand je pose le pied sur le carrelage, mais elle lève pas les yeux, elle me calcule pas.

Et puis elle me salue de la tête.

Elle demande, Tu travailles.

Quoi.

Tu travailles pas, Mitsuko fait en secouant la tête.

Si. Surtout l'après-midi.

Et ça ressemble à quoi ?

Je bosse dans une garderie.

Donc t'es instit.

Plutôt baby-sitter.

Mitsuko répond rien à ça. Et j'essaie pas de la forcer.

La mère de Mike est du genre compacte, comme lui, mais en plus vive. Robuste. Elle termine son bol avant de se retourner pour faire la vaisselle. Je lui dis qu'elle a pas besoin de s'embêter avec ça. Elle réagit même pas.

Quand elle a fini, elle essuie l'évier et remet tout en place dans les placards. Aucune idée d'où elle a trouvé le chiffon. Mais pendant qu'elle remet sa veste et récupère les chaussures qu'elle a laissées à la porte, je lui demande si elle a pris ses médicaments, alors Mitsuko finit par me regarder.

Elle dit, Tu rigoles.

Mike vient de m'en parler.

Incroyable. C'est ça qu'il t'écrit.

Je suis désolé.

Mitsuko me répond, Et maintenant tu t'excuses. Eh bien, t'arrives trop tard.

Et tu fais trop de bruit, elle ajoute.

Ça vaut pour vous deux, Mitsuko lance avant de fermer la porte. Toute la nuit. Comme des chiens.

*

Le nouveau mari de ma mère est nigérian. Il est pasteur. Ils ont une espèce de spitz nain et deux garçons. Elle habite dans un quartier fermé par une barrière, ils y organisent des fêtes entre voisins et des dîners où chacun apporte à manger, mais la première fois où j'ai montré leur photo de Noël à Lydia, celle qu'ils ont envoyée à mon père par la poste, elle a poussé un hurlement.

Ce chien, elle a dit.

Il est affreux putain.

*

En général, je vais au travail à vélo. C'est Mike le propriétaire de la voiture. Elle est à son nom, mais maintenant qu'il est parti je la conduis, juste pour voir ce que ça fait. Pour sentir la chaleur du volant usé sous mes doigts, le tissu déchiré contre mon pouce et le siège affaissé, sans doute à cause du cul de Mike. J'essaie de me mettre à l'aise, seulement y a encore un truc qui va pas. Après avoir tout tenté pour ajuster le rétro intérieur, j'abandonne et décide de faire la route à l'aveugle.

La plupart du temps, c'est toujours les huit mêmes gosses qui viennent à la garderie. Y a Hannah, qui a les cheveux défrisés. Thomas, qui s'est fait des vanilles. Xu et Ethan sont frères jumeaux, et Marcos a une sœur qui s'appelle Silvia. Et puis y a Margaret, qui a environ un an de plus que les autres, et Ahmad, le gosse noir tout le temps seul, qui a genre deux ans de moins.

Je bosse avec un autre type, Barry, qui est gros, blanc et crade. Et y a Ximena, qui est rien de tout ça. On pourrait dire qu'on forme une équipe. Notre boss passe parfois en fin d'après-midi, elle se contente surtout de gérer l'argent et les plannings. Donc à part quand elle doit nous filer nos chèques, on considère qu'elle a déserté.

Quand j'ouvre les portes en titubant, Ximena me salue de la main. Elle surveille Ethan et Xu, qui sont sur les balançoires. Alors qu'Ahmad revient du bac à sable en courant, le doigt pointé vers rien du tout, je le soulève en le prenant par les coudes. Il rigole. C'est notre Truc à nous.

Je parle à Ximena de l'histoire avec Mike.

Elle dit, Tu déconnes.

Nan.

OK, t'as déjà parlé à sa mère là ?

Elle a parlé dans ma direction.

Dans ma direction, Ximena répond.

Quand j'étais dans les parages.

Et ?

Je sais pas. C'est la maman de Mike, j'ajoute.

Nan. Y a les mères, et puis y a les mamans. Et ensuite y a les ma*mas*.

Ximena vit encore avec sa mère, elles élèvent son gosse à deux. Elle adore raconter ça, qu'elle élève son enfant de six ans avec sa mère. Avant elle était en fac de médecine, mais elle a tout arrêté. À chaque fois que les pères viennent récupérer leur gamin à la garderie, ils restent traîner avec elle près de l'accueil.

Y a un bout de temps, j'ai questionné Ximena, pourquoi elle acceptait de flirter comme ça. Elle m'a demandé si j'avais déjà vu un cadavre.

On s'en fout qu'il ait cinquante ans de plus ou à peine vingt, elle a continué, un corps est un corps est un corps.

Mais il se trouve que Ximena va se marier, de nouveau, dans quelques semaines. Avec un petit Blanc qui nettoie des dents pour gagner sa vie. Je l'ai rencontré exactement une fois.

Avant que je parte déjeuner, Ximena me touche le coude.

Au moins regarde le bon côté des choses, elle me dit. Ça aurait pu être le père de Mike.

Mike aurait aussi pu te quitter pour un autre homme.

*

Au bout de notre septième, huitième ou neuvième rendez-vous, j'ai questionné Mike au sujet de ses parents. J'avais commencé à passer certaines nuits chez lui. On commandait des pizzas à un seul ingrédient et on s'enfilait du vin de station-service.

Il m'a regardé longtemps avant de finir par me répondre.

Ma a grandi à Tokyo, Mike a dit. C'est là qu'elle s'est fait foutre en cloque. Elle m'a eu là-bas, elle a déménagé ici, et puis elle a décidé de rentrer à la maison.

Au Japon ?

Voilà.

Mais t'as pas voulu partir avec elle, j'ai demandé, alors Mike a fait une gueule cheloue.

Nan, c'est ici ma vie. Et Ma sait s'adapter. C'est d'elle que je tiens ça.

Et ton père.

Quoi mon père, Mike a répondu.

T'en as pas du tout parlé.

J'en ai pas du tout parlé.

*

Un soir, Mike m'a raconté que son père avait frappé Mitsuko. On était au Warehouse pour écouter ses potes jouer de la guitare dans un groupe inconnu. Ils sont montés sur scène en se vautrant plus ou moins, déjà un peu défoncés, avant de trafiquer les boutons d'amplis sur lesquels la reverb était largement trop puissante. Un gosse en mariachi a soufflé dans sa trompette. Le public, à moitié endormi, hochait la tête derrière nous en marquant les 1 et les 3.

J'étais pas sûr d'aimer cette scène. Mike m'avait dit que son ex y jouait. J'avais tenté de m'imaginer la tête du type, je m'étais demandé lequel c'était, mais à un moment Mike s'est mis à bâiller et m'a demandé si je voulais bien partir.

Déjà ?

Mike a répondu, Il nous a vus. Ou plutôt je crois qu'il nous a vus. Il a eu plusieurs occasions.

On fumait nos cigarettes électroniques juste devant l'entrée quand il m'a parlé de son père. Un couple en train de promener son pitbull est arrivé au croisement derrière nous. Quand il nous a aboyé dessus, Mike lui a montré les dents, alors le chien a fermé sa gueule en regardant ses maîtres, qui ont regardé Mike, qui m'a regardé.

Ma lui a rendu le coup avec une poêle. On vivait aux US à cette époque.

Putain, j'ai lâché.

Elle l'a mis KO et tout. J'ai vraiment pensé qu'elle l'avait tué. Et puis elle m'a hurlé dessus pour que je l'aide. Mais elle criait trop vite, en japonais en plus, du coup je comprenais rien.

On se serait cru dans un film, Mike a dit en continuant à fumer. Je pense qu'elle m'a toujours pas pardonné.

Quand les réverbères se sont allumés, le couple a poursuivi sa balade. Le pitbull a légèrement mordu un cycliste, qui s'est presque ramassé la gueule.

Les films s'inspirent de la vie, j'ai dit.

Pas toujours.

*

Quand je rentre du boulot, Mitsuko est en train de feuilleter un magazine. Elle fixe mes chaussures, du coup je fais demi-tour pour les laisser devant la porte.

Je me dis qu'il faut bien que j'essaie.

Alors, vous avez passé une bonne journée ?

Est-ce que j'ai passé une bonne journée ?

Mon fils quitte le pays le lendemain de mon arrivée, elle continue.

Il me laisse avec je sais pas qui pendant je sais pas combien de temps, elle ajoute.

Ça fait des années que je l'ai pas vu, et il s'en va pour chercher mon ex-mari, qui est en train de crever d'un cancer au moment même où on parle.

Mitsuko conclut, J'ai passé une putain d'excellente journée.

Je tremble légèrement tout en essayant de sourire. Je lui dis que je dois aller dans la chambre, juste une minute. Mais je décide de m'allonger, je me blottis sous une couette, et je me relève pas avant plusieurs heures.

Je me réveille vers minuit. Y a encore de la lumière au salon.

J'envoie un message à Mike.

J'écris, C fini entre nous.

J'écris, Je t'emmerde.

J'écris, C terminé connard.

J'écris, Cmt ça va, et c'est ça que j'envoie.

*

Ma mère m'a parlé de son nouveau mari en premier. Elle me faisait confiance, ou du moins c'est ce qu'elle racontait. Du coup j'ai rien dit à Lydia. Ni à mon père. Je l'ai regardé entrer et sortir de chez lui, parfois accompagné d'une femme qu'il fréquentait, parfois pas.

Elle s'appelait Carlotta. Elle restait dormir de temps en temps. Quand ça arrivait, elle préparait des œufs et du queso fresco le lendemain matin. Elle venait de San Antonio, elle habitait avec ses frères près du lycée, et elle répétait tout le temps à quel point elle regrettait que je sois pas hétéro parce que j'aurais été parfait pour sa fille.

Elle finit toujours avec des mauvais garçons.

Je suis pas tellement mieux, j'ai répondu.

Alors Carlotta m'a observé un instant, avant de se remettre à hacher de la coriandre.

C'est pas la même chose, elle a répondu dans un grand sourire.

Je sais pas quand mon père a appris pour ma mère, le moment précis je veux dire, mais Carlotta a fini par arrêter de venir. Et puis mon père est plus sorti de la maison pendant toute une période.

Il restait surtout assis dehors sous le porche.

Il s'est mis à dire *s'il te plaît*.

Un matin, à peu près à cette époque, j'ai été réveillé par la sonnette. Il devait être maximum 4 heures. Deux hommes étaient en train de soutenir mon père, en slip et débardeur, avachi sur leurs épaules, le regard perdu.

L'un d'eux a demandé, *Es tu papa ?*

Sí, j'ai répondu, *lo siento*.

Lo encontramos por allá, le type a dit en montrant du doigt des arbres situés de l'autre côté du pâté de maisons.

Es not safe, l'autre type a ajouté.

Lo siento, j'ai répété, et puis ils me l'ont passé.

Necesitas cuidarlo, le premier type a précisé tout en se grattant l'épaule.

Après ça, mon père a ri en hoquetant toute la matinée. Il racontait n'importe quoi, jusqu'à ce que, d'un coup, il tombe dans les pommes.

Le lendemain, il m'a demandé de descendre avant le petit déjeuner. Il m'a expliqué qu'il avait un truc à me dire. À propos de ma mère.

J'ai essayé d'avoir l'air aussi surpris que possible.

3

Il fait encore noir quand je me lève le lendemain matin, mais Mitsuko est déjà en train d'émincer des crevettes. Elle est voûtée sur la planche à découper, à côté de laquelle elle a posé des œufs, de la farine et du miel.

Est-ce que tu veux manger, demande-t-elle.

Je lui réponds oui.

On ouvre pas la gueule pendant qu'elle prépare. Mitsuko fourre tout dans un robot de cuisine. Elle verse la mixture dans une poêle puis elle l'assaisonne de sauce soja, tout en repliant la pâte au fur et à mesure. Je prends mes médocs en la regardant cuisiner ; elle fait comme si j'étais pas là et continue à son rythme.

Quand je m'assieds sur le canapé, Mitsuko arrête de rouler la pâte. Je me lève pour mettre la table et elle recommence à la rouler.

Lorsqu'elle a fini, elle remplit un bol de cornichons et prend une assiette pour l'omelette, et une aussi pour moi. On mâche, penchés sur le comptoir, assis l'un à côté de l'autre.

Bon, tu couches avec mon fils depuis longtemps ? Ou c'est pas sérieux, elle ajoute.

Pas vraiment.

Je sais pas comment ça fonctionne.

Je pense que c'est la même chose pour tout le monde.

C'est pas le cas.

Elle ajoute, J'imagine que tu vois à quel point Michael et moi sommes proches.

On est ensemble depuis quatre ans. Plus ou moins.

Mitsuko insiste, Plus ou moins ?

Un peu plus.

Mais juste un peu, elle répond.

Mike s'en sort mieux que moi avec les chiffres.

D'un coup, de nulle part, je me rends compte que je me tiens comme une vieille merde. Mitsuko est irréprochable, même quand elle s'appuie au comptoir de la cuisine. Donc je me redresse, avant de me courber de nouveau ; Mitsuko lève un sourcil en m'observant.

Elle pouffe de rire et lance, Mon fils est le pire qui soit avec les chiffres.

Suite à ça, on mange en silence. Des mots d'espagnol filtrent de temps en temps par la fenêtre. Les gosses des voisins tapent dans un ballon de foot qu'ils envoient contre le mur, jusqu'à ce que leur père sorte pour leur crier dessus, en leur demandant lequel d'entre eux est devenu complètement malade.

Mitsuko est absorbée par son plat, j'en profite pour vraiment la regarder. Il est évident qu'à une certaine époque elle a dû être incroyablement belle.

Et puis elle croise mon regard. Je cligne des yeux comme si je venais de me prendre un truc dedans.

Elle dit, J'imagine que pour toi aussi, tout ça doit être bizarre.

Non, tout va bien.

Alors c'est que t'es un menteur.

Je suis honnête avec vous. Vraiment.

Mitsuko répond, Je suis bilingue en tout va bien. Tout va bien veut dire tout me fait chier.

Est-ce que mon fils t'a dit combien de temps il serait parti ?

Un mois. Deux peut-être. J'en sais rien. On en a pas trop parlé.

Évidemment.

Mais il vous l'a dit à vous ?

Est-ce qu'il m'a dit quoi ?

Combien de temps il serait parti, je dis. Ou même qu'il allait partir ?

Mitsuko me regarde droit dans les yeux. Elle fait craquer ses doigts contre le comptoir.

Non, mon fils a omis de me transmettre cette information. Enfin c'est sans doute une bonne chose. J'avais besoin de quitter le Japon un moment. Pas utile de se presser de rentrer à Tokyo si c'est pour aller voir un homme en train de mourir.

Du coup, vous allez rester ici ? Jusqu'au retour de Mike ?

Ma voix vacille, très légèrement. Mitsuko s'en rend compte. Elle me fait un grand sourire.

Est-ce que ça poserait problème ?

Non, c'est pas du tout ce que je voulais dire.

Alors qu'est-ce que tu voulais dire ?

Je suis désolé. Je demandais, c'est tout.

Il en faut pas plus à Mitsuko pour lui faire croiser les bras. Elle se penche contre le comptoir, et ses cheveux retombent sur ses épaules. Je fais de mon mieux pour ralentir ma respiration et relâcher juste un peu mes épaules.

Je pense donc que c'est exactement ce que je vais faire, rester ici. J'ai besoin de temps pour moi. Cet appartement est répugnant, mais il fera l'affaire jusqu'à ce que Mike revienne.

Et vous en avez complètement le droit. Ça me va parfaitement.

Mitsuko reprend, Souviens-toi, c'est toi qui l'as laissé partir.

C'est vrai. C'est moi qui l'ai laissé partir.

Quelle générosité de ta part.

Mitsuko dit plus un mot ensuite.

Quand elle a terminé son bol, elle le dépose dans l'évier. Elle ouvre le robinet. Elle vient prendre le mien. L'omelette était délicieuse. Exactement le genre de plat que Mike aurait préparé, vu que c'est lui qui fait tout dans la cuisine, et je me dis que c'était peut-être déjà ça le problème, pour commencer.

Super discussion, Mitsuko dit, alors je m'excuse, mais sans trop savoir pourquoi.

*

À un moment, Lydia et moi on a commencé à discuter de la nouvelle famille de notre mère. J'ai jamais demandé à ma sœur comment elle l'avait appris, ni par qui. Et elle m'a jamais demandé non plus.

4

Le lendemain, Mitsuko prépare des pommes de terre, de l'okayu et un filet de poisson. Elle m'a mis de côté un bol de porridge saupoudré de quelques oignons verts. Elle boit tranquillement son thé, pendant que moi j'engloutis des litres d'eau comme si j'étais en train de me noyer, mais jamais je la vois prendre ses médicaments, vérifier sa pression sanguine, ni quoi que ce soit d'autre d'ailleurs.

Quand elle a terminé, Mitsuko enfile un manteau et des chaussures. Je lui demande pas où elle va. Je vais pas refaire la même erreur.

*

Au boulot, Ximena me demande où je pense que Mitsuko se rend durant la journée. On est en train de regarder des photos de la salle de réception. Elle envisage de carrément sauter la cérémonie de mariage elle-même. Y a quelques années, Ximena m'a raconté qu'elle s'était déjà mariée et qu'on peut pas dire que ça lui avait franchement apporté grand-chose. Pourquoi est-ce qu'elle aurait envie de retenter le coup, putain ?

La mère de Mike va là où toutes les mères au cœur brisé vont.

Au lavomatic, Ximena répond.

Au centre commercial.

Au parc.

Au spa.

Au marché.

À la salle de sport.

Au bar.

Tu déconnes.

Ximena réplique, Quoi, tu crois vraiment être le seul à avoir besoin de baiser ?

J'essaie vraiment de pas penser à Mitsuko de cette façon.

Et c'est exactement pour ça que t'es bloqué, Ximena répond. Elle est pas humaine à tes yeux. Cherche l'erreur.

Pas humaine comme un ange pourrait l'être.

Pas humaine comme n'importe quoi d'autre pourrait l'être.

T'es vraiment en train de me traiter de misogyne là ?

Je suis en train de te traiter d'homme, Benson.

Avant que je puisse répondre quoi que ce soit, Barry arrive en courant, accompagné d'Ahmad. Il tient le gosse par les épaules, tandis qu'Ahmad s'agrippe au ventre de Barry.

Il se trouve que Barry est lui-même marié, à celle avec qui il sort depuis le lycée. Elle est chirurgienne.

Pendant que lui, il se tape le nettoyage des espaces pour les gamins avec nous. Quand sa femme passe nous voir à la garderie, elle sourit à tout le monde, mais un jour Ximena m'a dit qu'elle l'a jamais vue toucher quoi que ce soit. Juste histoire de l'observer de près et voir si c'est vrai.

Et Ximena avait raison. Elle a jamais rien touché.

Quand Ahmad tire la nuque de Barry d'un coup sec, il fait presque tomber le gosse.

Ton fils passe la meilleure journée de sa vie, Barry dit.

C'est pas mon fils.

Ximena fait, Le fils de Benson a besoin d'aller chez le coiffeur.

Arrêtez ça, Ahmad répond. Je suis pas *son* fils.

Ils adorent faire cette blague : comme je suis l'employé le plus ambivalent de toute la structure vis-à-vis des enfants, celui qui se voyait relégué uniquement aux tâches administratives, il se trouve qu'ils me détestent pas tant que ça. En fait, la plupart des enfants dont on s'occupe m'aiment carrément bien. Et je suis le seul, en vérité, qu'Ahmad semble apprécier. Du coup, à chaque fois que Ximena et Barry ont un problème qu'ils savent pas gérer, je suis leur dernier recours. Et en général les choses se règlent plutôt bien. Je sais toujours pas ce que je pense de tout ça. Mais un jour j'en ai parlé à Mike, qui m'a dit que ça lui semblait plutôt cohérent. J'étais juste pas capable de m'en rendre compte moi-même, et c'était ça qui ajoutait du charme au personnage.

Je finis par demander à Ahmad ce qui s'est passé, quel est le problème, et il m'explique que Marcos l'a giflé.

Tu veux dire que Marcos t'a *rendu* ta gifle, Barry précise. C'est toi qui as commencé.

C'est *lui* qui a commencé.

C'est toi qui l'as frappé le premier.

Ahmad lâche, Ouais, mais c'est lui qui a *commencé.*

Je pourrais prendre la défense d'Ahmad en disant qu'en un sens il a raison. On peut être celui qui commence sans être celui qui frappe le premier. Et j'aimerais lui indiquer que là il est jeune, mais que ça va pas s'arranger avec l'âge.

À la place, je le soulève et le pose sur mon épaule. Il me regarde, l'air suspicieux. Il laisse échapper un rire de grande personne.

*

À un moment, Mike a commencé à passer sa vie dehors. Il allait je sais pas où après son service. Ou peut-être qu'il était encore au boulot. Ou peut-être qu'il restait assis dans sa voiture garée sur le parking, à attendre le bon moment en se rongeant les ongles. Bref, dans tous les cas, je me suis mis à camper sur le canapé, un truc que j'ai sans doute chopé d'une des telenovelas que je regarde.

Un soir, Mike a passé la porte en titubant, complètement bourré. Il a posé son téléphone sur le comptoir de la cuisine. J'ai balancé ma couverture et j'ai sauté sur son vieux portable de merde, que j'ai explosé contre le mur.

Le téléphone s'est fendu en deux très proprement. On l'a regardé faire un petit bruit sec, sans rien dire. Et puis il s'est mis à sonner et, avant qu'il s'arrête, Mike m'a regardé pour me demander s'il était censé décrocher ou pas.

Quand j'en ai parlé à Ximena ensuite, elle arrêtait pas de secouer la tête en signe de désapprobation. On était chez elle. Sa mère était sortie. On a regardé le gosse de Ximena, Juan, courir d'un mur à l'autre et se marrer pour rien en attendant que le livreur se pointe. Son fiancé était en déplacement pour assister à une conférence sur les incisives, et nous, on avait commandé des pad thaïs grâce à l'argent qu'il avait laissé.

On dirait qu'on est dans une comédie romantique toute déglingue putain, j'ai dit. Et nous, on dirait qu'on est des méchants de comédie romantique tout déglingues. Juan a couru tout droit dans la table basse, il a rebondi, et puis il a foncé contre une étagère. J'ai cru que Ximena allait se lever pour voir s'il avait rien, mais elle s'est contentée de rester assise, jusqu'à ce que lui se redresse d'un bond.

Y a longtemps, quand elle était encore avec le père de Juan, Ximena a pris la voiture pour venir avec son fils chez Mike et moi. Elle arrêtait pas de pleurer ; elle avait apporté un sac à dos à moitié rempli d'affaires pour Juan. Mike lui a préparé du thé, et moi je me suis assis avec elle sur le canapé. Ximena m'a assené que jamais elle y retournerait, que là c'était la goutte d'eau, mais il lui a fallu un bon mois ensuite pour rompre avec son mec.

Et maintenant on était là, assis à regarder son fils tenter de marcher en crabe sur son tapis.

Ximena a dit, On est tous le méchant de quelqu'un.

5

Mitsuko et moi on a une espèce de routine du soir : Elle cuisine. Je mets la table. On mange tous les deux sur le comptoir. Quand on a fini, je passe l'éponge pendant que Mitsuko se met à la vaisselle.

En dehors de ces moments, on reste surtout chacun de son côté. C'est sans doute mieux comme ça. J'ai quand même appris deux trois trucs. Des petits trucs.

Genre que chez elle, là-bas, elle bosse dans une bijouterie de Shimokitazawa.

Ou qu'elle vient à LA trois fois par an pour voir un homme, ou pour voir un ami, ou pour voir un homme qui est aussi un ami.

On peut pas dire qu'elle est du genre tape-à-l'œil, mais elle porte de beaux vêtements. Chaque chaussette, chaque jupe et chaque boucle d'oreille font clairement partie d'un tout beaucoup plus varié.

Mike, lui, se contente de porter les trois mêmes fringues sept jours sur sept.

Il est super impatient pour tout ce qui touche aux emplois du temps, aux routines ou aux cycles de toute sorte.

Avant de me rencontrer il voyait qui il voulait, quand il voulait, il le baisait comme il voulait, et quand il commençait à s'emmerder il se cassait.

En d'autres termes, la vie avec Mitsuko est absolument sans aucun rapport avec la vie en compagnie de son fils, dont elle accepte l'homosexualité, ou du moins envers laquelle elle est pas entièrement mal à l'aise, ou du moins envers laquelle elle est moins hostile que ne le sont mes propres parents, je pense.

Quand elle me demande où se trouve la lessive, je lui réponds qu'elle est dans le placard sous l'évier.

Quand elle me demande où on fait la lessive, je lui montre du doigt le lavomatic de l'autre côté de la rue.

Quand elle me demande où on fait les courses, je lui donne quelques noms, mais aucun a l'air de franchement la convaincre.

Elle demande, Est-ce qu'ils y vendent du natto !

Je lui réponds que le H Mart en a peut-être.

Toi tu sais ce que c'est du natto, Mitsuko demande en fronçant les sourcils.

C'est du soja, nan ? Mike en utilise parfois.

Et c'est comme ça que, pour la première fois depuis notre rencontre, Mitsuko a l'air déstabilisée.

Ici, à Houston. La ville où il était impossible de trouver du daikon y a à peine quelques années ?

Ouais.

Elle insiste, Et toi, tu manges du natto.

Ouais.

Je te crois pas.

Parce que vous pensez que je suis pas capable d'aimer ça ?

Comment je pourrais savoir ce que t'aimes.

Cette nuit-là, de ma chambre, j'entends les bruits de la télé. Mitsuko zappe de film en film. Elle se décide pour *La Guerre des mondes*, du coup j'écoute Tom Cruise courir à la poursuite de son fils. Le gosse est parti grossir les rangs de la résistance ou une connerie du style, même si le spectateur sait très bien qu'il est foutu. Mais Tom le sait pas, lui. Donc il va quand même à la recherche de son fils.

Bref, j'étais en train de m'assoupir quand j'entends mon portable sonner. Je suis persuadé que c'est Ximena. En fait c'est Mike.

Il m'a envoyé une photo de lui devant ce qui ressemble à une gare. On peut pas dire qu'il est en train de sourire. L'arrière-plan est rempli de corps.

Et puis il a écrit : COMMENT ÇA SE PASSE ?

Je lui réponds : Comment tu voudrais que ça se passe, putain.

Quelques minutes plus tard, Mike me renvoie un selfie. Un quartier se dessine en fond. Il a l'air plutôt calme, encadré par des poteaux téléphoniques.

En ajustant la luminosité et en plissant assez fort les yeux, j'arrive à voir son nez.

Ça a l'air cool, je lui dis.

CARRÉMENT.

C'est bon tu l'as trouvé ?

OUAIS.

Et ?

IL VA BIEN.

IL VA PAS VRAIMENT BIEN.

JE C PAS TROP.

Mike m'envoie une nouvelle photo, d'arbres cette fois. Et puis une d'une autre gare. Y a plein de trucs dont on devrait discuter, mais bon, voilà, on s'arrange pour les éviter.

Du coup je lui demande : Où on peut trouver du natto par ici ?

PQUOI ?

Ta mère dit qu'elle veut en faire.

La réponse de Mike est immédiate, il m'a jamais répondu aussi vite : TU DÉCONNES ?

6

Le lendemain matin, et pour la toute première fois, la mère de Mike frappe à ma porte. Elle est déjà habillée, alors que moi je suis encore en caleçon et débardeur.

Prends ton temps.

Mon Dieu, elle ajoute.

On part cinq minutes plus tard. Nos voisins noirs nous saluent du porche. Je vois à son visage que le grand-père a envie de poser une question, et je me demande s'il va oser.

Mitsuko détourne pas les yeux. Au contraire, elle ralentit le pas. Histoire de le faire plier du regard.

La voiture de Mike est immonde. Elle est jonchée de nos sweat-shirts et chaussettes éparpillés, et même d'une vieille paire de chaussures. Tout dedans porte son odeur, et je sais très bien que sa mère le sent aussi. Quand je balance un caleçon derrière nous, elle pousse un petit grognement, et je vois à ce moment-là un jock strap qui traîne sur la banquette arrière, ce qui m'amène à prier aucun dieu en particulier pour que Mitsuko tombe pas dessus.

On est déjà loin de notre quartier, en train de rouler dans le centre-ville, quand elle me demande, T'es sûr qu'ils auront ce qu'il me faut ?

En théorie oui. Mike et vous préparez les mêmes choses.

Des choses similaires peut-être. Mais pas les mêmes.

On passe devant tout un mélange d'habitants du coin qui commencent leur journée. Des pans entiers de Houston ressemblent à des bouts venus tout droit d'autres pays. On y trouve des nids-de-poule à côté de pâtisseries raffinées à côté de taquerías à côté de bars à pâtes, comme des clichés qu'on aurait copiés-collés contre un arrière-plan grisonnant.

Au feu, deux types super souriants font traverser une petite fille, chacun lui tenant une main. L'un des deux hommes est blanc. L'autre a la peau foncée. On dirait deux personnages sortis tout droit d'*OutSmart*. Je jette un œil vers Mitsuko, mais son expression m'indique pas grand-chose.

Elle dit, Et donc, t'es noir.

Vous avez remarqué vous aussi.

À peine. Et comment t'as rencontré mon fils ?

Par accident.

Laisse-moi deviner, c'était sur Grindr.

Faux.

T'as rencontré mon fils sur Internet.

Non.

On s'est rencontrés lors d'une soirée. Un ami en commun nous a présentés.

Bien sûr.

Une fois que le couple a fini de traverser la rue, leur fille, radieuse, lève les yeux pour les regarder. C'est la petite fille la plus heureuse qui ait jamais existé, absolument jamais. Si Mike les avait vus, il aurait fait semblant de s'étouffer, ou alors il les aurait klaxonnés, ou alors il serait devenu tout sérieux, sans rien dire du tout.

*

Le dimanche matin, Mike nous conduisait de marché en marché jusqu'au Northside. Il jonglait entre les oignons, les guanabana, l'ail et les ananas. Il marchandait avec les vendeurs en parlant un espagnol de merde. Et en rentrant de ce genre d'escapades, il préparait toujours trois versions du même putain de plat. Je prenais une petite bouchée de l'un, puis une petite de l'autre. Et Mike avançait le troisième vers moi. En général, je m'en tenais au deuxième.

Mike disait que c'était un bon entraînement pour lui. Que ça allait l'aider à se sentir mieux. Je lui ai expliqué que peu de gens faisaient comme ça, mais il m'a affirmé que c'était pour une bonne raison.

J'ai pas grandi avec le même palais qu'eux, il m'a dit un jour. Ils peuvent supporter de manger plein de merdes, alors que moi nan.

Du coup tu me forces moi. Direct dans la gorge.

Ça te manquera quand ce sera plus le cas, Mike a répondu.

*

Impensable, le H Mart du coin est fermé pour la journée, et le supermarché suivant où j'emmène Mitsuko est objectivement répugnant. Enfin bon, ils ont du natto. Y a aussi un portique de détection de métaux à l'entrée. La porte est flanquée d'un vendeur de poulet frit vêtu d'une blouse. De vieilles femmes accompagnées de leurs enfants palpent des carottes à notre gauche, pendant qu'une petite fille arpente les rayons avec une branche de persil sur la tête, qu'elle porte comme une couronne.

Je regarde un peu partout pour choper un caddie. J'en trouve un à trois roues. On finit par le remplir complètement, pareil pour le panier, et pour le creux formé par les coudes repliés de Mitsuko.

Une fois à la caisse, je fais semblant de chercher mon portefeuille, en attendant que Mitsuko m'arrête. Sauf qu'elle m'arrête pas. Du coup je prends ma carte bleue, tout doucement, et c'est à ce moment-là que Mitsuko sort un billet de son sac en secouant la tête.

La caissière se met à rire, tout en caressant sa tresse.

Un vrai négro, elle dit.

Clairement, Mitsuko répond.

Dehors sur le parking, deux femmes en hijab sont en train de hurler. Elles doivent reprendre leur respiration au milieu de chacune de leurs phrases. Tout est horrible. Elles sont au bord des larmes, mais ensuite elles se tombent dans les bras l'une de l'autre et se mettent à rire tellement qu'elles ont du mal à respirer.

7

À la garderie, Ahmad fait tomber Ethan. Quand il voit son frère dans cette situation, Xu arrive dans le sable pour se battre avec les deux. J'assiste à toute la scène de la fenêtre, et Ximena les voit très bien elle aussi. J'attends qu'elle intervienne, mais il se trouve qu'elle décide de rien faire du tout.

Le temps que j'arrive, Barry est déjà sur le coup. Il chope Xu par la ceinture et Ahmad par le coude.

Je fais s'asseoir Ethan. Je lui demande ce qui s'est passé. Il explique qu'on lui a tendu une embuscade, et quand je lui demande pourquoi, il incline la tête, en mode comment tu fais pour pas savoir ça.

Quand je rentre, Barry a déjà installé Ahmad à une petite table de coloriage qui se trouve dans notre minuscule salle informatique.

Barry me dit, Il refuse d'expliquer pourquoi il a fait ça.

On sait très bien pourquoi il l'a fait. Il le fait tous les jours.

C'est vrai, répond Barry, mais y a toujours une raison. Un mal de tête. Des maux de ventre. Un truc qui s'est passé à la maison.

Si tu lui demandais toi, il te répondrait.

Y a qu'à toi qu'il parle putain.

Dans la salle informatique, je tends une brique de jus à Ahmad. Il cligne des yeux avant de l'accepter. Et puis je m'assieds sur le tapis à côté de lui, je commence à dire un truc, ce qui a l'air de lui plaire. Finalement, je m'arrête.

On voit Silvia et Margaret qui nous regardent derrière la fenêtre. Elles se baissent d'un coup pour se cacher sous le rebord, avant de refaire surface quelques secondes plus tard.

À chaque fois qu'une « altercation » se produit, notre politique est d'en discuter avec les parents. Le père des jumeaux se pointe en short de basket et en sweat-shirt des Houston Texans. Quand on a fini de lui raconter toute l'histoire, il fronce les sourcils.

Je vais leur parler. Ça aurait pu être pire, pas vrai ?

Euh, je fais.

Barry lui répond, Xu a balancé de la terre dans les yeux d'un autre garçon.

Leur père réplique, C'est vrai ? Et le gosse est toujours vivant ? Il pouvait pas juste s'en aller ?

Le frère d'Ahmad arrive un peu plus tard, tout rouge et transpirant. Il s'appelle Omar. Je crois qu'il est kiné, un truc du genre. Je lui raconte ce qui s'est passé, alors il se plaque la paume contre le visage.

Donc vous dites que c'est lui qui a commencé.

Tout le monde demande ça à chaque fois, Barry répond.

Ahmad était impliqué dans l'affaire, je lui dis, mais nous ne le punirons pas.

Vous devriez peut-être.

Peut-être. Mais on le fera pas.

Alors pourquoi est-ce que mes parents vous paient, putain ?

Je lui réponds rien. Barry se contente d'une grimace. Puis les épaules d'Omar se relâchent.

Désolé.

Tout va bien, je lui dis.

Non. Vraiment pas.

Les derniers temps ont été très durs, Omar dit. Ahmad vit avec moi. Nos parents traversent une sale période.

Je comprends complètement.

Omar a la carrure d'un boulanger. Quand on les met l'un à côté de l'autre, on voit qu'ils se ressemblent pas du tout. À part leur nez, qui est complètement identique.

Est-ce que ça veut dire que j'ai pas le droit de revenir, Ahmad demande.

Omar et moi répondons ensemble, Non.

Tout va bien.

Absolument, Omar ajoute en me jetant un bref coup d'œil.

Ahmad nous regarde, l'un puis l'autre. Il nous croit pas, évidemment. Pour l'instant il accepte ce qu'on vient de lui raconter, et décide de sortir en trottinant.

Je dis à Omar que je comprends. Il me remercie et me tend la main, tout en affichant un large sourire. Quand je les regarde s'en aller, je suis à moitié sûr qu'il va foutre une tape sur la tête d'Ahmad, mais il fait rien de ce style. Il lui passe une main dans les cheveux et le dirige vers la voiture.

Je finis par demander à Ximena pourquoi elle a pas arrêté cette bagarre. Elle me regarde un long moment avant de se décider à répondre.

J'étais sur le point de le faire, mais combien de fois dans ta vie t'as l'occasion d'apprendre une leçon comme celle-là ? Que parfois, tu perds et c'est tout.

Vaut mieux que ça arrive maintenant que plus tard, elle dit, quand ça devient vraiment important.

*

Une fois, j'ai demandé à Mike s'il voulait avoir des enfants. On était assis dans un pub des Heights, à regarder deux petits Blancs bourrés se tomber l'un sur l'autre. Le premier se levait sur son tabouret, et le deuxième le rattrapait. Puis c'était au tour du deuxième de se lever. Quand ils avaient fini, ils recommençaient leur petit spectacle du début.

Mike avait déjà terminé sa bière, mais il a quand même réussi à en recracher un peu.

C'est environ à cette époque qu'on a eu la grande conversation sur la monogamie. C'est Mike qui a abordé le sujet.

J'ai jamais clairement rejeté l'option, mais j'ai jamais vraiment donné mon accord non plus.

Mike a répliqué, Je dis juste qu'on pourrait penser à ouvrir nos horizons.

Y a rien à penser du tout.

Je me taperais totalement de ce que tu fais à côté, tant que tu rentres à la maison ensuite.

T'es pas en couple avec toi-même.

Réfléchis-y, rien de plus. Vraiment. Tout ce que je dis c'est que le monde est vaste.

Le monde ? De quoi tu parles, putain ? Quel monde ? On habite à un seul endroit.

Tu sais très bien ce que je veux dire.

Et le truc c'est qu'effectivement, je le savais très bien. Je savais. Alors j'y ai réfléchi. Mais, à l'époque, j'étais moins inquiet de ce que Mike serait capable de faire que de la façon dont moi je gérerais les choses : si j'ouvrais cette porte, ne serait-ce qu'un tout petit peu, est-ce que j'aurais encore une raison de revenir ?

On a pas vraiment pris de décision, à deux je veux dire. Enfin bon, une non-décision en reste pas moins un choix.

*

Quand j'étais petit, c'est ma sœur qui se chargeait de la discipline. Notre père était tout le temps au boulot, ou trop occupé à descendre les réserves de bière du centre-ville. Notre mère compensait en restant elle aussi en ville, à accumuler un maximum de crédits sur des sacs à main.

Du coup c'est Lydia qui m'a filé ma première cigarette ; elle secouait la tête en me voyant m'étouffer parce que j'avais inhalé la fumée.

Et c'est Lydia qui m'a expliqué comment convaincre quelqu'un d'aller m'acheter de la bière près de la pharmacie.

Et c'est Lydia qui m'a non seulement appris à conduire, mais qui a aussi payé ma première amende pour excès de vitesse.

Et c'est Lydia qui m'a passé mon tout premier joint et qui m'a autorisé à rester assis dans la pièce enfumée avec les vagues connaissances qu'elle avait réunies pour l'occasion.

C'est aussi Lydia qui m'a appris à embrasser. Elle a carrément fait venir une fille de son école. Elles ont discuté dans sa chambre tout en sirotant du gin qu'elles avaient chouré dans le placard à alcools de mes parents, jusqu'à ce que ma sœur me demande de descendre les rejoindre.

La fille avait les cheveux foncés et des boucles d'oreilles en forme de sirène. Elle m'a touché l'avant-bras, tout doucement, et quand j'ai sursauté, elle a froncé les sourcils.

Elle a voulu savoir si c'était parce que j'en avais pas envie. Je lui ai répondu que si, j'en avais envie.

Je me suis tourné vers Lydia, qui avait l'air profondément déçue. Elle m'a demandé si elle devait me montrer comment faire, et sa copine a tiré une tête super bizarre, mais je lui ai répondu que c'était pas la peine, vraiment.

Des années plus tard, Lydia m'a rappelé cette scène. Elle habite dans le quartier des musées maintenant. Son appart est rempli de plantes. Elle a du parquet ciré au sol. Avant, notre mère lui demandait tout le temps quand elle allait ramener un mari, et notre père quand elle allait se trouver un vrai job, mais un jour Lydia leur a répondu que ça les regardait pas. Ils avaient eu leur chance. Leur tour était passé. Et puis je suis arrivé, ce qui l'a soulagée de la pression qui pesait sur elle à un moment.

*

Quand je rentre dans l'appartement, Mitsuko est en train de mâcher des vitamines. J'essaie de l'esquiver en me dirigeant direct vers ma chambre, quand je l'entends m'appeler.

Est-ce que tu peux cuire un poulet ?

Vous voulez dire le faire bouillir.

Je veux dire ce que je viens de dire.

Genre, faire frire les ailes ?

Pas du tout. Viens voir par là.

Elle est plus à l'aise dans la cuisine de Mike que je l'ai jamais été. Il avait tout arrangé pour que ce soit comme il le voulait, mais Mitsuko a complètement revu l'organisation. Elle a tout mis dans les tiroirs : toutes les louches, les spatules et les piques à brochette. Les bols étaient empilés d'une certaine façon ; plus maintenant. Et c'est sans parler des épices de Mike. Ni des ustensiles. J'avais jamais compris où il cachait ses baguettes, elles se contentaient d'apparaître à chaque fois qu'il en avait besoin. À présent, la pièce est méconnaissable. Elle l'a complètement mise sens dessus dessous. C'est très déstabilisant, mais pour une fois j'ai vraiment l'occasion de prendre mes marques.

Mitsuko chope le poulet par une patte, avant de trancher l'autre au couteau de boucher. Dans un mouvement parfaitement fluide, elle le découpe complètement en deux.

Putain j'en reviens pas.

Chut.

Elle commence alors à briser la carcasse, un os après l'autre, tout en balançant les restes dans une marmite posée sur la plaque. Quand elle a fini de détacher tous les morceaux de graisse, Mitsuko secoue chaque membre d'un mouvement sec du poignet. Elle a aligné tous ses assaisonnements. Elle plonge la viande dans ce qui ressemble à une mare de sel. Mais elle l'ouvre pas à ce sujet, et à un moment je la vois faire une petite pirouette sur le côté pour envoyer le poulet dans une casserole. On l'entend grésiller comme un rideau de pluie.

Mitsuko lance, Si j'étais chez moi, je l'aurais fait mariner. Mais je suis pas chez moi.

Une fois qu'elle a terminé et que la viande a fini de cuire, Mitsuko dispose deux bols sur la table, ce qui est nouveau. Je m'assieds en face d'elle.

On mange en silence la majorité du repas.

Est-ce que t'as tout compris ?

Euh, disons que j'ai compris quelques trucs par-ci par-là.

Elle m'examine du regard, un peu froidement.

C'est pas grave, tu vas apprendre.

T'as pas le choix.

*

Mes parents cuisinaient jamais. Lydia non plus. Ils commandaient chez un Vietnamien situé à quelques pâtés de maisons de chez nous, ou alors on allait carrément dîner dehors. Quand les deux femmes de notre famille ont sauté, j'ai commencé à préparer des repas simples pour le petit déjeuner de mon ivrogne de père : des œufs brouillés, du fromage grillé, des bols de fruits. Du guacamole légèrement massacré.

Une fois, je me suis senti tout excité à l'idée de préparer des chilaquiles. La veille au soir, j'avais vu sur Internet un type en préparer une fournée. Infaillible, c'est comme ça qu'il avait décrit la recette. Impossible à foirer.

Sauf que j'ai ajouté beaucoup trop de fromage. Je me suis entaillé le doigt en coupant des tomates. Mon père comatait dans le salon pendant que j'écrasais les chips avec les œufs. Quand je lui ai passé une assiette en carton, il a poussé un grognement et a jeté un œil au temps qu'il faisait dehors.

On est restés assis sur le canapé, à mâcher lentement, tout en observant l'orage qui se préparait. Mon père a fait une grimace en mangeant. Mais il a rien recraché.

*

Cette nuit-là, Mike m'envoie un message. Son père va de plus en plus mal.

De plus en plus mal ? je fais.

DORT PLUS, REFUSE DE BOUFFER, A DU MAL À RESPIRER.

Je suis désolé.

C PAS TOI QUI LE LUI AS REFILÉ.

Quand je demande à Mike quelles sont les prochaines étapes, il me répond qu'ils en savent rien. Il me dit que son père est têtu. Mais le seul truc dont Mike soit certain, c'est qu'il a bien fait de rejoindre son père, ou du moins il pense qu'il a bien fait, enfin disons qu'il se serait pas vu ne pas le rejoindre.

C'est trop lourd pour en parler par écrans interposés. Du coup je raconte à Mike que j'ai démembré un poulet avec sa mère.

Mike écrit, ???

Je sais. Moi aussi je suis choqué

T'AS KIFFÉ ?

J'ai survécu

AH. TU PENSES QUE TU VAS RETENTER LE COUP UN JOUR ?

On verra bien

J'attends que Mike me pose des questions sur sa mère. Ou qu'il prenne des nouvelles de nous au Texas. Mais il se passe rien de tout ça. Sur l'écran, je vois les petits points de suspension apparaître, puis disparaître, puis réapparaître à nouveau. Rien de plus.

Je lui demande alors comment lui il va, comment il va vraiment, et pour toute réponse il m'envoie un selfie.

Il est rasé de près, il fait une grimace. Je vois son visage en entier pour la toute première fois depuis un an.

8

À mon réveil le lendemain matin, Mitsuko a déjà disparu. Sa veste a disparu. Ses lunettes de soleil ont disparu. Je cherche ses chaussures, mais elles ont disparu.

Je regarde si elle m'a laissé un message, et effectivement Mitsuko en a déposé un sur la table.

Il est intégralement rédigé en kanjis.

Ça me donne envie de péter un câble, putain.

Puis je finis par remarquer qu'elle a aussi embarqué les paniers à linge. Le sien, le mien, et l'intégralité de la lessive.

Au boulot, Ahmad décide d'aller s'asseoir dans un coin pendant des heures sans parler à personne.

Ximena essaie de l'amadouer en lui présentant des Lego. Barry lui propose une balle de basket. Quand arrive mon tour, je demande à Ahmad pourquoi il se comporte comme ça. Il me répond qu'il fait grève.

Très bien. Mais pourquoi ?

Les règles.

Merveilleux. T'as commencé quand ?

Hier.

Et ça va durer combien de temps ?

Aussi longtemps qu'il faudra.

Si ça se trouve tu vas rester là un bout de temps alors, je lui dis.

Ça me va.

Je hoche la tête, je me relève, et puis Ahmad pousse un soupir.

Tu t'en vas.

T'es en grève. C'est moi le responsable ici. On fait face à un tournant décisif.

Mais t'es pas obligé de partir.

Je crois que si.

Personne est obligé de faire quoi que ce soit, Ahmad me répond. Même pas toi.

Aussi bizarre que ça puisse paraître, c'est quelque chose que Mike pourrait très bien dire.

Et puisque j'arrive à trouver aucune réponse adaptée, je me rassieds.

Pendant le repas, Ximena balance des photos de sa robe de soirée. Elle est en plein choix de chaussures. Sa mère refuse de lui dire ce qu'elle pense, que ce soit pour les chaussures ou la robe. Son père est venu en voiture de Laredo le week-end précédent, et quand il a rencontré Noah, il a dit à sa fille qu'il avait l'air d'un garçon très bien, mais est-ce qu'elle était vraiment obligée de choisir un gabacho ?

Ximena lance, T'imagines, comment il peut oser putain.

Quand Omar se pointe, je lui explique que son petit frère est en grève. Quand je lui demande s'il sait pourquoi, Omar sourit.

La vraie question c'est pourquoi nous on l'est pas.

Pas faux, je lui fais.

Omar me demande, Si toi et moi on en commençait une maintenant tout de suite, tu penses qu'on tiendrait combien de temps ?

Soixante-douze minutes.

C'est très précis.

La précision, c'est fondamental.

J'aime croire qu'on ferait mieux que ça.

Je sais même pas ce que je ferais, je lui dis.

Tout en caressant les cheveux de son frère, Omar répond, La même chose que d'habitude.

Mais il m'explique pas ce que c'est.

Ce soir-là, je suis en train d'émincer des oignons à côté de Mitsuko, face au comptoir de la cuisine. Elle émiette du dashi dans un bol, pendant que moi je fais de mon mieux pour garder mes doigts intacts.

Quand elle voit la tête de mes légumes, Mitsuko pousse un soupir. Elle me prend le couteau des mains. Elle découpe mes moitiés en quarts, encore, puis mes quarts en moitiés, encore.

*

Même quand on a commencé à s'envoyer notre mobilier à la gueule, Mike rapportait toujours de la bouffe de son travail. Il déposait le Tupperware sur le comptoir. Il avait tout cuisiné lui-même. Et à chaque fois, à chaque fois, c'était délicieux.

Un jour, Ximena m'a affirmé que c'était un signe. On était chez elle, on regardait Juan construire un train en Lego. J'ai écrit à Mike pour lui dire que j'allais rentrer tard, que je serais sans doute pas là avant le lendemain matin. Il m'a immédiatement répondu un OK franc et massif.

Noah me rapporte jamais à manger. Mike pense à toi.

Noah baise pas la moitié de la ville, lui.

Ce serait pas un peu moins que la moitié quand même ? Vous êtes pas si nombreux là-dehors.

Vous ?

Ximena m'a répondu, Le peuple gay.

Eh, on est plus nombreux que tu le crois. Et même si Mike pense vraiment à moi, je suis pas sûr que ce soit de bonnes pensées.

Mais t'as pas franchement le contrôle là-dessus.

T'occupes de l'espace dans le cerveau d'un autre humain, elle ajoute. T'es une présence étrangère. Un parasite. C'est déjà beaucoup.

9

Quand je passais le week-end avec Mike, je restais au lit jusqu'à midi. Lui, il s'enfilait des pancakes assis à table, genre trois ou quatre à la fois, puis quand je me levais il en faisait cuire une nouvelle série pour moi.

Là, quand je me réveille, j'entends des voix en provenance de la cuisine. Et je les reconnais. Mes synapses établissent la connexion. Du coup, je sors de la chambre en vitesse.

Mitsuko est tranquillement en train de boire son café. Lydia est assise sur le canapé. Ma mère est installée à côté d'elles, les mains posées sur les genoux. Elles sont en train de rire, je vois que Mitsuko est vraiment en train d'afficher un sourire, et quand j'entre dans la pièce, elle le garde sur le visage, quelques secondes, juste assez pour que je le remarque.

C'est Lydia la plus facile, donc je commence par elle.

Putain de merde.

Putain de merde toi-même, elle répond.

T'as quand même de sacrées couilles.

Ouais, plus que toi.

Arrête ça, ma mère intervient, tout en se levant pour que je la prenne dans mes bras.

J'en ai pas envie. Je préférerais rester les bras croisés. Mais j'arrive pas à me forcer à le faire.

Ma mère lance, On dit pas bonjour ?

Buenas.

Pourquoi t'es là, je lui fais. Comment ça se fait que tu sois là.

Pourquoi t'es là, Lydia m'imite, d'une voix plus haute de deux octaves.

Elle continue, Et d'ailleurs, il est où Mike ?

Ça suffit, ma mère dit.

Quand je me tourne vers Mitsuko, elle se contente de hausser les épaules. Son sourire est revenu.

Ma mère m'interroge, Benson, quand est-ce que t'as eu des nouvelles de ton père pour la dernière fois ?

C'est pas possible que tu sois venue jusqu'ici juste pour me demander ça.

Contente-toi de lui répondre s'il te plaît, Lydia lâche.

Je lui envoie un coussin à la gueule. Lydia me le renvoie. Ma mère nous ordonne à tous les deux de nous calmer direct.

Il va mal. C'est l'alcool.

Alors emmène-le voir un médecin, je lui dis.

Benson.

Les gens font ce genre de cures tous les jours. Vous avez qu'à y aller ensemble.

Ma mère répond, Si tu crois vraiment que c'est aussi simple que ça, alors on aurait peut-être pas dû venir ici du tout.

C'est le moment que Mitsuko choisit pour s'éclaircir la voix.

Elle nous annonce qu'elle sort faire un tour.

Mitsuko me regarde et me demande de pas fermer la porte à clé ; une fois qu'elle est sortie, Lydia et ma mère poussent un soupir de soulagement.

Pour être honnête, je la trouve un peu âgée pour toi, Lydia me dit. En plus, tu t'y mets assez tard là. Mais bon, t'as ma bénédiction.

Arrête ça.

T'as un genre de femmes très précis, clairement.

J'ai pas envie d'en parler avec toi. Et puis faut que je prenne mes putain de médocs.

C'est sans doute ce que tu devrais faire, Lydia répond.

Dis-moi ce qui va pas chez mon père. À ce moment, le visage de Lydia se crispe.

Franchement, je pense qu'il se sent juste très seul. Genre, il a besoin de voir un peu des gens. Mais je sais que mes opinions valent pas grand-chose dans cette famille.

Tu penses pas vraiment ce que tu dis, ma mère lui lance.

Me dis pas que tu le vois pas. Y a des gens solitaires, et puis y a Papa.

Si c'est vrai, c'est vous les responsables, ma mère déclare.

On est tous responsables, elle ajoute en regardant ses talons, ce qui incite ma sœur à les regarder aussi.

Pour dire la vérité, notre mère m'a jamais paru aller aussi bien. Elle porte des bracelets, de petites bottes stylées et une veste qui jure avec tout le reste. Quand elle vivait encore avec mon père, elle portait surtout des vêtements marron. C'est comme ça qu'elle est habillée dans tous mes souvenirs.

Écoutez, je suis désolé. Vraiment. Mais je crois pas pouvoir faire quoi que ce soit. Surtout si vous avez déjà tenté le coup.

T'es son fils.

Et t'étais sa femme.

Je lui balance ça dans la gueule histoire de la choquer, même si je suis pas sûr que ça fonctionne. Ma mère se contente de me fixer en clignant des yeux. Comme si elle cherchait à réévaluer un truc.

Il t'a gardé avec lui, ma mère répond. Il était pas obligé. Mais il a demandé à te garder. Il voulait que tu restes avec lui.

Et à présent il a besoin de toi, elle ajoute.

Il a besoin de médicaments, je lui dis.

Et qui de mieux placé pour lui apporter que toi.

Elle ajoute, En plus c'est pas comme si t'avais autre chose à faire.

Ma mère part la première. Elle dit au revoir à personne. Elle se contente de mettre ses lunettes de soleil en filant droit vers la porte. Lydia reste un peu pour me passer le nouveau numéro de mon père. Quand elle me demande si j'ai besoin de son adresse, je lui réponds que je sais encore où j'habitais.

Si tu le dis. Appelle-moi quand tu le vois.

Voilà on fait comme ça.

J'en doute.

Y a un moment de flottement où je devrais lui demander comment elle va, mais je laisse l'occasion passer. Elle aussi d'ailleurs. Je sais pas si elle en est reconnaissante ou déçue.

Juste avant de partir, Lydia me touche l'épaule.

Tu m'as pas dit où était Mike.

T'es perspicace. Tu dois beaucoup pratiquer.

On me le dit souvent.

Comme Jésus. Ça a bien marché pour lui aussi.

T'es vraiment le mec idéal, petit frère. Qualité premium.

Quand Mitsuko revient, elle me trouve allongé sur le canapé. Elle me jette un regard, elle ouvre la bouche, puis la referme.

Et elle me dit, Mon fils m'a appelée.

Il avait l'air d'aller horriblement mal.

*

Une fois, Mike et moi on est partis en long week-end, et on a passé la nuit à Galveston. On avait jamais voyagé ensemble, absolument jamais, donc là on vivait un truc tout nouveau. Pour la première fois depuis des mois, il avait pris des jours de congé loin de son café. Mon job, lui aussi, avait fermé pour le week-end prolongé. Y avait une énergie bizarre dans tout l'appartement, où on était là, à rien faire. Et puis y a eu la visite des voisins, qui avaient frappé à notre porte la nuit d'avant pour nous prévenir qu'ils allaient organiser une espèce de quinceañera en mode marathon. Ils ont passé l'intégralité de la première nuit dehors dans la cour, à hurler, danser et défoncer une piñata. Vers 2 heures du matin, ils ont fait un cercle en se tenant les mains pour chanter une chanson en l'honneur de Jésus. Au bout de leur sixième répétition du refrain, j'ai expliqué à Mike que je me foutais de là où on allait, tant que c'était loin d'ici. Mais il était déjà en train de ronfler.

Le sable était d'un blanc un peu sale. Y avait pas grand-chose de notre côté de la plage. Un couple de lycéens s'engueulait au sujet du bal de promo sous une sorte de fort improvisé qu'ils avaient construit derrière nous. Des gamines jouaient dans l'eau, pendant que leur mère gardait la tête fourrée dans son roman de Ferrante. De temps en temps, elle levait les yeux pour voir où en étaient ses filles, avant de nous regarder nous. Quand Mike a fini par lui faire salut de la main, elle a remué les doigts.

On a étendu notre serviette, on a enlevé nos chemises, et puis on a bronzé là tout l'après-midi. Pour le déjeuner, on s'est baladés le long de la jetée pour trouver des tacos de poisson. La femme à la caisse avait une oreille en moins. Ils étaient franchement délicieux, alors on en a commandé quatre de plus, qu'on a mangés en regardant des garçons faire des saltos dans le sable près de la jetée. Deux couples plus âgés qui se prélassaient dans un coin ont commencé à les imiter. Les maris comme les femmes regardaient autour d'eux sans se préoccuper des passants.

On a fini par retourner chez la femme à l'unique oreille pour lui acheter d'autres tacos. Elle a dit, *Buenos suerte a ambos*, alors j'ai demandé à Mike ce que ça voulait dire.

Il m'a répondu qu'on était des porte-bonheur. Tout ce qu'on touchait se transformait en or.

Ensuite on est revenus sur notre minuscule coin de sable, nos tacos à la main. Je me suis endormi avec les mollets de Mike posés sur mes épaules.

À mon réveil, la plage s'était vidée. On voyait juste la lueur qui filtrait par les fenêtres des maisons alignées le long de la jetée.

J'ai tâtonné à la recherche de Mike. Il était plus sur sa serviette. Son maillot était posé juste à côté de moi, alors j'ai senti un frisson me parcourir.

C'est là qu'il m'a appelé, déjà dans l'eau. Il était assez loin, suffisamment pour plus avoir pied. Il a crié mon nom en me faisant de grands signes, un énorme sourire satisfait sur le visage, et quand j'ai commencé à m'avancer, il m'a crié de me déshabiller.

J'ai regardé autour de moi pour voir qui d'autre était resté sur la côte. Mike m'a crié d'arrêter ça.

Il a dit que tout le monde s'en foutait.

Et que même si c'était pas le cas, nous on s'en tapait.

Et, parfois, ça me fait du bien de me dire que j'étais le genre de personne capable de ce genre de choses. Capable de me foutre à poil sur la plage et de courir nu sur le sable, parce que j'avais jamais rien ressenti d'aussi fort pour quelqu'un.

10

Le lendemain, je passe pas voir mon père. Je l'appelle pas.

11

Pareil le jour d'après.

12

Et puis arrive la fin du week-end, du coup je dois retourner au boulot.

Ximena me piège direct dans un coin pour me parler de sa réception.

J'observe Barry qui lutte avec les jumeaux.

Je regarde constamment mon portable, Mike m'a toujours pas écrit, et d'un coup la journée est finie.

13

Mitsuko se pointe avec neuf livres de cuisine, qu'elle a achetés je sais pas où. Elle m'annonce qu'on va commencer par les classiques. Elle est de nettement meilleure humeur depuis qu'elle a eu des nouvelles de son fils, un peu comme si Mike avait rechargé ses batteries. Alors ce soir-là, Mitsuko me prépare le plat préféré de son fils : des korokke de pommes de terre, entassées à côté d'oignons en sauce, le tout entouré de tomates en tranches et de laitue. De ses doigts, elle écrase les pommes de terre avec du porc, avant de saupoudrer la préparation de sel et de poivre. Ensuite, elle forme de minuscules boulettes qu'elle recouvre d'une préparation de farine, de jaunes d'œuf et de panko. Assis derrière le comptoir de la cuisine, je les regarde frire et devenir de plus en plus croustillantes, pendant que Mitsuko me regarde les regarder.

Elle avait jamais partagé quoi que ce soit d'aussi intime avec moi, et je le lui fais remarquer.

Elle me fixe un long moment, avant de me répondre : Arrête de dire des conneries.

14

On montre Wall-E aux enfants. Ils restent figés devant la télé, fascinés par ce qu'ils voient. On l'allume pas en général, c'est vraiment le truc qu'on nous paie pour *pas* faire, mais là aucun d'eux l'avait vu. Silvia et Marco viennent se poser sur le tapis. Arrive ensuite Ethan, suivi de près par Xu, puis Thomas, Margaret et Hannah. Le seul gamin à pas les rejoindre est Ahmad, qui a décidé de rester assis à sa table pour continuer à dessiner de minuscules paysages avec ses crayons de couleur.

Barry fait, Pas étonnant.

Cet écran on dirait du fentanyl, il ajoute. Ça les shoote direct.

Ni Ximena ni moi lui demandons d'où il sort son analogie, ni pourquoi.

Quand Omar vient récupérer Ahmad cet après-midi-là, il me demande si on peut discuter.

La journée s'est mieux passée ? Omar questionne, tout en caressant les cheveux de son frère.

La grève est terminée.

Pour l'instant du moins.

Chaque jour est un cadeau du Ciel.

T'as pas l'air de quelqu'un de très croyant.

Je savais pas qu'on pouvait avoir l'air très croyant.

Omar répond en souriant, Les gens sont si mystérieux, pas vrai ?

Devant nous, Ahmad triture le coin de sa veste tout en se tortillant.

Omar reprend, Écoute, j'aimerais te poser une question. Mais je veux pas que ça te mette mal à l'aise.

Alors j'imagine qu'il faut que tu me la poses pour voir.

Tu connais super bien mon frère.

Clairement.

Et moi j'essaie d'apprendre à mieux le cerner. Histoire de comprendre ce qui lui arrive.

Du coup, ça te dirait de prendre un verre un jour.

Pas en mode rencard, Omar ajoute. Mais bon, tu vois quoi. Juste histoire de discuter un peu.

Je regarde Omar, puis Ahmad. Il est en train de fixer les nuages, et je suis incapable de savoir s'il enregistre ce qui se passe ou pas.

Je décide qu'ils se ressemblent absolument pas.

Je lui réponds que je suis partant. Que je suis chaud pour boire-un-verre-pas-en-mode-rencard.

Je lui demande s'il connaît un endroit qu'il recommanderait pas.

Omar répond, Non, mais je peux pas t'écrire.

Est-ce qu'il vaudrait mieux que je t'appelle pas par ton prénom, je lui fais.

Seulement si tu me files un mauvais numéro.

Bien sûr, Ximena assiste à toute la scène. Elle se mord la lèvre, avant de se la démordre.

Je lui assure qu'il se passe rien, alors elle me répond qu'elle a absolument rien dit.

À la place, elle me montre en photo les chaussures qu'elle a choisies. Ce que sa mère va porter, la salle, le costume qu'elle a acheté pour son fils. Elle termine par sa robe, un truc tout brillant et doré. Apparemment, elle l'a déjà montrée à son fiancé.

Je sais qu'on est pas censé le faire, Ximena me lance en faisant défiler les photos. Mais bon, ça passe.

Cette nuit-là, ma mère m'appelle, mais je décroche pas.

Lydia appelle, mais je décroche pas.

Mitsuko m'apprend à frire des côtelettes de porc en dirigeant mes mains au-dessus de la plaque. Je fais cramer la première série. La deuxième est encore pire. Elle goûte quand même, sans qu'on en parle ensuite.

Et puis, sans aucune raison, Mitsuko me demande de lui en dire plus sur ma mère.

Elle était divorcée. Mais plus maintenant.

Donc on a 50 % en commun. T'as déjà rencontré son nouveau mari ?

Une fois. Il est riche.

Ça t'étonne ?

En un sens, oui.

Mitsuko demande, Pourquoi ?

Je sais pas. C'est juste qu'il est tout l'opposé de mon père.

Faux, vous êtes tous exactement comme votre père.

Et puis, un peu plus tard, alors qu'on est en train de faire la vaisselle, Mitsuko s'éclaircit la voix.

Elle me dit, Je sais que ça me regarde pas. Mais mon fils, lui, a traversé l'océan pour voir le sien.

*

Un jour, Mike m'a préparé un plat, et je lui ai dit que c'était immangeable. Je l'ai dit juste comme ça, histoire de voir ce qui allait se passer. On s'était disputés cet après-midi-là, pour rien en plus, une histoire de fric. Il m'a dit que je pouvais pas comprendre parce que j'étais né *avec*, parce que mes parents *en avaient*.

On vivait dans une boîte, Mike disait. On dormait avec des putain de cafards sur la gueule, putain. On sortait jamais dîner dans ces putain de restos sur Elgin. Mes parents pouvaient pas se permettre d'être putain de frivoles.

Tu sais pas de quoi tu parles, je lui ai répondu, même si en fait il savait très bien. Alors cette conversation s'est terminée de la seule façon possible : en baisant, à la va-vite, encore à moitié habillés, sur le comptoir de la cuisine, juste parce qu'on avait pas les mots.

Il avait préparé un ragoût de porc. Tu le sentais dans tout le quartier. J'en ai goûté une cuillerée, j'ai froncé les sourcils, et puis je lui ai dit que c'était pas mon délire.

À la fin, on s'est retrouvés à poil devant le comptoir. Mike affichait un grand sourire, comme s'il allait se mettre à pleurer.

J'ai pas pu m'empêcher de m'excuser.

15

Du coup, le lendemain matin, je me pointe devant sa porte malgré tout.

La porte de mon père.

Et le moment d'après je suis en train de toquer. Et d'attendre.

C'est toujours difficile de revenir chez soi sans succomber à la nostalgie, de se tenir là où tant de versions de toi-même se sont un jour tenues, de passer devant toutes ces maisons de banlieue au charme magique. Y a encore la boulangerie au fond de l'impasse, celle avec la Coréenne qui me filait toujours des beignets en plus. Et aussi la boutique de sandwichs au poulet à côté de la station-service. Le restaurant de pâtes juste à côté du boui-boui qui fait du tex-mex. Et tout le monde a une pelouse éclatante, vu qu'on est en milieu de journée à Katy, là où toutes les deux secondes un mini-van, sorti de je sais pas où, apparaît derrière moi. L'ensemble me donne envie de faire demi-tour et de tout arrêter d'un coup, quand je vois la porte s'ouvrir, à peine.

Les yeux de mon père.

T'es qui, il demande.

Arrête ça.

Mon père plisse les yeux un peu plus.

Une fraction de seconde, je me dis que ça pourrait être encore pire que ce que je croyais.

Je déconne, il dit en ouvrant la porte. C'était juste une blague, putain.

Sa maison est une vraie porcherie. J'ai du mal à y croire. Mon père a laissé traîner l'intégralité de ses emballages de bouffe à emporter sur le tapis, et la pièce sent l'animal mort. Y a de l'humidité du côté intérieur des fenêtres, le jogging de mon père a plein de taches. Je commence à me demander si c'était comme ça quand on habitait ensemble, ou si les standards de Mike m'ont forcé à élever les miens.

Mon père s'assied sur le canapé. Une bouteille de bière ouverte se dresse entre nous. Il me regarde moi, puis la bière, puis le plafond.

Vas-y, je lui fais. Je suis pas de la police.

C'est tout comme. Tu te pointes à l'aube. T'arrives de nulle part. T'as pris tes médocs au fait ?

T'inquiète pas pour moi. Ma m'a dit que t'allais pas bien.

Vu que t'es là, t'as qu'à me dire comment je vais.

Et que tu répondais pas à ses appels. Elle s'inquiète pour toi.

Alors dis-lui de venir ici elle-même, putain.

Quand mon père se met dans cet état, ça sert à rien de lui parler. Laisse tomber. Du coup, je ramasse les emballages de hamburgers qui traînent autour du canapé, ce qui m'amène à chercher un sac où les jeter. Au bout d'un moment, j'arrive dans l'entrée. Puis à la cuisine. Je laisse sa chambre tranquille. Je vois que, juste à côté, la porte de mon ancienne chambre est ouverte.

Je jette un œil à l'intérieur ; c'est la seule pièce qu'il ait pas cradée. Personne a touché à mes posters de Bowie, Hendrix et Ultraman Tiga. Mes vieux vinyles sont encore éparpillés sur le bureau. Je suis sûr que si j'ouvrais les tiroirs, je retrouverais de vieux magazines pornos tout défraîchis.

Quand je redescends, mon père s'est assoupi. Je m'apprête à prendre sa bière, mais il l'attrape avant moi.

Il la boit en me regardant droit dans les yeux.

*

Je sais exactement combien de fois mes parents ont touché l'autre devant moi.

Une fois, juste après la promotion de mon père à la radio. Ils se sont pris dans les bras.

Une autre fois, à la mort de sa mère, avant d'entamer un trajet de deux jours en voiture pour se rendre à l'enterrement, qui avait lieu à Columbia.

Et une nouvelle fois, à la mort de la mère de ma mère, pendant un trajet de cinq heures en voiture vers Dallas.

Une quatrième fois, le soir où Lydia leur a annoncé qu'elle en pouvait plus d'eux et qu'elle se cassait.

Et à nouveau, avant qu'on aille déjeuner au deli, juste après notre dernière grosse engueulade. Je les ai observés de l'allée devant notre maison, vu qu'ils étaient juste devant la fenêtre. J'avais retourné une commode en sortant, ce qui avait foutu par terre vingt ans de photos. C'est là que, dans la salle à manger, mon père a passé la main dans le dos de ma mère ; il a fait ça d'un geste bref, instinctif je crois. Et puis mon père a retiré sa main, tout en plissant les yeux pour me voir derrière la vitre, sans que ni l'un ni l'autre ouvre sa gueule.

*

Quand j'en ai terminé, je peux pas dire que la maison est propre, elle l'est juste un peu plus. Mon père trafique je sais pas quoi avec les manches de sa chemise. Quand il me voit fermer le cinquième sac-poubelle, il fronce les sourcils.

Personne t'a demandé de faire ça.

Mais je l'ai fait quand même, je lui dis.

T'as jamais pensé que c'était peut-être ça le problème ? Que des négros fassent volontairement des trucs que je leur ai jamais demandé de faire ?

C'est le signe que je dois me tirer. Je vais récupérer mes chaussures, que j'ai laissées devant la porte.

Salut Papa, appelle Maman. Elle s'inquiète pour toi.

L'instant d'après je suis dehors.

À genre trois pas de la voiture de Mike, j'entends la porte s'ouvrir derrière moi.

Mon père est sur le seuil, en train de me regarder. Je m'appuie contre la vitre de la voiture.

Il demande, Tu penses revenir quand ?

Tu veux que je revienne ?

Tu peux pas répondre à une question par une question, me dit mon père. Alors je le regarde, et il a vraiment l'air très seul.

J'ai connu une époque où les éclats de rire de cet homme faisaient vibrer des salles de rédaction entières. Mais maintenant, voilà l'état dans lequel il est. Ou était. Je lui ai même pas demandé quand il a assuré des remplacements pour la dernière fois. Je lui ai pas demandé comment il s'en sortait en termes d'argent. C'est pas comme si j'aurais pu l'aider.

Bientôt.

Sois plus précis, mon père me répond.

Je sais pas. Dans quelques jours. Le week-end prochain.

Ah OK. Tu bosses toujours avec ces sales gosses ?

Je bosse toujours avec ces sales gosses.

C'est ce que je me suis dit.

Promets-le-moi, mon père me fait, tout en se touchant nerveusement les mains.

Si t'as envie. OK. Je te promets.

Je te croirai quand tu reviendras.

Alors je reviendrai, je lui dis, avant d'entrer dans la voiture, de mettre le contact, et bye.

*

Lydia s'est mis en tête que le manque d'intimité au sein de notre foyer expliquait mes difficultés à créer du lien. C'est ce qu'elle m'a dit, exactement en ces termes, pendant que je l'aidais à faire ses cartons dans son ancien appartement. Elle déménageait, encore, pour aller vivre à quelques pâtés de maisons, un peu plus haut dans la rue. Son appart était rempli de portraits de ses amis et de photos d'endroits où elle était allée.

Comment tu pourrais savoir ce qui va pas chez moi, putain.

Benson, mon bébé, mon petit frère, je t'ai littéralement vu faire tes premiers pas. Évidemment que je peux savoir.

On était en train de fumer un truc beaucoup trop chargé sur les marches à l'extérieur de son nouveau chez-elle, au pied d'un immeuble sans ascenseur coincé derrière une flopée de bars à Montrose. Je venais de demander à Lydia si elle avait peur de ses nouveaux voisins, de ce qu'ils allaient penser d'elle. Pour toute réponse, j'ai eu droit à un micro-haussement d'épaules.

Tout le monde s'en tape. Je paie un loyer chaque mois.

Eux aussi, j'ai répondu.

Exactement. Chacun de nous connaît son rôle. Donc y a pas de débat.

Comment il va ce mec, là. Celui que t'avais commencé à voir ?

Bien tenté.

Tu me racontes jamais rien.

C'est toi qui parles tout le temps de discrétion.

Tu sais très bien ce que je veux dire, j'ai répondu, tout en donnant un petit coup de pied contre les marches. C'est à ce moment-là que Lydia m'a posé une main sur l'épaule.

Elle m'a dit, Quand y aura un truc à savoir t'en entendras parler.

Si ça se trouve on sera tous morts avant que ça arrive.

Pas impossible. Faut surveiller la montée des eaux.

J'imagine que j'ai qu'à faire des réserves d'histoires d'amour pour nous deux.

Ça ferait pas de mal ouais, Lydia a fait. T'en vis une bien, toi.

Je sais pas trop.

Y a rien à savoir. Je te le dis. Mike est un type bien.

Elle a étendu les jambes derrière moi, tout en s'étirant vers le plafond. Je l'ai imitée, alors elle m'a filé un petit coup derrière la tête.

Mike c'est un électron libre, j'ai lâché.

Je suis sûre que c'est lui le plus affectueux des deux.

C'est vraiment le dernier mot que j'emploierais pour décrire Mike.

T'es trop proche de lui pour le voir.

Je pense le connaître un peu mieux que toi.

Et pourtant, vous êtes trop doux tous les deux.

Parce que toi t'es une grosse dure, c'est ça.

Lydia a répondu, Petit frère, t'imagines même pas à quel point.

*

Je suis coincé sur l'I-10 quand je décide d'appeler ma mère. Les camions qui passent à côté de moi zigzaguent entre les voies comme des canards sur une mare.

Avant qu'elle réponde, je reçois un autre appel, d'un numéro inconnu. Je décroche sans réfléchir.

Mike, je dis.

Quoi, Omar me fait.

Oups.

C'est qui Mike, Omar demande.

T'inquiète. Qu'est-ce qui va pas ? Y a un problème ?

Je t'appelais pour notre rencard.

Enfin, il fait, je sais que c'est pas un rencard. Vraiment. Mais je vais devoir l'annuler.

OK.

OK.

La voie devant moi se dégage doucement, avant de se bloquer à nouveau quand un pick-up et une Porsche essaient de s'y insérer en même temps. Les deux conducteurs se font un doigt.

Alors Omar me dit, Est-ce que je peux te demander ce que t'es en train de faire ?

Là tout de suite ? Je suis bloqué dans les bouchons sur Allen Parkway.

Désolé.

Moi aussi.

Mais, Omar continue, crois-le ou non, je connais un resto qui fait des happy hours sympa dans ce coin. Au niveau de Greenway Plaza, tu vois ? Ils ont des hot-dogs. Peut-être qu'un jour on pou…

Et pourquoi pas maintenant, je lui lance, avant même d'y penser, avant qu'il commence à interpréter ma proposition comme autre chose que ce qu'elle est vraiment.

Oh, waouh. Ouais. Tu manges de la viande ?

Je mange de tout.

Alors Omar m'envoie l'adresse.

Et alors Omar m'explique où je peux me garer.

Je te promets que c'est pas un rencard, il continue.

Je sais.

Super.

Pour les happy hours, on se retrouve en fait dans une icehouse. La cour est saturée de Blancs. Y a au moins six ou sept écrans de télé sur lesquels des commentateurs sportifs beuglent les résultats du même match de foot américain. Je repère Omar, assis sur un banc au fond.

Il a l'air perdu dans ses pensées. Un peu shooté même. Il est en train de fumer une cigarette. Mais à mon arrivée, il l'écrase direct.

Promis, je vais pas te dénoncer.

C'est bon t'inquiète, Omar me répond. J'essaie d'arrêter.

T'as l'air de super bien gérer.

Jusqu'à aujourd'hui c'était plutôt le cas ouais, et il broie le mégot du pied.

On commande tous les deux un hot-dog. Le sien a une taille acceptable. Le mien est obscène, on m'a filé une bratwurst recouverte de beaucoup trop de garnitures. Le type qui vient nous les apporter est tout pâle et couvert de tatouages ; il nous demande une, puis deux fois, si on veut boire un truc pression. Mais c'est pas le cas.

Après quelques bouchées, on s'est toujours pas vraiment adressé la parole. Omar me regarde moi, et par-dessus mon épaule.

Il me fait, Ahmad est chelou comme gosse.

Tous les gosses sont chelous. C'est des gosses.

Bizarre. J'imagine que tu vois de quoi je parle. Moi aussi j'étais plutôt chelou.

Et aujourd'hui ?

Je suis kiné. J'étire des gens qui se sont pas étirés eux-mêmes. C'est un peu moins chelou.

Juste un peu. Ton frère vit avec toi ?

Mon frère vit dans son monde à lui. Et de temps en temps, il vient voir comment je vais.

Si je pouvais j'irais le rejoindre, je lui dis, avant de prendre une gorgée d'eau.

Une fois qu'il a fini de manger, on dirait qu'Omar a envie de lécher les miettes qui lui restent sur les doigts, mais il se retient. À la place, il joue avec en les roulant entre le pouce et l'index.

Faut que je remercie Ximena, Omar m'explique. Sans la réduction qu'elle nous a accordée, jamais mes parents auraient pu mettre Ahmad chez vous.

Xim est géniale. T'as déjà rencontré son fiancé ?

Ouais. Il est cool.

Il est sympa.

Et puis, soudain, on se retrouve à court de sujets de conversation.

Je suis alors traversé par l'idée que, si Omar connaît Ximena au point qu'elle lui a fait une réduc, il sait sans doute pour Mike.

Les petits Blancs derrière nous commencent à s'agiter. Quand l'un d'eux tombe et s'explose le cul sur le béton, tous les autres lèvent leur bière en l'acclamant.

Omar lance, Merci.

Pour quoi.

Pour tout ça.

J'ai déjà payé.

Non, Omar répond. D'être venu jusqu'ici. T'étais pas obligé.

J'avais besoin de passer un moment assis avec quelqu'un. Parfois ça devient compliqué de tout gérer. C'est compliqué de tout gérer.

T'en fais pas. Quand tu veux.

On se retourne pour regarder les petits Blancs.

Demain ? Omar demande, ce qui fait qu'un instant j'arrive pas à savoir s'il déconne ou pas.

Quand tu veux sauf demain.

Quand je veux à un moment indéterminé.

Un moment et un endroit qui restent à définir, je lui dis.

À ta santé.

Quand je rentre à la maison, Mitsuko a déjà fini de préparer le repas. De la soupe miso m'attend sur le comptoir de la cuisine. Elle est assise sur le canapé à regarder la télé. Elle a les yeux rouges, comme si elle venait de pleurer, mais quand elle me voit, elle dit pas un mot. Ensuite je l'entends sangloter, et je vois ce qu'y a à l'écran.

Elle regarde *Coup de foudre à Manhattan*.

Elle chiale devant *Coup de foudre à Manhattan.*

Jennifer Lopez est assise sur le perron, et pendant ce temps Mitsuko, elle, pleure toutes les larmes de son corps.

Quand elle me voit en train de la fixer, elle me demande ce que je fous à la regarder comme ça.

Ce soir-là, j'écris à Lydia pour lui parler de notre père. Et ensuite j'appelle ma mère. Elle décroche à la troisième tonalité.

Je suis pas mal occupée là, elle dit, avant que le vacarme de sa nouvelle vie en arrière-plan ne m'explose aux oreilles.

Y a des enfants qui rigolent. Le spitz nain qui aboie. Je crois entendre un homme.

Je suis allé voir Papa.

Quelque chose éclate à l'autre bout de la ligne. Puis de nouveaux rires de mes demi-frères résonnent. On s'est vus que quelques fois, du coup j'arrive jamais à dire qui est qui.

Je t'ai dit que j'étais occupée.

Je suis allé voir Papa, je lui dis à nouveau.

Attends une seconde, ma mère me fait, avant de couper le haut-parleur pour s'éloigner du bruit.

C'est bon. C'est bon. Il avait bu ?

Il était pas bourré.

C'est bien. C'est mieux que la dernière fois où on est passés nous. Mais tu dois pas le lâcher.

J'entends le bruit d'une fenêtre qui se ferme derrière elle, puis le cliquetis d'un briquet.

T'es en train de fumer.

Exactement.

Je croyais que ton mari kiffait pas trop ça ?

Tu peux l'appeler par son prénom, Benson.

Je pourrais.

Ça va pas te tuer, elle continue, tout en tirant une bouffée de sa cigarette.

Depuis qu'elle s'est remariée, ma mère est tiraillée entre ses anciens vices et sa nouvelle vie : elle a recommencé à aller à l'église, à cause du métier de son nouveau mari et la nécessité de se montrer. Mais elle a aussi recommencé à fumer, parce qu'elle a toujours adoré ça, alors que mon père supportait pas la cigarette. Elle a renouvelé toute sa garde-robe. Elle a commencé à jurer. Elle a commencé à faire de grands sourires profonds.

Lydia pense que ma mère et moi on est pareils. Elle dit que ça aussi, ça fait partie des trucs que je vois pas parce que je suis trop proche d'elle.

Tu m'as jamais raconté comment t'allais, me fait ma mère.

T'as jamais posé la question.

Si. Mais je te la repose maintenant.

Tout va bien. Rien de nouveau.

Tu continues de prendre tes médicaments ?

T'inquiète pas pour ça.

Tu peux pas m'empêcher de m'inquiéter pour toi, elle répond. D'ailleurs, comment va Mike ? Je l'ai pas vu la dernière fois.

Mike est en voyage, je lui dis, avant d'entendre ma mère qui commence une phrase, puis s'arrête.

Tu veux en parler ?

Non.

C'est normal de parler de ce genre de choses à des gens, Benson.

Personne t'oblige à répéter mon nom.

T'es mon fils. C'est moi qui ai choisi ton nom. J'adore le prononcer.

Je regarde des mouches qui dansent devant ma fenêtre. Elles entrent constamment en contact l'une avec l'autre.

Appelle-moi si t'as besoin de quelque chose. Quoi que ce soit. Je suis là pour toi. Quelle que soit la situation à laquelle t'es en train de faire face, t'es pas obligé de la gérer seul.

Alors je commence à lui dire merci, mais à ce moment-là ses gosses se mettent à hurler, le chien à aboyer, le mari de ma mère l'appelle pour qu'elle y retourne, et tout ce qui se passe de son côté de la ligne est englouti par le bruit ambiant.

16

Nouveau rêve avec Mike : cette fois, on est en boîte. Le genre d'endroits où tu pourrais vraiment nous trouver. Sauf que là, c'est un étranger, moi aussi je suis un étranger, et on est en train de flirter au bar.

Salut étranger, Mike me fait.

Salut étranger.

Et on se met à rire ensemble. Nos chaussures viennent embrasser les semelles de l'autre.

Et puis on se retrouve dans les toilettes dégueulasses du sous-sol, à se mordre la peau, la main dans le caleçon de l'autre, en train de pousser de petits grognements de loutres entre deux parois défoncées.

Il est un peu plus de minuit quand je vais me nettoyer à la salle de bains, vu que ça fait littéralement des années que j'ai pas eu d'éjaculation nocturne. J'entends le murmure discret de la télévision à côté. Lydia m'a répondu.

Elle dit : Mais nan négro, t'y es vrmt allé ? JPP.

17

Le lendemain matin, avant que je parte pour le boulot, Mitsuko me demande de la conduire dans le centre-ville. Elle s'est fait livrer des ingrédients du Japon, qu'elle doit aller récupérer au centre FedEx près du Marriott.

On sort donc du quartier, on prend l'I-45, et on laisse derrière nous les chantiers sans fin d'Elgin. Au moment où je tourne à droite au feu situé sous le pont, un gars aux cheveux ébouriffés qui porte un sweat des Rockets prend une gorgée d'une bouteille cachée dans un sac en papier. Il a connu des jours meilleurs, mais le sweat est tout neuf. Y a encore l'étiquette et tout.

Il nous fait un signe de tête. Je le lui renvoie. Et puis le feu passe au vert, et on retourne tous les deux à nos vies respectives.

Raconte-moi quelque chose sur mon fils que je sais pas déjà, Mitsuko me fait.

Euh.

Le truc, c'est que j'ai rien du tout.

Mike est irritable.

Il a aucune endurance.

Il fait un truc bizarre avec sa langue.

Les premiers mois, quand on était au lit il traçait des formes sur mon dos. Quand j'arrivais à les trouver, il me mordait l'épaule.

Mike sait un peu parler espagnol, je lui dis.

Mitsuko me répond, C'est bien.

Il est obligé. Pour son boulot.

Et puis, il adore manger.

Merci pour toutes ces informations. Vraiment. T'es un puits de science.

Mais dis-moi, elle me demande, quand est-ce que t'as su que t'étais gay ?

À ce moment mes yeux se détachent de la route, du coup on manque de foncer sur le trottoir. Quelques types à lunettes de soleil qui traînaient là sautent sur le côté pour nous éviter. Je les vois me faire de gros doigts dans le rétroviseur.

Ça fait rien.

Désolé, je lui dis, c'était pas à cause de vous.

Évidemment que c'était pas à cause de moi.

On se réinsère dans la circulation.

Si ça peut aider, elle continue, je savais absolument pas que Mike était comme ça.

Il me l'a jamais dit. À son père non plus. J'avais des amis dont les enfants sont gays. Des fils qui couchent avec d'autres fils. Des filles qui couchent avec des garçons et des filles.

Mais le mien non. J'ai manqué ça.

Et puis un jour, j'ai percuté. Avant qu'il quitte la maison, j'ai eu le déclic. D'un coup, tout a pris sens.

Après ça, y a plus rien eu à dire. On a tous les deux compris.

À force de faire des tours dans le parking, on finit par trouver une place juste en face de l'ascenseur. Une fois qu'on s'est garés, on reste assis dans le noir.

Vous pensiez que votre fils allait finir avec quel genre de mec, je lui dis.

C'est vraiment ça ta question, ou tu veux savoir autre chose en fait ?

Ce que tu me demandes c'est si je pensais qu'il allait sortir avec un Japonais ? Ou si j'en ai quelque chose à faire que tu sois noir ?

Un grand mec blanc sort de l'ascenseur devant nous. Il a l'air complètement perdu. Il met plusieurs secondes à trouver ses clés. Quand il entend l'alarme de sa voiture, tout son corps se détend.

Si vous le voyez comme ça.

Mitsuko lâche, Pour être honnête, j'y ai jamais trop réfléchi. C'était pas mes affaires. C'est pas mes affaires. Je suis sa mère.

Ou est-ce qu'en fait t'aimerais savoir ce que je pense de toi.

Un autre mec blanc en costard ouvre sa voiture garée juste à côté de nous. Visiblement gêné par sa cravate trop serrée, il me jette un bref regard de l'autre côté de la vitre tout en fronçant les sourcils.

Je pourrais te le dire, Mitsuko ajoute, mais j'ai trop peur que tu nous fasses foncer dans le mur.

J'avance derrière Mitsuko, on passe devant plusieurs bureaux, on prend un escalator et on traverse plusieurs couloirs. Les employés de FedEx sont surtout des femmes, qui sont surtout noires.

Elles regardent Mitsuko. Elles me regardent moi.

Je vois leurs yeux effectuer un calcul éclair.

Une fois au guichet, je fais de mon mieux pour afficher un large sourire. Mitsuko a toujours pas retiré ses lunettes de soleil. Elle tend une carte à l'une des femmes et reçoit une brassée d'enveloppes en échange. Quand l'employée lui propose un sac, Mitsuko décline l'offre.

C'est à ça qu'il sert, elle dit en me désignant de la tête.

Ça c'est mon genre de femmes, répond celle au guichet, en gloussant.

Sur le trajet retour, je demande à Mitsuko comment est sa maison à Tokyo. Elle lève le sourcil.

Calme, elle me répond.

18

Au travail, Ahmad réussit à me bloquer dans un coin avant de me sauter sur le dos. Quand Marcos et Ethan le voient faire, ils prennent sa suite en venant s'accrocher à mes genoux. À ce moment-là, Barry arrive d'un pas hésitant pour essayer de m'aider, mais je le renvoie d'un signe de la main. Les garçons et moi avançons péniblement de la photocopieuse à la benne à ordures située dans la cour, avant de terminer par la porte défoncée du couloir d'entrée.

Quand je leur dis que je suis fatigué, ils descendent et restent debout autour de moi.

Quand je finis par me relever, ils se jettent de nouveau sur moi.

Ximena me fait, On dirait qu'Ahmad va mieux.

Je lui demande ce qui lui fait penser ça, et elle lève un sourcil.

Alors que je suis en route pour rentrer à la maison, je manque d'écraser un pigeon ; les freins font leur boulot juste avant la collision.

Heureusement, y a personne derrière moi. Du coup, je sors de la voiture pour aller voir l'état de l'oiseau. Il me regarde de haut en bas, avant de regarder le sol. Il fixe un truc : une pièce de vingt-cinq centimes tombée par terre.

L'oiseau examine la pièce. Il me jette un regard. Puis il chope la pièce dans son bec, avant de prendre son envol dans un battement d'ailes.

19

Quand je retourne voir mon père, j'insiste pour qu'il vienne se balader avec moi.

On va donc se balader. Y a un resto d'écrevisses pas très loin de chez lui. Cet endroit est une anomalie totale pour le quartier, vu qu'on y trouve à la fois de très vieux Noirs et de très jeunes Blancs. Un Pakistanais a racheté le commerce l'année dernière, il a arraché tous les sols et il a repeint les murs. Il a totalement repensé le menu. Il a rempli ses frigos de bières artisanales et foutu des écrans plats sur chaque mur.

Mon père sirote l'une de ces bières.

Tu bois de l'IPA toi, je lui dis.

Elles sont surtout à base de pisse. Du coup je bois un peu moins.

Quand la serveuse vient nous voir, mon père commande une autre bière. C'est une jolie petite Blanche, qui me demande si je suis toujours content avec mon verre d'eau ou si je veux autre chose, ce à quoi mon père réplique que personne est jamais content avec juste un verre d'eau.

Je lui réponds quand même que je veux rien d'autre. Elle me sourit en penchant la tête sur le côté.

Une fois qu'elle est partie, mon père siffle.

Ta mère m'a dit que tu vivais avec une fille.

Pour l'instant.

J'espère que tu vas pas me traiter d'homophobe si je dis que c'est un sacré progrès.

Ça veut dire que Maman et toi vous vous reparlez.

On a jamais arrêté de se parler. C'est juste qu'on se raconte rien. Ça veut dire que t'es plus gay ?

Non.

Mon père ajoute, Il est jamais trop tard pour changer.

C'est classique venant de sa part. J'ai arrêté de lui crier dessus en espérant le faire taire.

On a les mains pleines d'écrevisse. Leurs viscères coulent à travers les journaux censés protéger nos vêtements. Quand la serveuse s'arrête de nouveau près de notre banquette, mon père lui redemande de l'eau en souriant. Même si mon verre est plein à ras bord, elle en ajoute quand même un peu.

Laisse-moi deviner, mon père me fait. C'était un commentaire déplacé.

Je m'en fous.

Tu sais très bien que je le pensais pas.

T'es adulte. Les choses sont comme elles sont.

C'est juste que je connais pas les règles, mon père continue. Elles arrêtent pas de changer.

Ce serait des décrets autrement.

Si les dictateurs font ce qu'ils font, y a bien une raison.

On va jamais réussir à finir notre plat. L'écrevisse nous a vaincus. Mon père dit qu'il mangera la suite un peu plus tard et, même si je sais que ça arrivera pas, on emballe quand même les restes dans la page des petites annonces.

Alors qu'on avance sur le parking, la serveuse nous refait un signe de la main. Quand je le lui renvoie, mon père donne un gros coup sur le toit de la voiture de Mike.

On choisit le trajet le plus long pour rentrer. Tous les deux kilomètres, mon père y va de ses petits commentaires.

Ça c'est la maison qu'on a failli acheter avec ta mère.

Ça c'est l'église où on est allés pendant des années, celle où le pasteur trompait sa femme.

Ça c'est le lotissement que ta tante a failli mettre en location.

Ça c'est la pelouse de ton prof de chimie.

Ça c'est la pharmacie.

La piscine.

Le parc.

À chaque fois je ralentis un peu, mais je m'arrête jamais vraiment.

Et puis on arrive à la maison.

Mon père me dit, Tu sais quoi, j'en ai jamais rien eu à foutre de qui tu baisais.

Je sais que tu penses le contraire, mais vraiment, je m'en tape.

Ta mère s'en tape pas, mon père continue. Pas du tout. Mais pas au point où tu le penses.

Et puis il sort en prenant son sachet d'écrevisses, dont les viscères ont coulé partout sur le tapis de la voiture, désormais couvert de sang.

20

Ce soir-là, je surprends Mitsuko en train de boire une tasse de je-sais-pas-quoi avec notre voisine vénézuélienne. C'est l'une des rares fois où je la vois sans ses enfants. Avec Mitsuko, elles sont pas en train de rire, de sourire ou autre ; elles sont juste en train de boire de chaque côté de la clôture, en silence, ensemble.

De temps en temps, l'une d'elles lève la tête, comme si elles venaient d'entendre un bruit. Mais elles ouvrent quand même pas la gueule.

21

La racine du problème, de notre problème, est la suivante : la nuit avant le départ de Mike, alors qu'on était au lit, juste avant de baiser, il m'a demandé si je pensais que ça fonctionnait entre nous.

C'est quoi cette question, putain ? je lui ai demandé. Si ça fonctionne entre nous ? T'essaies de me dire que c'est fini, c'est ça ? Alors qu'on vient d'accueillir ta putain de mère chez nous ?

Je fais que poser une question. C'est tout.

Vas-y dis-le. Fais pas ta petite pute.

Benson, je veux juste savoir ce que tu penses.

Je pense que tu devrais sortir ce que t'as à dire. Si tu penses que c'est fini, dis-le, c'est tout. Je ferai mes valises demain.

C'est pas aussi simple, Mike a dit, avant de se cacher le visage dans les mains.

Si ça l'est.

De nous deux, c'est toi qui es allé baiser d'autres mecs.

Et voilà, c'est reparti pour un tour.

Ouais, j'ai répondu. C'est reparti pour un tour.

Et un autre, et un autre, et encore un autre. Et maintenant tu te casses on sait pas où putain. Pour on sait pas combien de temps. Putain de merde.

T'es pas juste avec moi, Mike a dit. C'est vraiment pas juste. C'est mon père.

C'est un mec dont t'avais rien à foutre, putain !

Ça aura plus d'importance quand il sera mort.

On avait dit tout ça en chuchotant. On s'était pas regardés. J'ai senti le corps de Mike se relâcher.

Mike a repris, Écoute, c'est pas parce qu'un truc marche pas qu'il est cassé. Il faut juste avoir envie de le réparer. Il faut qu'y ait de la volonté quelque part.

Et dis-moi, t'as envie de le réparer ?

Je crois que c'est ce que j'essaie de savoir.

22

Je suis en train de préparer à manger avec Mitsuko quand je reçois un appel d'Omar.

C'est Ahmad. Merde.

C'est quoi le problème, je lui dis, avant que Mitsuko me lance un regard.

Je comprends pas ce qu'il fait, Omar répond. Je comprends pas ce qu…

Appelle une ambulance.

Non, c'est pas ça. Y a rien d'incontrôlable. Il fait juste des trucs bizarres, tu vois ? Comme ce qu'il fait parfois ? Tu l'as déjà vu dans cet état je pense. Je savais pas qui d'autre appeler.

On raccroche. J'explique à Mitsuko que je crois qu'il faut que j'aille quelque part.

Elle regarde la casserole qui mijote devant nous ; c'est un curry de fruits de mer aux coquilles Saint-Jacques, aux crevettes et aux carottes qui attend plus que du riz.

Elle a les cheveux lâchés. Elle est pas maquillée. Pour la première fois depuis son arrivée dans l'appartement, on dirait que Mitsuko commence à se sentir à l'aise.

Seulement si t'emportes ce plat.

Au moment où j'ouvre la bouche pour protester, Mitsuko fait une grimace.

On va quand même pas le gâcher. On fait pas ce genre de choses.

C'est comme ça que j'arrive devant la porte d'Omar, les bras chargés de riz au curry et de poulet katsu.

Quand il voit que c'est moi, il m'ouvre la porte de l'immeuble pour que je puisse monter. Il m'accueille en short de basket et en débardeur beaucoup trop long.

Désolé.

T'inquiète, je lui dis.

Non, c'est franchement pas grand-chose en fait. J'aurais jamais dû t'appeler.

On marche dans son appartement, qui est lumineux et bien éclairé, jusqu'à trouver Ahmad étendu par terre, le visage contre le sol. Il a élu résidence dans le couloir, où il a décidé de rester allongé, les bras le long du corps.

Quand je l'appelle par son nom, il lève la tête.

Salut toi.

Ahmad répond, Salut.

Qu'est-ce qui t'arrive ?

Je réfléchis.

À quoi ?

À des trucs.

Ça a l'air très précis.

Je prends une chaise pour m'asseoir à côté de lui, avant de lever les yeux vers Omar. Il regarde son frère, puis moi. Il vient s'asseoir bizarrement derrière nous en faisant continuellement de petits mouvements de fesses.

Et voilà, on reste comme ça pendant un moment. On dit rien. Ce qui me donne l'occasion de regarder autour de moi.

Les murs sont vides, sans aucun tableau. Mais y a une étagère avec des livres. Des coussins de décoration. Un tapis de cow-boy est étendu sur le parquet ; une légère odeur de cannelle flotte dans la pièce.

Omar arrête pas de se tortiller pour trouver une position confortable.

Rien n'a vraiment changé. Ahmad a pratiquement pas bougé. Je décide alors d'étendre les jambes, de m'allonger sur le ventre et de venir le rejoindre.

Une fois qu'on est installés en parallèle, Ahmad tourne la tête pour mieux me regarder.

D'un coup, il se met à pleurer.

Une fois qu'il a couché son frère, Omar vient me rejoindre au salon.

C'est à cause du divorce, il me dit. Les enfants réagissent tous de façon différente.

J'ai vu pire. Crois-moi.

Depuis qu'il est venu s'installer avec moi, jamais il m'en a parlé.

Prends-le dans tes bras de temps en temps, c'est tout. Fais-lui sentir que tu sais qu'il est là.

C'est ça le truc. Je pense pas que ce soit ça qu'il veut.

Malheureusement, on lui demande pas son avis. Faire comme s'il était pas là, c'est précisément la seule chose que tu pourrais merder.

Et puis on reste assis, sans parler.

Je me demande si on est en train de penser à la même chose.

Devant la porte, y a une paire de chaussures de sécurité, des baskets d'enfant, et puis mes baskets à moi. Elles sont suivies de six paires de sandales, pointure patte d'ours, qui sont toutes un peu abîmées au niveau des orteils.

Attends une seconde, t'as apporté à manger.

Donc tu sais cuisiner ! Omar ajoute.

C'est une amie à moi qui l'a préparé.

Une amie, il répond.

Une amie.

Si tu le dis.

Crois-moi.

Bon, on le mange maintenant ?

Et puis il ajoute, On a qu'à dire que c'est ça notre rencard, nan ?

Le ton d'Omar est un peu puéril, comme s'il assumait pas complètement. Et puis il croise les jambes sur le canapé. Il cale son bras droit sur sa cuisse, ce qui lui donne l'air objectivement ridicule.

Franchement, tu devrais tout garder pour Ahmad.

Il aura faim, j'insiste. En les prononçant, mes mots semblent peser des tonnes dans ma bouche.

Il mangera pas ça. Le prends pas mal, mais avec lui c'est des frites ou rien.

Je ferais mieux d'y aller. C'est évidemment ce que je devrais faire ; je fais mine de me lever, parce que c'est ce que la gravité veut de moi, et puis, sans aucune raison, comme ça, de nulle part, ou peut-être pour toutes les raisons qui se sont déjà présentées à nous, Omar se penche pour m'embrasser.

Ça dure qu'un instant. Deux lèvres qui se touchent.

Ça fait le bruit d'un truc mou qu'on écrase, ou d'une huître qu'on vient d'ouvrir.

Et l'instant d'après, Omar est de nouveau assis bien gentiment. Les mains sur les cuisses, comme s'il venait de se faire engueuler.

Je dis, Ah.

Je dis ensuite, Je ferais quand même mieux d'y aller.

Et puis je me lève.

Et puis je vais prendre mes chaussures.

Et puis je m'en vais.

Je suis littéralement garé depuis une seconde quand mon portable se met à sonner.

Mike lance, Ben.

Putain de merde.

Ça fait une minute là, Mike me dit.

Je suis d'accord, ça fait une minute.

L'une de nos voisines noires est assise sous son porche. Elle se balance sur son rocking-chair et regarde la lumière vacillante des réverbères. Le quartier est plutôt calme, pour une fois, et les moustiques sont de sortie ; la femme donne de petits coups d'épaule, tout en s'essuyant la bouche du creux du bras.

Bon, comment ça va, je lui fais. T'es chez ton père ?

Exactement. Ou plutôt, on y était. On est sortis là. On voulait se balader un peu.

Il va pas bien.

Je suis désolé.

Et au lieu de balancer son classique C'est Pas Ta Faute, ou son T'es Pas Obligé De Me Dire Ça, il me répond juste, Merci.

C'est là que je comprends.

Mais comment va ma mère, Mike me demande.

Tout va bien. Elle a encore besoin de s'habituer à notre espace partagé.

C'est ce qu'elle m'a dit.

Cherche pas à comprendre.

Mais c'est un compliment, Mike me fait. Ça pourrait être largement pire. Ma m'a dit que tu cuisinais.

On joue à s'occuper de la maison ensemble, c'est vrai.

J'arrive même pas à l'imaginer.

C'est pas parce que le voisinage ronfle qu'il est en train de dormir. On entend la musique d'une fête qui a lieu à quelques numéros de chez nous. Quelques petites Blanches mortes de rire titubent sur la pelouse, un gobelet rouge à la main. Elles se retournent pour regarder la porte qu'elles viennent de refermer, l'une d'elles se couvre la bouche de la main, tandis que sa copine vient la saisir par les épaules pour la soutenir.

Hey, quand est-ce que tu reviens à la maison ?

À l'autre bout du fil, j'entends des bribes de conversation et des bruits de mouvement. Pour Mike, il est midi.

C'est une bonne question.

Je suis d'accord.

Mike me demande si j'ai envie qu'il revienne. Je lui réponds pas.

On reste tous les deux silencieux. Sans raccrocher.

Mike reprend, Je lui dois beaucoup.

Pas tout, il ajoute. Mais je crois que je ferais mieux de l'accompagner jusqu'à la fin, tu vois ?

Je vois.

Du coup, quand il sera parti, c'est là que je reviendrai.

Quand il sera parti, je répète, c'est là que tu reviendras.

Les petites Blanches de la soirée titubent sur la pelouse, mortes de rire, affalées l'une sur l'autre. La lumière des réverbères continue de vaciller. Le froid s'installe. Notre voisine, comme si elle venait de se réveiller d'une rêverie, sourit et nous fait un signe de la main, en engageant toute son épaule dans le mouvement.

Et toi, Mike me fait. Comment tu vas ?

L'autre jour j'ai vu un pigeon s'envoler avec du fric dans le bec, je lui dis.

Cherche pas à comprendre. Il voulait sans doute s'acheter de la bière.

Tu crois ?
Bien sûr. Pas la peine de trop y penser.

Je referme la porte aussi doucement que possible, mais quand j'arrive Mitsuko s'est déjà endormie sur le canapé.

Un bol de riz recouvert d'une serviette en papier m'attend sur le comptoir de la cuisine. Il est encore tiède.

23

Un jour, Mike m'a demandé ce que je voulais. Ça s'est passé y a quelques mois. Avant la photo. On était devant un food truck qui proposait des tacos dans les Heights. Mike venait de passer par là en voiture, et il avait vu que je fixais le camion et que j'admirais le menu, alors il a fait demi-tour direct. C'était le truc le plus spontané qu'on faisait depuis un bon moment.

Un mec et une femme bossaient de l'autre côté de la vitre. Le type s'est penché sur ses plaques de cuisson, juste à côté de son chauffage d'appoint, pendant que sa partenaire jouait avec leur lecteur de carte. Quand Mike et moi on a passé commande en espagnol, on a vu un petit flottement dans ses yeux. Ensuite elle nous a souri, et on a attendu notre plat sous un bosquet. C'était l'hiver. Les arbres étaient en train de mourir.

Ça va bien me remplir, je pense.

C'est pas ce que je voulais dire, Mike a ajouté.

Tu voulais dire quoi alors ?

Genre, qu'est-ce que tu veux ?

J'ai regardé le camion. Un peu de vapeur filtrait par les vitres, avant de s'élever en vacillant sous l'effet de la brise.

Tout va bien là.

OK, Mike a répondu.

J'ai pas besoin d'avoir des enfants, si c'est ça que tu veux savoir.

Je suis un gros Asiat gay, donc je pourrais pas trop t'aider là-dessus de toute façon.

Exactement. Ou pas exactement. Bref, tu vois ce que je veux dire.

Pas sûr nan.

Ce que je veux dire, c'est que j'ai pas besoin d'une bague au doigt. On a même pas besoin d'une relation exclusive. Je suis OK avec ça.

J'ai envie que tu sois plus que OK.

Alors apprends à coder. Rapporte-nous du fric.

Mike a continué, Je suis sérieux là. Quand j'ai vu la tête qu'il faisait, j'ai compris qu'il le pensait vraiment.

Il arrivait pas à rester en place. Les mains dans les poches de son sweat-shirt, il marchait sur les feuilles mortes pour les écraser. Elles craquaient sous ses baskets, puis les miennes, jusqu'à ce qu'on ait formé une sorte de petit cimetière avec les tiges.

Écoute, je lui ai dit. Être OK c'est bien. Ne pas être mal c'est bien. La plupart des gens dépassent pas ce stade. C'est un mythe.

Je crois pas que ça ait à rester comme ça.

Si quelque chose doit se passer, ça se passera. On fera avec.

C'est ce que tout le monde pense jusqu'à ce que cette chose arrive vraiment.

J'ai dit, Tu me suffis. Notre situation me suffit. Y compris tout ce qui va avec.

Donc t'es en train de m'expliquer que tu sais pas ce que tu veux.

Je crois que tu crées des problèmes là où y en a pas.

Mais, Mike a répondu, et c'est là que la femme du camion nous a appelés.

Elle nous a tendu un sachet en souriant. Mike lui a filé un pourboire de cinq dollars. Elle nous a souhaité une bonne journée, et je lui ai répondu qu'on allait faire de notre mieux. Mike était déjà en train de retourner vers la voiture, et il était déjà en train de s'empiffrer.

24

Au boulot, on observe les enfants se monter sur le dos comme des petits pumas. Ils arrivent à faire trois étages avant de tomber. Une fois sur le gravier, chacun pointe l'autre du doigt, s'accuse mutuellement et se plaint du reste du groupe. Mais ensuite ils s'essuient les mains, ils se relèvent, et ils y retournent.

Ximena me fait tout un topo sur la salle de réception. Avec Noah, ils ont choisi la taquería d'Airline où ils vont tout le temps manger. Ils ont prévu de faire venir un groupe de mariachi et d'acheter je sais pas combien de putain de sombreros, et la mère de Ximena, qui refusait l'idée au début, a changé d'avis en apprenant que tout serait payé par la famille du marié.

Maintenant tout le monde sourit, Ximena poursuit. J'ai droit à quelques suggestions. De gentilles critiques.

Elle me demande si Mike sera revenu à temps. Je lui réponds que j'en sais rien.

Préviens-moi quand tu sais, pour que je transmette l'info aux barmen.

Les enfants finissent par construire une espèce de tour instable. Marcos, le garçon au sommet, lève les mains en signe de triomphe.

Ximena et moi on les applaudit, encore et encore et encore.

Je repère Omar qui vient chercher Ahmad. Il fait pivoter tout son corps pour éviter de croiser mon regard, mais il s'attarde quand même pour parler avec Ximena.

Un peu plus tard, une fois qu'il est parti, elle me demande ce qui va pas.

Pourquoi faudrait toujours qu'un truc aille pas, je réponds.

C'est pas forcément le cas. C'est pour ça que je demande.

25

Quelques années après son divorce, ma mère m'a emmené voir sa nouvelle maison. Les autres étaient tous ailleurs ce jour-là. Elle m'avait proposé de visiter son chez-elle. Je lui avais dit que j'étais partant, mais on était déjà dans l'allée quand je lui ai dit qu'en fait j'allais pas pouvoir entrer. Elle m'a fixé un long moment, elle a ouvert la portière de la voiture, et puis elle s'est assise sur le capot. Je l'ai regardée plonger la main dans son sac pour en sortir une cigarette après l'autre, puis les fumer à la chaîne. J'ai fini par la rejoindre. Elle m'en a proposé une, que j'ai acceptée.

Quand on a terminé tout le paquet, elle est retournée dans la voiture. Je l'ai suivie, et on est rentrés dans mon quartier. Elle m'a déposé. Je suis jamais revenu chez elle, et on en a jamais reparlé ensuite.

26

Alors qu'on en est presque à trois semaines ensemble, j'arrive pas à croire à quel point Mitsuko et moi on a peu parlé de son fils. Quand je le lui fais remarquer, elle secoue la tête.

Y a rien à dire sur lui. Qu'est-ce que toi tu pourrais bien me raconter ? Je t'ai déjà demandé une fois et tu m'as rien donné.

Mitsuko continue, Il est sorti de mon corps. Il est homosexuel. Il a quitté sa mère pour un étranger. J'ai déjà tout ce que j'ai besoin de savoir.

Elle est assise à table, en train de regarder sa tablette. Moi je suis dans la cuisine, adossé contre la plaque de cuisson.

Je sais pas, je lui dis.

Exactement. Tu sais pas. Donc t'inquiète pas pour ça.

Vous pourriez peut-être me raconter une histoire. Mitsuko éclate carrément de rire.

Une histoire c'est un bijou de famille, elle me fait. C'est personnel.

OK.

Tu peux pas demander à recevoir un bijou de famille. On te le donne, c'est tout.

OK, OK.

Regarde où en est le riz.

Je suis persuadé que c'est juste pour changer de sujet qu'elle me demande ça, mais en fait la casserole est en train de bouillir.

*

J'ai une histoire à raconter : Une fois, mon père a emmené toute la famille à Dallas. Il y allait pour assister à une espèce de congrès. Et il s'est dit qu'on devrait venir avec lui. Notre mère a essayé de lutter, vu qu'elle avait déjà prévu de le quitter à ce moment-là, mais mon père a réussi à la convaincre, ou à nous convaincre nous, et ensuite on a pas arrêté de la saouler pour qu'elle accepte.

Même si c'était qu'un petit voyage de dernière minute, on était jamais vraiment allés nulle part, et évidemment notre mère faisait pas confiance à mon père pour nous conduire. Du coup, on s'est retrouvés à quatre dans sa Corolla en laissant notre ville derrière nous, pour rouler sur la 10 pendant des heures en plein milieu de la semaine.

La majorité de ce séjour, j'étais à la piscine de l'hôtel. J'ai fait de l'œil à un petit Blanc qui enchaînait les longueurs le matin, à un étudiant un peu plus âgé que moi, à l'un des réceptionnistes, et à un quatrième rencontré au café. Et quand j'ai finalement compris qu'ils étaient intéressés eux aussi, c'était déjà l'heure de partir.

Les choses s'étaient pas bien passées pour mon père au congrès. Il avait pas dû faire les éloges qu'il fallait à quelqu'un, un truc du genre. On était à mi-chemin, en train de rouler à cinq kilomètres heure au-dessus de la limitation, au minimum vingt de moins que la caisse sur la voie d'à côté, quand un flic nous a demandé de nous arrêter au niveau d'une station-service de Huntsville.

Le flic était un jeune blond. Il a expliqué à mon père qu'il l'arrêtait pour excès de vitesse. Il voulait pas vraiment l'arrêter, mais c'était son boulot, et la loi était la loi. Mon père était quand même hors de lui.

Il a donné un coup contre la vitre. Il a hurlé. Je l'avais jamais vu aussi furieux, il tremblait comme s'il avait un truc à prouver. Mon père a traité le flic de fils de pute, de pourri, de sale poulet, et avant même qu'on comprenne ce qui se passait, le petit Blanc lui avait passé les menottes.

Mon père a dit au flic qu'il se rendait pas compte de ce qu'il était en train de faire. Qu'il allait le traîner en justice. Lui, sa famille, et tout son putain de commissariat. Pendant ce temps, le petit Blanc tenait mon père par les poignets, en nous regardant comme s'il comprenait pas pourquoi on était pas sortis pour l'aider.

C'est ma mère qui a parlé.

Elle a expliqué au flic que mon père avait rien voulu de tout ça.

Il a juste eu peur, elle a dit. Pour sa famille. Son assurance. Vous savez ce que c'est.

Le flic l'a regardée, comme si elle venait de lui donner l'autorisation de tout laisser tomber.

Il a souri. Elle lui a souri en retour.

Et il nous a laissés partir avec un avertissement.

Quand mon père est retourné dans la voiture, il a pas ouvert la bouche. On avait déjà fait plusieurs kilomètres quand je me suis rendu compte que, tout ce temps, j'avais serré la main de Lydia sans jamais relâcher la pression.

Mais il a pas adressé la parole à ma mère pendant le reste du trajet, de la semaine, et même du mois.

*

Mike est la seule personne à qui j'aie raconté cette histoire. Il m'a fallu deux ans.

On était dans une salle d'arcade sur Lester. Il était tout voûté sur la borne en train de jouer à Tekken, à toujours appuyer sur les deux mêmes boutons.

Il a rien dit quand j'ai terminé. Il a continué d'appuyer sur ses boutons.

Et puis Mike m'a fait, Je comprends.

Tu comprends quoi.

Je comprends, c'est tout. Puis il a remis une pièce dans la machine.

27

Là, je suis assis sur le canapé avec mon père ; on regarde l'un des *Fast and Furious*. Je lui ai préparé un bol de nouilles instantanées recouvertes de tranches de fromage. Il essaie de les manger à la cuiller. J'ai passé dix minutes à tenter de trouver des baguettes dans la cuisine, et au moment où j'allais abandonner, j'ai mis la main sur une paire toute pourrie qu'on file avec les plats à emporter.

Pendant un monologue de The Rock sur sa capacité à défier la gravité, mon père me demande, C'est lui qui t'a appris ça ?

Je lui demande ce qu'il veut dire. Mon père mime le fait de manger avec des baguettes.

T'as jamais mangé comme ça chez moi.

J'ai envie de lui répondre qu'en fait si, mais qu'il était trop ivre pour le voir.

Ou que c'était pas juste chez lui.

Finalement, je ravale ma phrase.

C'est qui lui ?

Tu sais bien, mon père répond.

Honnêtement, non.

Ton mec. Le négro avec qui tu baises.

Tu sais vraiment pas de quoi tu parles.

Lydia m'a tout raconté, mais on est pas forcés d'aborder le sujet si tu veux pas.

À l'écran, un type saute d'un pont en voiture. Elle explose en plein vol. En contrebas, un groupe pousse un cri de surprise.

T'as parlé à Lydia ?

Tous mes enfants ont su me trouver quand j'en avais besoin. Vous vous en êtes bien sortis.

Alors pourquoi je suis là.

Mon père hausse les épaules, avant d'indiquer la télé d'un signe de tête.

Y a une pub pour une espèce de poids vibrant qui rend ton corps plus ou moins musclé. Le type à l'écran fait pas grand-chose : il le tient et puis il s'assied. Mais il a déjà l'air plus sain, plus heureux, mieux dans sa peau.

28

Omar dépose son frère et demande à me parler. Ximena l'entend par hasard et me lance un regard. Elle lâche pas un mot.

Avant que je puisse ouvrir la bouche, il me dit, Je venais juste pour m'excuser.

T'as pas à t'excuser.

Je savais pas, et je me suis imposé.

T'as raison, tu savais pas. C'est derrière nous tout ça.

Du coup on en reste là.

En attendant que ça bouge.

Omar demande, On fait la paix ?

On conclut en se serrant la main.

29

Dans la cuisine, je regarde Mitsuko casser un œuf d'une main. Je suis persuadé que c'est juste un coup de chance, mais elle le refait.

Attendez. Attendez !

Quoi ?

Comment vous avez fait ça ?

Fait quoi ?

Mitsuko me lance un regard complètement exaspéré. Puis elle le refait, en brisant l'œuf de la façon la plus nette qui soit.

30

Quelques jours avant la réception, je reçois un appel d'Omar.

Il me fait, C'est quoi ce que les gens portent pour ce genre d'événements, putain ?

Un costard, mais c'est pas vraiment un mariage tu sais.

C'est ce que tout le monde dit.

Et c'est la vérité.

Si on se comporte pas comme si c'en était un, Omar continue, est-ce qu'ils seront quand même mariés ?

Évidemment, même si je sais pas de quoi j'ai l'air en le disant.

Du coup, je le répète.

Génial. Merci. Je dois y aller.

Mais il raccroche pas. Moi non plus.

Hey, écoute. Je suis désolé.

Je lui dis, On en a déjà parlé.

Sauf que je suis vraiment désolé, Omar fait. Je savais pas.

Ou plutôt, je le savais plus ou moins. Ximena m'en avait plus ou moins parlé.

Mais tu savais pas vraiment. Ça venait pas de moi.

C'est vrai. Mais maintenant si.

Donc tout va bien, je lui dis. C'est pas ce qu'on dit tout le temps ? Qu'on doit tout faire pour être absolument sûr de ce qu'on sait ?

Ça marche que pour les Blancs ça, Omar me répond.

On a pas besoin de leur en parler.

C'est vrai. Ce sera notre petit secret.

31

Le soir j'écris à Mike, en me disant qu'il commencera tout juste sa journée. Mitsuko et moi on vient de finir un travail hautement complexe qu'on a réalisé en collaboration : des udon cuites dans une marmite, accompagnées d'abura-age, de kamaboko, d'épinards et de deux cuisses de poulet.

Quand Mitsuko casse un œuf dans la marmite et y plonge une cuiller pour goûter, il se trouve qu'elle fait aucune grimace.

C'est comestible.

Vraiment ?

Vraiment.

Après avoir laissé mijoter, je prends quelques photos du plat. Elles sont toutes floues. Mais quand je les envoie à Mike, il me répond immédiatement.

PAS MAL !

Mike a jamais utilisé de point d'exclamation dans nos échanges, pas une seule fois. Absolument jamais. Il fait pas partie de ces gens.

Je lui demande si tout va bien.

Son message suivant met un peu plus de temps à arriver.

Je t'appelle bientôt.

Il ajoute, Tout ira bien.

Je te le promets. Je m'endors sur cette pensée.

*

Mike m'a jamais fait de promesse. Soit il agissait, soit il se taisait. Il disait toujours que les promesses c'étaient que des mots, et que les mots prenaient du sens uniquement quand t'en faisais quelque chose.

*

Il est tard quand j'entends le bruit du verrou de la porte d'entrée.

Je mets un short de sport, des sandales, et je vais direct au salon. Mitsuko est en train d'enfiler une veste et une paire de baskets grisonnantes. Elle me lance un regard au moment où je tousse dans le couloir.

Tu peux m'accompagner, mais je t'interdis d'ouvrir la bouche.

On sort de l'appartement et on marche quelques pâtés de maisons. L'air est plutôt doux pour Houston. Presque trop froid pour février. J'avance avec peine derrière Mitsuko, en me demandant de quoi on a l'air pour les gens qui nous observent de leur fenêtre.

On finit par s'arrêter devant ce qui ressemble à une église. Quelque chose méthodiste. Je regarde Mitsuko, le panneau sur le bâtiment, puis elle me fait signe de la suivre jusqu'à la porte d'entrée, qui est ouverte.

Quelqu'un a laissé la lumière au-dessus de la chaire, mais sinon l'autel est vide. Les allées aussi. Les sièges sont propres. Les vitraux représentent différentes scènes de l'Ancien Testament.

Une fois qu'on a atteint la chaire, Mitsuko se met à genoux.

Je me sens complètement ridicule là, derrière elle, du coup je me déplace un peu vers sa droite.

On reste longtemps comme ça. Mitsuko murmure tout doucement, en japonais. Elle a les mains jointes. La tête penchée. À un moment, je l'entends prononcer le nom de Mike, puis encore une fois un peu plus tard. C'est tout ce que j'arrive à comprendre.

J'ai pas foutu les pieds à l'église depuis au moins dix ans. On m'a baptisé, quand j'étais adolescent, parce que ma mère avait insisté. Le prêtre m'avait plongé dans l'eau et tout. En en sortant, j'étais trempé, je me sentais comme neuf, j'ai mangé une hostie, bu un peu de vin, et j'y suis plus jamais retourné.

Je me demande depuis combien de temps Mitsuko est dans cette position.

Je me demande même si c'est légal. Si c'est pas une violation de propriété ou je sais pas quoi.

Quand Mitsuko a enfin fini, elle fait un signe de tête en direction des gradins de la chorale comme pour y saluer quelqu'un, alors qu'y a personne. Et puis elle se relève en s'appuyant contre mon épaule.

Elle me dit, Dépêche-toi. On s'en va.

De retour à l'appartement, je nous sers un verre d'eau. Mitsuko me remercie pas, mais elle le prend quand même.

Au cas où tu te posais la question, j'en suis réduite à ça. C'est absurde.

Je pense pas que ce soit absurde.

C'est absurde, Mitsuko me répète.

Je la regarde boire son verre d'eau. C'est tout ce qu'elle a à dire. Du coup, je retourne dans ma chambre, en terminant mon verre sur le chemin.

32

Et puis arrive le matin de la réception.

En me réveillant, je vois que j'ai reçu deux messages.

Le premier est une photo de Ximena aux côtés de Juan. Elle a écrit C'est le grand jour !!!!, suivi d'environ dix-neuf émojis différents.

Le suivant vient de Lydia, qui me demande si j'ai eu des nouvelles de notre père.

Je suis déjà en train de lui répondre quand ma sœur m'en envoie un autre, complètement sorti de nulle part.

Fausse alerte. Je m'en occupe.

Éclate-toi bien à la boum, elle ajoute.

Quand Mitsuko me voit en costard cravate, elle pousse un cri de surprise et se lève du canapé d'un seul bond.

Oh, c'est toi.

C'est juste moi, je lui dis en riant.

Malgré mes refus répétés, je me retrouve à laisser la voiture de Mike chez Ximena. Je lui explique que normalement on fait pas le trajet avec les nouveaux mariés, mais elle répond que rejeter son invitation le jour de son mariage serait terriblement malpoli.

Sauf que t'es déjà mariée.

Exactement, Ximena me fait. T'es en train de chercher la merde à une vraie femme mariée.

Sa mère est au téléphone devant la porte. Elle lève un doigt quand je lui lance un bonjour. Au salon, le mari de Ximena est assis sur le canapé, les jambes croisées ; il fait sauter son fils sur ses genoux. Le gosse a l'air d'être en extase, le père aussi, alors que les deux sont déjà habillés pour la réception.

Quand ils me voient, ils relèvent la tête.

Noah lève les bras de son fils.

Ben, Noah fait.

Noah, salut.

Et félicitations.

Merci. Ça me touche beaucoup, réplique Noah, surtout de ta part. Tu sais à quel point Xim tient à toi.

Seulement quand je dois lui verser son salaire.

Au moins tu joues fair-play là-dessus.

Noah renverse son fils en arrière, tout en lui faisant des grimaces. Ximena m'a raconté qu'il vient d'Amsterdam, où il a vécu la plus grande partie de sa vie. Ils se sont rencontrés quelques mois après l'arrivée de Noah à Houston, quand il lui a embouti l'arrière de sa voiture à une station-service. Il avait pas encore d'assurance à ce moment-là, et évidemment Ximena était super énervée, mais elle lui a quand même passé son numéro. Il leur a fallu à peine quelques semaines.

Elle est encore en train de se préparer. Le maquillage, tout ça. J'arrête pas de lui dire qu'elle est magnifique, mais elle veut absolument que tout soit parfait, tu vois le genre ?

Alors qu'elle est censée être celle qui s'en fout.

Personne s'en fout, Noah me répond.

Tu penses ?

Crois-moi. Ma famille ? C'est les personnes les moins sentimentales de la planète. Ils bossent tous dans la forêt, ils font des gosses avec la personne qui se trouve le plus proche d'eux sur le moment. Là je viens de raccrocher avec mon frère, Noah ajoute. Ils seront là aujourd'hui. Pour ceux qui restent du moins. Et je leur en suis très reconnaissant.

Juan laisse échapper un rot tout en secouant les fesses, alors Noah ouvre la bouche pour l'attraper. Le gosse rit un peu, puis beaucoup, puis il se remet à roter.

Et au fait, Noah me demande, elle est où ta moitié ? Il vient Mike ?

Il est en déplacement. Mais il vous envoie ses meilleurs vœux.

Il a intérêt, Noah me fait, tout en se frottant le nez contre celui de Juan.

Le gosse arrive pas à s'arrêter de rire, comme s'il était le petit garçon le plus chanceux de l'univers.

La mère de Ximena nous dit qu'on va tous la mettre en retard. Son ex-mari, le père de Ximena, est à côté d'elle, en train de fumer une cigarette près de la porte, un chapeau de cow-boy sur la tête. Les deux ont choisi une tenue de cérémonie rouge ; ils sont presque entièrement assortis, des pieds à la tête, alors je me demande s'ils l'ont fait exprès ou si c'est juste que, quand tu partages la vie de quelqu'un, tu deviens comme ça.

Quand Ximena finit par passer la tête dans le couloir, je me dis qu'elle est vraiment très belle dans sa robe. C'est une robe de soirée violette. Avec de la dentelle et tout.

Elle hurle sur tout le monde de la salle de bains, mais c'est en espagnol alors je comprends rien du tout.

Quelques jours plus tôt, j'avais demandé à Ximena si elle était stressée. On était en train de fumer une cigarette après le déjeuner, ce que Ximena fait jamais en temps normal.

Noah c'est un type bien, mais tu fais quoi si ça marche pas entre vous ? je lui avais demandé. Tu fais comment pour savoir ?

Personne sait jamais si ça va marcher, Ximena a répondu. C'est pour ça que tu passes par toutes ces merdes. Pour savoir.

*

Une fois, j'ai demandé à Mike de me parler du mariage de ses parents, et en fait il en savait pas grand-chose. Il m'a dit qu'ils l'avaient célébré dans leur salon. Le père de Mike était même pas censé être le fiancé, mais ça aussi c'était une sale histoire.

Sale à quel point, j'ai demandé.

Je sais pas putain. Et c'est un peu tard pour poser la question maintenant.

Mes parents aussi se sont mariés dans un salon. Mais ils l'ont fait sans raison particulière, rien de romantique. Ils étaient jeunes et putain de pauvres, alors ils se sont dit que c'était une bonne idée. Et voilà.

Quand j'ai raconté ça à Mike, il a juste secoué la tête.

C'est ça le truc. Sur le moment, toutes les idées ont l'air bonnes.

Et on se rend pas compte qu'elles ont mal tourné avant que ça arrive vraiment, il a ajouté.

*

La fête de mariage est une fête de mariage.

Ximena et Noah s'embrassent.

Ximena et Noah sourient.

Ximena et Noah prennent un millier de putain de photos pour les poster sur Insta.

On est dans la cour de la taquería, qui est une espèce de terrasse en bois décorée avec des guirlandes de Noël ; les employés restent sur le côté pour nous filmer avec leur portable, du début à la fin. Trois vieux et un gamin chantent « Amor Eterno » avec des trémolos dans la voix. Le combo a pas l'air de fonctionner, mais en fait si. Quand le petit jeune ouvre la bouche pour chanter, c'est tellement beau que c'en est choquant. On se met tous à pleurer.

À la fin du concert, et après les danses du début, la soirée prend une autre tournure, et les gens se contentent d'aller parler aux invités qu'ils connaissent déjà.

Je connais Ximena et Noah, qui sont plutôt occupés.

C'est comme ça qu'Omar se retrouve à côté de moi.

Je crois qu'aucun de nous avait prévu ça. Il porte un manteau tout fripé. D'une demi-taille trop serré d'ailleurs. Mais bon, ça lui va quand même ; je l'aurais pas imaginé dans quoi que ce soit d'autre de toute façon.

Rappelle-moi pourquoi t'es là au fait.

Omar me répond, Je suis l'ami d'un ami de la famille. L'ami d'un ami de la famille. Qui a tout organisé pour la mariée.

Super, au moins personne est mort pour le moment.

Il reste encore un peu de temps.

C'est vrai. Mais faudrait qu'ils fassent vite alors.

Peut-être que ce serait trop d'émotions pour eux, Omar me fait.

Une belle mort en tout cas.

Ouais. Ça pourrait marcher.

Avant qu'on parvienne à ramener la conversation sur des sujets plus sensés, mon portable se met à vibrer.

Je fais un signe de tête à Omar, avant de lui toucher l'épaule.

Salut mon fils, mon père me dit.

Waouh. Quoi ? Qu'est-ce qui va pas ?

Rien du tout. Ou plutôt si, y a juste une petite chose. Minuscule. J'ai un peu de mal à respirer, là.

Je lui demande où il est, et ce qu'il est en train de faire. Je suis déjà en train de défoncer mon assiette.

Je suis à la maison. Je suis assis. J'ai lu quelque part qu'il fallait serrer des trucs dans sa main quand ce genre de choses arrive, du coup c'est ce que je fais.

T'es en train de faire une crise de panique.

Si tu le dis.

J'explique à mon père que je suis en route. Il dit que c'est pas la peine. Je lui dis que je serai là d'ici vingt minutes maximum, puis je raccroche.

C'est à ce moment que je me rappelle que j'ai pas moyen d'aller vite, vu que j'ai pas de voiture.

Ximena est assise sur les genoux de Noah. Ils sont déjà tous les deux bourrés. Déjà, ils sourient beaucoup trop. La mère de Ximena s'occupe du gosse, tout en buvant un verre avec son ex-mari ; ensemble, ils ont vraiment l'air d'une famille, ou de ce qui se rapproche le plus d'une famille.

Et comme ça, de nulle part, Omar me demande si tout va bien, alors je lui lance un regard. Je lui explique la situation. Que je vais m'en sortir et que je vais commander un Uber. Mais à ce moment-là je le vois se diriger vers sa table pour y récupérer ses clés, puis me dire de sortir avec lui.

On roule tellement vite sur l'autoroute qu'on dirait presque qu'on glisse dessus, comme un vol de chauves-souris. Y a pas beaucoup de circulation.

Omar met aucune musique sur la route, ce qui me fait du bien.

Il me pose aucune question à part pour connaître le trajet, ce qui me fait aussi du bien.

Une fois arrivés dans le quartier où vit mon père, devant mon ancienne maison, je lui dis que je trouverai un moyen de rentrer chez moi.

Omar me demande, T'es sûr ?

À cent quatre-vingt-dix-neuf pour cent.

T'aurais pu dire quatre-vingt-cinq, ça aurait été plus crédible.

Mais il cherche pas à négocier avec moi. Il remonte la vitre, puis il repart en me faisant un signe de la main.

Mon père est assis par terre sur le tapis. Il est en train de s'enfiler toute une bouteille d'eau.

Je t'avais dit de pas venir.

Depuis quand est-ce que tes enfants t'obéissent ?

Je cherche plus à comprendre. Et si je t'avais dit que c'était une urgence, je serais encore tout seul au moment où je parle.

Sans doute. Je peux t'en prendre une gorgée ?

Mon père répond qu'il sait pas où ma bouche a traîné, mais il me passe quand même la bouteille.

La maison a l'air toute frêle, d'une fragilité imperturbable, ce qui est mille fois plus terrifiant que si elle avait été en bordel complet.

Je vais voir un homme à ce sujet, mon père me fait. Pour parler de tout ça.

Toi aussi ?

J'ai toujours su que t'étais un marrant. Je veux dire un psy. Il est plutôt pas mal je crois, et en plus l'assurance paie tout. Il me conseille de me concentrer sur des objets solides. Des trucs dans la pièce que tu peux toucher.

Ça paraît cohérent.

Évidemment que c'est cohérent. Je paie pour tout ça, putain.

Mais ça marche à chaque fois ?

Repose-moi la question dans une heure.

On reste assis tous les deux, les jambes étendues. On a pas fait ça depuis que je suis gosse. Toutes les deux secondes, mon père remue les orteils, qui s'agitent alors à intervalles réguliers, comme une fontaine.

Vraiment très peu de temps après, on frappe à la porte.

Ta garde est terminée, Lydia me dit, un sachet de nourriture dégoulinant de graisse à la main. Tu peux retourner à ta boum maintenant.

Ma boum est terminée.

Alors va tenter l'after. Sauf si t'es pas invité.

Quand il la voit, les yeux de mon père s'illuminent. Ma sœur se met à genoux en face de lui.

Ils déballent leur cheeseburger sur la table basse, en foutant des frites partout au passage.

Une fois dehors, j'ouvre mon appli de VTC. Le quartier est calme, comme peuvent l'être les banlieues résidentielles.

Et puis, une idée me vient.

J'appelle quelqu'un d'autre à la place.

À peine cinq minutes plus tard, Omar se gare devant moi. Un sachet de Whataburger est posé sur le siège passager.

J'avais faim, il me dit la bouche pleine.

Il cherche pas à prendre le trajet le plus court pour rentrer. On quitte jamais Westheimer. Omar roule tranquillement sur des routes secondaires, en passant par des ruelles et plusieurs banlieues. Quand on émerge du côté obscur, il est déjà minuit, un soir de semaine, ce qui signifie que les rues sont globalement vides, à l'exception des gens qui attendent leur bus et de ceux qui ont nulle part où aller.

Omar conduit super bien. Il appuie tout doucement sur la pédale de frein. En fait il la caresse, jusqu'à ce qu'on s'arrête tout naturellement.

Finalement, assez vite, je me retrouve chez moi.

Je lui dis, Je t'en dois une.

Vraiment pas.

Je lui demande des nouvelles d'Ahmad, alors il me dit qu'il est avec ses parents.

C'est juste pour cette nuit, il ajoute. Il avait vraiment pas envie d'y aller. Mais j'allais pas l'emmener à la soirée de Ximena pour qu'il vienne faire le débile.

T'aurais pu je pense.

Clairement pas.

Clairement pas, t'as raison en fait.

La voiture d'Omar est minuscule, enfin rien d'atroce. On y rentre tous les deux sans se sentir à l'étroit. Et l'intérieur sent franchement pas grand-chose.

Je suis pas le mec le plus expérimenté de la planète, mais en une seconde je sais qu'un truc est censé se passer entre nous.

Je sais aussi que, si je fais rien, alors je pourrai partir sans qu'il soit arrivé quoi que ce soit.

Et rien aura mal tourné.

Et on pourra tous les deux passer à autre chose.

Du coup je laisse filer l'occasion.

On reste assis à regarder par la vitre.

Un raton-laveur traverse la rue à toute vitesse.

Allez, je dis, avant de poser la main sur la cuisse d'Omar.

Ses jambes se raidissent, d'un seul coup, sans se détendre du tout ensuite. Son pantalon s'ouvre pas, jusqu'à ce qu'il finisse par bouger la ceinture de sécurité ; il est déjà en train de bander quand je lui saisis la bite pour le branler d'une main, tout en lui caressant le torse de l'autre, et l'instant d'après on est en train de s'embrasser, et l'instant d'après il jouit. Il le fait par petites giclées, avant d'être traversé par une secousse qui fait trembler le siège avec lui. Il a l'air complètement déconcerté.

Et puis il me regarde. Comme si c'était un truc qu'il avait pas prévu. J'explique à Omar que tout va bien, que là je dois vraiment y aller, mais il se penche vers moi, et évidemment je suis en train de bander.

Omar déboucle ma ceinture, tout en s'appuyant légèrement sur mes genoux.

Attends, je lui dis, on peut pas faire ça.

Quoi ?

Il me faut une capote. Il nous faut des capotes.

Tout va bien.

Nan. Je suis séropo.

Omar me regarde droit dans les yeux.

C'est pour ça. Du coup, on peut pas. Je suis désolé. On peut juste pas.

OK.

Et puis il ajoute, Je comprends.

Désolé.

T'en fais pas. Mais tu prends un traitement ?

Évidemment que je prends un putain de traitement.

Parfait. Attends une seconde.

Il déboutonne ma chemise, il enlève son pantalon et vient se glisser contre moi. Juste assez pour créer un frottement. L'instant d'après, on est en mouvement, à son rythme, alors que je sais que c'est sans doute pas super agréable pour Omar et qu'y a à peine assez d'espace pour la cadence qu'on a prise. Mais je lui dis que j'y suis presque, est-ce qu'il veut se décaler un tout petit peu histoire que je lui ruine pas son costard. Omar refuse, il répond que ça va, qu'il va survivre, que je dois juste continuer, c'est donc ce que je fais, jusqu'à ce que je le fasse plus, puis qu'on se retrouve à gémir tous les deux, puis qu'on ait terminé.

Ensuite on est plus que deux gars dans une voiture qui tentent des positions infaisables de yoga.

Malgré tout, je souris à Omar, parce que j'arrive à rien faire d'autre.

Omar me sourit en retour.

On se nettoie à l'aide des serviettes fournies avec la bouffe qu'on vient de s'enfiler.

Je lui dis que je m'en vais, là tout de suite, pour de vrai, alors Omar me dit salut, bonne nuit, pour de vrai.

Je regarde sa voiture s'éloigner.

Et maintenant je suis devant ma porte.

Et maintenant je suis dans mon salon.

Je vois pas Mitsuko, elle est pas à la cuisine. Je mets ça sur le compte de la chance. Mais presque exactement au même moment, j'entends des respirations bruyantes qui proviennent de ma chambre.

Mitsuko est assise sur mon lit. Elle est comme à bout de souffle. Elle s'essuie le visage avec les draps.

Merde, putain de merde. Qu'est-ce qui se passe ?

Mitsuko me répond, Rien.

Qu'est-ce qui va pas ?

Rien.

Alors elle se met à murmurer un truc en japonais. Et puis elle recommence à pleurer. En se foutant des claques sur les deux joues.

Je m'avance pour poser la main sur l'épaule de Mitsuko, mais elle a immédiatement un mouvement de recul. Malgré tout, elle me prend la main en la serrant.

Tout va bien. C'est pas important.

On ferait mieux d'aller dormir, elle ajoute.

Et vu que c'est moins une proposition qu'une demande, j'acquiesce de la tête. Je lui dis que je suis pas loin si elle a besoin de moi.

Mitsuko pince les lèvres, tout en se relevant pour aller s'allonger sur le canapé, mais je suis pas certain qu'elle m'ait entendu.

Quand je regarde mon portable, je vois qu'Omar m'a envoyé un message avec des émojis.

J'ai aussi reçu un message de Lydia qui disait juste salut, tout va bien.

Et puis y a plusieurs messages de Mike.

Mais Mike m'a aussi laissé un message vocal, ce qu'il fait jamais d'habitude. Je m'assieds sur mon lit pour l'écouter.

Sa voix est calme. J'arrive même à l'imaginer en train de me parler.

Il dit, La crémation aura lieu demain.

Il dit, Celle de mon père, je veux dire. Il est mort.

Après ça, je rentre à Houston.

Mike dit que ça lui ferait plaisir que je vienne le chercher à l'aéroport. Ça le toucherait beaucoup, vraiment.

MIKE

C'est le dernier appart de mes darons qui était le plus grand. Une fois qu'on est arrivés aux US, on a pas arrêté de bouger : d'abord Alief, puis le South Side, puis le West Loop ; on créchait là où Eiju arrivait à trouver un job et à le garder, mais celui dans lequel on s'est posés juste derrière Bellaire était très très très très très largement au-dessus de notre budget. On sautait pas de repas, rien de ce style, mais je sais que mes parents étaient toujours hyper justes. Personne de leur famille restée au Japon voulait nous aider. À leurs yeux, on était partis. Du coup on avait qu'à se démerder tout seuls.

Dans ce nouveau lotissement, on devait se garer sous des lampadaires tout pourris. Fallait d'abord appuyer sur un bouton pour ouvrir le portail, sauf que le portail bougeait pas d'un poil, du coup les Philippins qui zonaient vers le terrain de basket pour fumer venaient le pousser en échange de la monnaie qui traînait dans la voiture. Ma a annoncé à Eiju qu'il fallait qu'un truc change. C'était soit lui, soit le quartier. Je comprends ça que maintenant, bien plus tard. Tu vois pas toutes ces merdes quand t'es gosse ; t'as pas le contexte pour capter ce qui se passe.

J'avais pas encore commencé mon expansion, ce moment où j'avalais le monde entier, et quand j'ai plus pu rentrer dans mes fringues, Ma m'a juste refourgué celles d'Eiju. C'était les habits qu'il avait rapportés d'Osaka : des maillots de baseball, des débardeurs, des shorts de basket. Eiju pensait qu'il en aurait plus jamais besoin, mais Ma lui interdisait de les jeter, et voilà, je me retrouvais avec, onze ans plus tard, à l'autre bout du monde, et de temps en temps je surprenais mon reflet dans le miroir, en me disant que c'était sans doute à ça que mon père ressemblait gamin.

Cet été-là à Bellaire, Ma et moi on est restés glander dans notre nouvel appart. Eiju refusait qu'elle sorte voir le monde. Il tenait à ces conneries, moins par tradition que par pur orgueil. Ma acceptait quand même d'aller dans son sens. Du moins au début. Moins par allégeance envers cet homme que pour complètement autre je chose je crois.

L'appart était grand, mais les canalisations puaient. Notre tapis puait. L'eau du robinet puait. Et l'argent a fini par se faire encore plus rare qu'il ne l'était déjà. Les cris d'Eiju sont devenus plus physiques : il nous bousculait, il nous poussait, il nous prenait le bras, alors Ma s'est mise à faire des plans pour s'enfuir, même si on est quand même restés toute cette saison à tourner en rond dans le salon.

J'ai pris les cartons du dernier déménagement et je les ai tous remis à plat. Ma a enchaîné différentes séries romantiques qui passaient à la télé, comme *Days of Our Lives* ou *The Young and the Restless*. Ma arrêtait pas de me répéter que ce genre de merdes allait pas me faire du bien, mais je venais quand même me poser à côté d'elle sur le canap. Elle marmonnait des phrases en japonais (le japonais de Tokyo avec lequel elle avait grandi), et puis elle voulait que je les lui recrache. Quand Eiju nous entendait, il allait voir Ma pour lui demander, dans le dialecte du Kansai, pourquoi je m'en tenais pas à la putain de langue anglaise.

Parfois, Ma et moi on s'asseyait pieds nus à la table de la cuisine et on se donnait de petits coups. C'était notre truc à nous. J'avais encore douze ans. Mes talons venaient toucher ses talons, ses orteils venaient toucher mes orteils. On restait comme ça jusqu'à ce que l'un de nous se recule, mais c'était toujours moi qui abandonnais le premier. Ma réussissait à rester de marbre, quelle que soit la situation. C'était un signe je crois. Déjà à l'époque.

Bon, à nouveau, 20/20 pour le recul.

Eiju a perdu son job cet automne-là. Il bossait en cuisine dans un resto chinois sur Dashwood. Une espèce d'enclave coincée au fin fond d'un centre commercial. Face à son sort, il accusait les Mexicains, qui acceptaient de cuisiner plus longtemps en étant payés moins. Alors Eiju a rejoint la minuscule constellation qu'on avait construite avec Ma ; mais il mettait en péril notre orbite. Il venait tout déstabiliser.

Dès qu'on venait s'asseoir à table, il nous demandait pourquoi on aimait tellement perdre notre temps.

Dès qu'on allumait la télé, il l'éteignait immédiatement.

Et puis il allait boire le peu d'argent qu'on avait mis de côté. À tel point que Ma en venait à compter les pièces qui lui restaient à la fin du mois. Un soir, je me suis mis à genoux à côté d'elle pour faire des piles de centimes, histoire de les compter plus facilement, et quand j'ai trouvé une pièce de vingt-cinq *cents* sous le canapé, ma mère s'est complètement effondrée en larmes. Elle arrêtait pas de trembler. Eiju avait pas la moindre idée de ce qui se passait. Il était encore en train de ronfler après sa cuite de la veille.

Ma a finalement réussi à trouver un job de vendeuse de bijoux à prix réduits dans la Galleria. C'était rare de trouver quelqu'un qui parlait couramment japonais à Houston. Le manager, un Noir un peu plus vieux qu'elle qui venait d'Hawaï, a directement embauché Ma, et Eiju a fini par trouver un nouveau boulot dans un bar pour Blancs près de West U : leurs salaires suffisaient globalement à nous maintenir à flot. Mais on avait aucune idée de ce qui allait nous arriver.

Chaque regard haineux, chaque bousculade, chaque cri entre mes parents avait un goût d'irréparable. D'intolérable. Comme si c'était le truc le plus dingue qui soit jamais arrivé. Et puis un soir, après une dispute à la suite de laquelle Eiju s'est carrément tiré de la maison, j'ai demandé à Ma pourquoi on retournait pas à Setagaya, comme si tout allait s'arranger en rentrant simplement chez nous.

Elle m'a regardé un long moment. Son maquillage avait coulé. Elle avait les joues toutes rouges.

Et puis elle a dit, C'est pas chez toi là-bas.

Ma a continué en insistant, Maintenant on est ici. C'est ici chez toi.

Elle avait pas l'air trop sûre d'elle en le disant, même à l'époque. Elle avait peut-être pas encore réussi à se convaincre elle-même. Et, bien sûr, environ dix ans plus tard, quelque temps après leur rupture définitive avec Eiju, elle a fait ses valises pour rentrer à Tokyo, d'où ma mère est plus revenue ensuite.

Mais d'abord : notre appartement derrière le portail.

Des cafards partout sur le tapis.

Les pieds sous la table, à grignoter ce qu'on pouvait dans une chaleur étouffante.

Ma posait les lèvres contre mon lobe pour y murmurer de la merde en japonais ; elle surarticulait en prenant différentes intonations ridicules, jusqu'à ce que je rigole tellement que j'en tombe de ma chaise, même si j'en avais capté que la moitié, et c'est que bien plus tard que j'ai repensé à ce qu'elle me disait vraiment, au fait qu'elle répétait qu'un seul et même truc, frénétiquement, comme si elle allait jamais s'arrêter : *Je t'aime, Je t'aime, Je t'aime, Je t'aime, Je t'aime, Je t'aime, Je t'aime !*

*

Au bout d'une semaine à Osaka, j'ai réussi à mettre en place une sorte de routine : je sortais vers 20 heures pour aller nettoyer le bar d'Eiju. Il était situé à quelques minutes de l'immeuble tout pourri de Tennoji dans lequel il vivait, près d'une boulangerie, d'une librairie qui tombait en ruine, d'un autre immeuble, de deux parkings et de genre seize hôtels de passe. Les rues étaient toujours calmes, à l'exception de ceux qui bossaient de nuit et qui se grouillaient de faire des courses de dernière minute avant d'aller taffer. Pour nous trouver, pas besoin de marcher trop en sortant à l'arrêt le plus proche, mais c'est pas non plus comme si on ouvrait vraiment avant 22 heures et que les clients restaient largement après minuit de toute façon.

Je passais des heures à laver le sol, à récurer et à nettoyer toutes les surfaces. Ou du moins je commençais à le faire, jusqu'à ce qu'Eiju se pointe. Il m'avait assigné au balayage jusqu'à ce que ça fasse tilt dans sa tête et qu'il se rende compte que je pourrais peut-être l'aider, vu que c'était mon putain de domaine de spécialité, et ensuite il a carrément arrêté de se pointer au bar, sauf s'il était obligé.

C'est sans doute l'unique raison pour laquelle il m'a pas renvoyé direct à Houston, putain.

Ou du moins avant que son état empire.

Mais ensuite ce fils de pute a plus eu le choix.

Quand je me suis pointé à Osaka pour la première fois, Eiju a voulu savoir ce que je comptais faire de mon temps. J'avais à peine posé mes affaires sur le parquet de son appart, une espèce de studio super moche. Le sol a craqué quand j'y ai lâché ma valise. Je lui ai demandé de répéter sa question.

T'as très bien compris, il a dit, en anglais cette fois. Tes oreilles sont pas encore bouchées à ce que je sache.

Ce que tu dis a aucun sens putain.

Putain. Donc t'es adulte maintenant.

J'ai fait le trajet jusqu'ici pour toi. Je suis venu jusqu'ici pour toi.

Et c'est super. Mais il te faut un job. Et moi j'ai besoin de bras en plus.

Tu veux que je travaille pour toi ?

Je suis ici pour passer du temps avec toi, j'ai continué. Avant que tu meures, putain.

Sans doute, et je t'assure qu'on va passer plus de temps ensemble si tu te rends utile.

Il m'a parlé du bar. De l'argent qu'il s'était fait avec et de la sueur qu'il y avait perdue. Eiju disait que c'était son bébé, que c'était le seul truc qui lui restait

– ce qui déjà me faisait péter un putain de câble – et quand je lui ai demandé comment il s'appelait, mon père m'a répondu, alors j'ai cligné des yeux.

Nan, je veux dire le nom du bar.

Tu m'as entendu. Mitsuko.

J'ai serré puis desserré le poing, tout en regardant Eiju me regarder. Je me suis essuyé les yeux de la main.

Et je faisais aussi le point sur le stock d'alcool. Je coupais le daikon et rinçais le riz. Eiju servait pas beaucoup de repas, vu que le truc principal c'était la picole, mais ses clients réguliers lui demandaient parfois à manger, et il devenait putain de peureux quand il s'agissait de leur dire non.

J'ai jamais demandé à Eiju ce qui faisait qu'il était si aimable envers ses clients, ni ce que ces fils de pute avaient de plus que sa famille.

J'ai pas cherché à me battre.

De toute façon, il était en phase terminale. Cancer du pancréas. C'était ça le diagnostic. Donc la moindre des choses, bordel, c'était que j'aille dans son sens.

Les escaliers du bar étaient putain de défoncés. Du coup, j'entendais souvent Eiju quand il montait les marches. À chaque fois qu'il ouvrait la porte, il affichait un grand sourire. Les bruits d'Osaka s'infiltraient par les fissures, avant de totalement disparaître dès que le cliquetis du verrou résonnait derrière lui.

Ça va être une bonne soirée, il disait en balançant sa veste.

Je la rattrapais par la manche avant qu'elle tombe par terre, puis je la fourrais sous le comptoir. Eiju, lui, commençait à mettre les bouteilles en place derrière moi.

Le bar tout entier faisait à peu près la taille de mon salon au Texas. On avait mis six tabourets le long du comptoir, et en général l'endroit était putain de bondé. La clientèle d'Eiju venait de tout le quartier : y avait des hommes d'affaires prêts à se mettre une mine, des hôtesses en pause, des étudiants, des chauffeurs de taxi, et des célibataires venus chercher un peu de compagnie au milieu de la nuit.

Tous connaissaient Eiju et son bar.

Mais personne savait qu'il était mourant.

Le matin je lui demandais s'il avait pris ses médocs, alors Eiju répondait, Quels médocs, je répondais, Putain, et Eiju se contentait de m'ignorer.

Ferme-la. T'es venu ici pour te reposer, nan ? Tu vas devenir encore plus gros à force de stresser.

Ensuite, je retrouvais les médicaments de mon père dans sa veste. Je les comptais sur le bar. Il était à jour à chaque fois.

Un soir, au tout début, on était côte à côte à nettoyer le bar. Il se passait pas grand-chose le lundi, mais ça changeait rien à notre routine. Du coup on balayait, on lavait, on époussetait et on faisait briller, et Eiju passait tout ce temps à siffler ou à mettre de la musique, comme D'Angelo, Sade, Toni Braxton, les Isley Brothers, ou je sais pas quel autre putain de groupe dont il avait la chanson en tête ce jour-là.

Il a fini par me demander si j'avais terminé la préparation des sandwichs. Je lui ai répondu que oui.

Et les citrons verts ? Et les pommes de terre ? Et la pâte ?

J'ai tout fini, j'ai répliqué. J'ai même sorti l'huile et tout.

Parfait. Et le fromage ?

Quel fromage ?

On fait du fromage frit ce soir.

Tu te fous de ma gueule.

Je me fous certainement pas de ta gueule. C'est pour notre soirée américaine. Histoire de mettre notre hôte américain à l'honneur.

À ce moment, il a éclaté de rire, comme une déferlante qui a submergé tout le bar.

Le rire s'est transformé en toux.

La toux est devenue asphyxie.

Eiju a commencé à plus pouvoir respirer.

J'ai jamais été le genre de mec à sauter par-dessus un bar, mais je l'ai quand même fait.

Quand il s'est enfin calmé, je me suis assis près de lui pour lui caresser le dos. Eiju a grimacé, alors je lui ai dit de respirer doucement, en inspirant par le nez.

Et d'un seul coup, la toux s'est arrêtée. Sa grimace a cédé la place à des larmes. Et les larmes se sont transformées en rire.

Eiju a recommencé à rire.

Il m'a pointé du doigt.

T'aurais vu ta tête, il a dit en continuant de rire. Putain de merde ! T'avais l'air tellement inquiet ! Il est passé où mon vrai fils, putain !

Eiju faisait quinze centimètres de moins que moi. Il avait déjà l'air plus maigre que le jour de mon arrivée.

Il prenait tout sous l'angle de la blague, sauf que la chute de l'histoire c'était que son cancer avait métastasé.

Y avait plus aucun espoir.

Je savais à quoi m'attendre.

Je savais comment ça allait se terminer.

Le premier jour de mon arrivée au Japon, j'ai demandé à Eiju s'il savait qu'il était mourant. Si, d'un point de vue fonctionnel, il le voyait vraiment. S'il comprenait. S'il en saisissait les implications.

Il était en face de moi, en pyjama, en train de bâiller tout en jouant avec les cordons du pantalon. Son haleine sentait la cigarette.

Évidemment.

Mais toi aussi, il a ajouté. Tout le monde, en fait.

Envisage-le comme une course, il a dit. Je suis en avance sur vous d'au moins deux kilomètres.

Tu racontes de la merde, j'ai répondu. T'es de la merde.

Peut-être.

*

J'aurais bien appelé Ben en atterrissant à Itami, mais mon portable avait plus de batterie. Et ensuite j'ai raté le premier train qui menait au centre-ville, et j'ai dû acheter un nouveau billet. J'avais tellement peur de pas réussir à choper ce train non plus que j'ai pas touché à mon chargeur, que j'ai pas lâché l'horloge des yeux, et que je me suis contenté de m'affaler sur un banc à côté d'une famille allemande, qui était debout sur le quai à s'engueuler près d'un couple de Coréens, pendant qu'une femme blanche pleurait, les mains sur le visage, et tout d'un coup, sortie de nulle part, une super belle femme noire a filé devant nous à toute vitesse en traînant sa valise à roulettes derrière elle, comme si elle voulait piquer un sprint juste pour le délire alors qu'elle portait des talons et une robe bleue, et j'étais encore en train de me demander comment elle pouvait y arriver quand j'ai finalement réussi à sauter dans le train à la dernière minute, pour en descendre à la gare de Shin-Osaka, ensuite, genre deux minutes plus tard, j'ai raté ma correspondance pour Namba, puis j'ai pris un train qui allait exactement dans la direction opposée, vers Kyoto, un autre pour faire demi-tour vers Tennoji, en pleine heure de pointe, et environ trente minutes plus tard je suis descendu au mauvais arrêt, encore, mais j'étais à moins de deux kilomètres de l'appart d'Eiju, cet homme que j'avais pas vu depuis dix ans, le mourant, et puis ça faisait plus de vingt-quatre heures que je voyageais, du coup j'étais au bout de ma vie, j'en pouvais plus, et à ce moment-là je pensais pas à grand-chose d'autre, ou à quoi que ce soit en fait, mais c'était une erreur, tout ce putain de plan était une erreur, j'avais laissé Ben seul avec Ma, j'avais laissé Ma seule au milieu de nulle part, j'avais pas appelé mon mec qui était sans moi à la maison, cette maison qui était le seul lieu où j'avais vraiment envie d'être, même si, techniquement, j'y étais déjà, j'avais déjà atteint mon but, j'étais enfin à la maison.

On s'est rencontrés en soirée. J'avais déjà vu sa tête sur une appli. Du coup j'ai foncé droit vers lui pour lui caresser l'épaule, vu que Ben avait absolument rien bu alors que moi, j'avais bu beaucoup trop.

Sur sa photo de profil, on le voyait en train de rire. Ça avait l'air naturel.

Et maintenant, il était là. En vrai. Il portait un t-shirt en flanelle et un treillis.

Quand je lui ai demandé avec qui il était venu à cette soirée, Ben a vaguement indiqué la foule de la tête.

C'est ce gang qui t'a amené jusqu'ici ?

Non, il a répondu. Juste l'un des gangsters.

OK, et est-ce que tu baises avec ce voyou ?

C'est à ce moment qu'il a fini par me regarder.

Ben a fait une grimace, que l'avenir m'apprendrait à explorer avec précision. Je parviendrais à savoir ce qui la déclenchait, et combien de temps elle durait. Je comprendrais comment la désamorcer. Dans ses moindres détails.

Au début, je captais que dalle.

J'ai juste avancé ma bière pour trinquer avec lui.

Je suis un peu défoncé.

T'inquiète, Ben a répondu en levant son verre d'eau.

C'est mon jour de congé.

Ah. Faut pas chercher à comprendre.

Notre conversation aurait dû s'arrêter là.

J'aurais dû retourner à la cuisine, chacun aurait dû reprendre sa putain de petite vie, sans en avoir quoi que ce soit à foutre.

Mais, à ce moment-là, Ben a dit, Est-ce que je dois en déduire que tu chopes pas beaucoup ?

Beaucoup de quoi ?

De jours de congé.

Disons que je savoure chacun d'eux.

Ben me fixait comme s'il était en train de résoudre une espèce d'équation.

Ma pote est la cousine du gars qui reçoit. J'avais rien de spécial à faire ce soir, du coup elle m'a traîné ici.

Franchement, j'ai répondu, pour ce qui est des traînées, tu m'as l'air de t'en sortir très bien.

Tu serais étonné.

Ou peut-être pas, il a continué en disant ça plus pour lui-même que pour moi ; puis il a tourné la tête pour regarder la foule, et avant que je puisse réagir, Ximena était déjà en train de lui faire de grands signes du coin de la pièce.

Elle m'a fait un clin d'œil tout en me souriant. Elle était rayonnante avec sa jupe et sa veste de base-ball.

Ben a refait une grimace.

On dirait qu'on a des amies en commun.

C'est juste l'amie d'un ami.

Un ex, j'ai ajouté.

Mais grâce au divorce t'as pu récupérer Ximena, Ben a lâché.

Je crois surtout qu'elle tente sa chance avec nous deux.

Kanpai, Ben a lancé tout en faisant tinter ma bouteille contre son verre, avant de se glisser derrière moi, d'aller dans le salon puis de sortir direct de ma putain de vie.

Ce soir-là, je suis rentré en compagnie d'un autre mec. Je me souviens pas de grand-chose sur lui, mais c'est sûr qu'il était blanc. Il m'a dit que j'étais son tout premier, alors je lui ai demandé, Ton premier quoi, du coup il m'a répondu, Tu sais bien, sauf que franchement, je savais pas. Parfois t'oublies comment les gens sont. Par contre, là il m'a rafraîchi la mémoire. Mais avant que ce petit Blanc nique toute ma soirée, j'ai mis ma bouche contre la sienne et mes mains sur son cul ; il a plongé le bras dans mon treillis, et voilà, on était partis.

On a baisé. C'était à chier. Il a joui une première fois, puis une autre, avant que je me branle sur son ventre jusqu'à décider qu'en fait il allait rien se passer.

En me réveillant le lendemain matin, je l'ai trouvé complètement explosé sur le matelas. Je suis allé dans sa cuisine pour nous préparer une omelette. Ou des œufs brouillés. Peut-être même qu'il avait des oignons verts quelque part. Des pêches. Putain. Tu sais jamais, parfois les gens sont surprenants.

Mais pas ce type-là. Il était prévisible. Le seul truc que j'aie trouvé dans son frigo, c'était une boîte de protéines et une demi-barre de Hershey toute collée à l'emballage.

De retour chez moi, un peu après West Alabama, les gosses des voisins jouaient à chat dans l'allée. Ils étaient littéralement en train de poursuivre un chat, qui les laissait faire. Ils l'avaient appelé Bruno, et aussi Gabriel, Victor Hugo, et Señor Gato. Quand leur père, un type plutôt baraque, est sorti pour fumer une clope, il a rappelé le chat. Le chat est resté assis sur le cul à se lécher le bide. Dès qu'il a regardé dans ma direction, tout le monde l'a imité.

J'ai pris une douche et j'ai préparé mes affaires pour partir au boulot : le tablier, le t-shirt, le jean. J'avais trouvé un petit boulot à mi-temps dans un resto, et un autre dans un café. Le week-end, j'étais caissier au supermarché. Y avait rien de supportable dans tout ça. Mais le salaire était pas horrible. Et au moins ça me donnait un truc à faire.

Ensuite, encore trempé, j'ai posé mon cul sur le canap. J'ai ouvert mon téléphone pour lancer l'appli. J'ai scrollé pour retrouver le profil de Ben.

Mais il avait disparu. Alors que je l'avais mis en favori et tout.

J'ai fermé l'appli avant de la rouvrir. Tout ce qui restait à la place de son profil, c'était un vide. Même pas un minuscule souvenir digital.

*

Le premier jour de mon arrivée à Osaka, Eiju m'a même pas adressé la parole. J'ai passé cent vingt minutes à chercher son appartement tout merdique qui était censé être proche de la gare. Au bout de la quatrième fois à passer par la même putain de ruelle, une femme en train de fumer au coin d'un FamilyMart m'a fait de grands signes, et plus tard j'ai compris qu'elle était la propriétaire d'une librairie près du complexe où Eiju vivait, et qu'elle le connaissait depuis des années. Parfois, elle lui apportait des œufs qu'elle avait achetés au marché derrière leur immeuble.

Mais ce jour-là, c'était juste une femme comme une autre à mes yeux.

Elle fusillait tout le monde du regard, t'avais pas envie de venir l'emmerder.

Elle m'a dit en japonais, T'as l'air perdu.

Quoi ?

T'as l'air perdu, elle a répété, plus lentement cette fois.

Ah, je me sens perdu en tout cas.

Quand j'ai sorti le papier sur lequel j'avais écrit l'adresse d'Eiju, son visage s'est détendu. Elle a pointé son doigt vers le haut.

Vous déconnez, j'ai dit, ce qui a fait rire la femme.

T'es déjà arrivé.

Mais t'es encore perdu.

À ce moment-là, comme si j'étais dans une vieille série Netflix de merde, et alors que j'étais dehors en train d'essayer de me réchauffer les mains près des escaliers, j'ai vu Eiju refermer sa porte derrière la rambarde, fouiller dans sa sacoche, jouer avec son porte-clés, puis regarder le ciel juste au-dessus de ma tête.

Pendant une putain de longue période, je rêvais que je le reconnaissais mais que lui non, j'avais jamais pensé que *moi* je pourrais ne pas le reconnaître *lui*. C'était inimaginable.

Ça a commencé quand il s'est tiré de notre appartement de Bellaire.

Je rêvais du retour de mon père quand j'étais gosse et que je restais blotti contre Ma, parce que j'étais incapable de dormir seul toute l'année qui a suivi son départ.

Je rêvais de mon père en dormant à côté de je sais pas combien de mecs que je venais de baiser.

Je rêvais de mon père dans mon propre lit, rivé au matelas, tout en ronflant à côté de Ben.

J'ai rêvé de lui la veille de mon départ de Houston.

J'ai rêvé de lui dans l'avion.

Et voilà, maintenant il était là.

Là.

Là, là.

Là, là, *là*.

Juste là. En face de moi et de ma putain de gueule paumée.

Aussi vrai que le sol sous mes pieds. Et je l'ai reconnu.

J'ai regardé Eiju qui tapotait ses poches pour y chercher ses clés.

Je l'ai regardé resserrer le cordon de son sweat-shirt.

Je l'ai regardé y réfléchir à deux fois.

Il a fait une petite grimace. C'est tout, rien d'autre.

Je me suis appuyé contre la rampe d'escalier. En attendant qu'il me tombe dessus.

Mon père m'a fait un petit signe en passant.

Et puis il a continué d'avancer, presque jusqu'au coin de la rue.

Et là, je l'ai vu secouer la tête.

Faire demi-tour direct.

C'était pas de la colère qu'on pouvait lire sur son visage. Plutôt de l'incompréhension totale.

Et puis, le moment où il m'a reconnu.

Et *là* il a pété un câble.

J'avais imaginé qu'il allait me prendre dans ses bras, me saisir par l'épaule ou me foutre un coup dans la gueule, mais il s'est rien passé de tout ça.

Les premiers mots que mon père m'ait dits en seize ans, dans son bruyant dialecte du Kansai, ont été : Qu'est-ce que tu fous là, putain ?

*

Les clients d'Eiju se pointaient pas au bar avant environ 22 heures. C'était là que les rues étaient en effervescence. Quelques heures avant que les trains s'arrêtent pour la nuit. La température baissait, il commençait à faire froid, tu voyais pas la fumée sortir de ta bouche, mais je soufflais sur les vitres quand même, histoire d'y écrire mon nom ou d'y dessiner un avion ou des bonshommes en bâton en train de baiser, jusqu'à ce qu'Eiju me dise d'arrêter mes conneries.

Un soir, on avait bien entamé notre petite routine. Je passais la serpillière sur le carrelage. Eiju nettoyait le comptoir.

Il a dit, T'es plus un putain de gosse.

Je suis *ton* putain de gosse.

En général, Hana et Mieko étaient les premières à arriver. Elles étaient collègues dans une espèce d'agence de pub. Elles s'asseyaient côte à côte et commandaient deux verres de saké chacune, direct à la sortie du bureau où elles avaient travaillé jusqu'au soir, avant d'enfiler une veste en jean délavée par-dessus leur chemisier, puis de pousser la porte coulissante du bar, qu'elles passaient en riant, encore et encore et encore.

Lors de ma première soirée au Mitsuko, Hana m'a directement demandé si j'étais le fils de mon père.

Eiju était en train d'essuyer des verres à côté de moi. Sur son visage, je pouvais lire, Dis non.

Tout le monde me pose cette question. Considère-moi plutôt comme son neveu.

Merde, c'est chiant ça, Mieko a répondu. Eiju en a déjà plein d'autres.

Que des neveux, et pas de fils, a dit Hana. On dirait une espèce de gigolo.

Mais t'es pas d'ici je pense, elle a repris en se tournant vers moi.

Ça se voit pas ?

Je voulais pas te vexer, Hana a répondu.

Aucun souci.

Ton japonais est un peu lourdaud, Mieko a dit. Comme si t'avais appris à parler avec un livre.

Mais c'est plutôt pas mal pour un étranger, Hana a ajouté.

Ça devrait être beaucoup mieux que pas mal, Eiju a dit, tout en servant une nouvelle tournée aux deux femmes. Il a aucune excuse.

On a toujours des excuses, Hana a répliqué. Une fois, je suis même sortie avec un Américain.

Merde, Mieko a dit. T'as fait ça.

Il était atroce, a répondu Hana.

Putain de merde. Atroce.

Il était persuadé de savoir comment ça fonctionnait ici, en fait il en avait aucune idée. Pas vraiment. Et j'avais envie de lui dire, C'est pas grave ! Pas la peine de faire semblant ! C'est super gentil, mais s'il te plaît arrête.

Tu pouvais l'emmener nulle part, Mieko a ajouté.

À chaque fois il foutait la merde, Hana a précisé. Il se sentait à chaque fois obligé de faire comme s'il savait déjà tout. Et il ressentait le besoin de te montrer qu'il savait déjà tout.

Pendant un instant, les deux femmes ont penché la tête pour se rappeler tous ces souvenirs.

J'ai lancé un regard à Eiju, qui avait croisé les bras.

Il a demandé, Pourquoi t'es restée alors. Si ce type était tellement horrible ?

Hana a fait une grimace. Mieko lui a donné un petit coup à l'épaule. Eiju leur a servi un autre verre, en me faisant un signe de tête pour que j'aille chercher une autre bouteille.

Au bout d'un moment, Mieko a dit, Je sais pourquoi.

Il savait s'y prendre, elle a ajouté.

S'y prendre pour quoi, Eiju a insisté.

Tu sais bien, Mieko a répondu, tout en écartant les mains à une distance respectable.

Bref, Hana a dit, ça a quand même pas marché. Il fallait qu'il s'en aille.

Tout ce que je dis, c'est que tu devrais pas trop te prendre la tête, Hana a continué en me regardant. Stresse pas trop. Les amies de ton oncle vont pas te mordre.

Vous êtes pas mes amies, Eiju a dit.

Tu racontes des conneries, Mieko a répondu. Je sais pas ce que tu ferais sans nous.

Il resterait assis tout seul, Hana a dit. À nettoyer ces verres comme une vieille tortue.

Il survivrait pas une seconde. Il s'écroulerait raide mort.

Les deux ont alors mimé l'action, la chute, le bruit sourd, pendant qu'Eiju riait, encore et encore, sans s'arrêter.

*

C'était le même homme que celui qui, dix ans plus tôt, avait balancé le téléphone fixe contre le mur quand Ma a reçu un appel d'un autre homme.

L'homme en question était son patron. Il l'appelait pour lui parler de ses horaires de travail chez le joaillier.

Eiju lui a demandé comment il avait obtenu notre numéro, et pourquoi ma mère allait baiser d'autres mecs.

Alors Ma lui a répondu que si seulement il se regardait, il aurait même pas à poser la question.

*

En général, Hana et Mieko étaient suivies d'un trio de salariés : Takeshi, Hiro et Sana. Trois putain de souris aveugles. On avait tous à peu près le même âge. Ils entraient dans le bar en titubant, déjà complètement déchirés, même si, à vrai dire, parfois seul Hiro était défoncé, et les autres soirs c'était l'un des deux autres. Ils avaient mis en place une espèce de système pour savoir qui allait le plus se bourrer la gueule chaque soir, j'ai jamais réussi à comprendre comment ils faisaient, mais ils étaient tout le temps joyeux, et ils passaient leur vie à me demander si je pouvais leur faire un sandwich. Quand je leur répondais qu'on proposait pas de pain à la carte, ils répliquaient qu'y avait un 7-Eleven juste de l'autre côté de la rue. Et quand je leur répondais que mon putain de job consistait pas à faire ça et que j'étais pas leur putain de serviteur, Hiro, Takeshi ou

Sana répliquaient que je disais de la merde tout en applaudissant lentement, avant de changer complètement de ton et de me dire *Pardon*, et *S'il te plaît*, de se pincer les lèvres, de cligner des yeux et de me caresser l'épaule, bref, de me sortir le grand jeu.

Alors je regardais Eiju, qui se contentait de hausser les épaules, en mode, C'est toi qui as demandé à être ici.

Hiro a fini par dire à Eiju, T'aurais dû embaucher ce petit merdeux y a des années.

Il fait ça pour arrondir ses fins de mois. Il est en apprentissage.

Takeshi a dit, Comme un enfant.

Un enfant star, Hiro a précisé.

Qui dit enfant dit beaucoup de boulot, Eiju a répondu. Sana en sait quelque chose.

Sana a grommelé un truc tout en continuant de boire. Ses deux amis lui ont envoyé une claque dans le dos.

De vrais jumeaux, Takeshi a ajouté en voyant mon visage.

Au moment où il se décide à quitter cette fille, elle lui pond deux fils, Hiro a dit.

On a décidé ça ensemble, Sana a répondu. Personne a pondu quoi que ce soit.

T'es bourré, Eiju a dit.

Deux fils, Sana a précisé. Une fois adultes, ils seront exactement comme Mike.

Ils nous prépareront des sandwichs, des sandwichs du Texas.

Sans déconner. Ça doit faire du bien à la copine de Mike de vivre avec un cuisinier.

Les trois hommes ont alors regardé dans ma direction, les doigts accrochés à la rampe. Ils avaient beaucoup bu, mais pas assez pour oublier qu'ils attendaient une réponse.

Quand j'ai fini par ouvrir la bouche, Eiju s'est mis à tousser.

Il s'est penché pour s'accrocher au comptoir.

On était quatre à l'observer. Les types derrière le bar m'ont regardé, l'air inquiet.

Quand Eiju s'est senti mieux, même s'il respirait fort, je lui ai tendu une serviette pour qu'il s'essuie la bouche, mais il l'a écartée de la main.

Hiro et Sana ont commencé à jouer avec leurs pouces.

Et puis Takeshi a lâché un petit rire.

Putain de merde ! il a dit.

On a cru que t'allais y rester ! Sana a hurlé.

J'ai senti un frisson me traverser. Eiju s'est contenté de sourire.

Eh ben nan.

Si jamais ça arrivait, Eiju a continué, qui dans cette ville de gros débiles accepterait de jouer votre baby-sitter ?

Quand les types se sont enfin barrés, Eiju s'est mis à fermer le bar. Il faisait tout pour pas croiser mon regard. Pour une fois, il ressemblait vraiment au vieillard qu'il était.

C'est pas comme si Takeshi avait menti.

Menti sur quoi, Eiju a demandé.

C'est vrai que j'ai pas de copine. J'en aurai jamais.

Je suis gay, j'ai ajouté.

Eiju arrêtait pas de frotter le comptoir. Il était complètement voûté dessus. On aurait dit qu'il allait se déboîter les épaules putain, mais il a quand même fini par s'asseoir, tout en cherchant un truc sous son tablier.

Il a alors sorti un paquet de clopes.

Tu te fous de ma gueule là, putain.

Ferme-la. Alors comme ça t'es pédé.

C'est pas grave, il a ajouté. On s'en fout.

Donc là t'essaies juste de te foutre en l'air un peu plus rapidement, c'est ça. Hein, c'est ça ta réponse ?

Rien que tu m'aies pas déjà infligé, Eiju a répondu. Mon propre fils.

Je croyais que t'avais pas d'enfant. C'est pas ce que tu viens de raconter à tes putain de clients ?

À ce moment-là, Eiju a frappé du poing sur le comptoir.

Espèce de petit enculé, il a dit, en anglais cette fois.

Eh ben voilà, j'ai répondu, en anglais moi aussi. Voilà l'homme dont je me souviens.

T'as aucun droit de te pointer ici pour me faire ça. Pas maintenant. Pas dans cette vie. T'as juste aucun droit.

Le simple fait de me dire tout ça le mettait déjà hors d'haleine. En cherchant à s'asseoir, Eiju a failli rater la chaise. Quand je me suis levé d'un bond pour venir l'aider, il m'a fait signe de m'écarter.

Il m'a lancé, Dégage.

Mais je l'ai quand même guidé jusqu'à un tabouret.

*

Après quelques jours, je suis tombé sur un carnet un peu défoncé dans les toilettes de l'appartement. Des fils s'échappaient de la reliure. Tout y était écrit en anglais. Mon père y avait gribouillé différentes listes, qui étaient toutes rédigées dans une écriture microscopique. Des listes de courses. Des itinéraires de train. Des conneries logistiques. Mais ensuite j'y ai trouvé d'autres choses.

Genre, une courte liste des trucs auxquels Eiju croyait pas : *Les chaussettes, le destin, la prédestination, les promesses. L'huile au piment. Les portes fermées à clé. Les cartes de vœux pour Noël. Noël. Les comptes épargne. Les fêtes d'anniversaire, les cadeaux. Les ultimatums. Les derniers avertissements. La chance.*

*

Kunihiko passait presque chaque jour au bar pour aider Eiju.

Il était un peu plus jeune que moi. Un type assez épais, enfin pas aussi épais que moi. Ses fringues étaient toujours au moins deux tailles trop grandes, mais lui, il s'en tapait, il avait toujours le sourire. Quand on s'est rencontrés, j'étais en train de couper des légumes dans un coin à l'arrière du bar : j'épluchais des patates douces et j'émiettais des cubes de dashi quand Kunihiko s'est aventuré dans l'arrière-salle, l'air complètement paumé. Et il m'a fallu un bon moment avant de comprendre que c'était juste sa personnalité.

Le premier truc qu'il m'ait dit c'est que j'étais le portrait craché de mon père.

Si tu le dis.

Vraiment. T'as ses yeux !

Il s'était mis à bosser pour Eiju un soir, après avoir poussé par hasard la porte de son bar.

Il avait été foutu dehors par la banque du coin dans laquelle il bossait. Apparemment, il avait fait une connerie monumentale avec le compte d'un mauvais client. Un truc suffisamment lourd pour qu'il refuse de me dire quoi, un truc suffisamment lourd pour que son patron le dégage sur-le-champ, un truc suffisamment lourd pour que Kunihiko se mette une mine trois jours de suite. Le bar d'Eiju est le seul endroit où il se souvienne être entré : il s'était réveillé affalé sur le comptoir, de la bave au coin des lèvres, grâce aux claques qu'Eiju était en train de lui envoyer.

J'ai eu de la chance. Si Eiju avait pas accepté de m'embaucher, qui sait ce que je serais en train de foutre en ce moment.

La même chose que tout le monde, j'ai répondu. Quelque chose d'autre.

Quelque chose d'autre, Kunihiko a répété, en riant tellement fort que son torse en tremblait.

Il était un peu niais. Il roulait tout le temps des épaules. Kunihiko se pointait en retard chaque soir et il se plantait systématiquement dans les commandes, mais nos clients traitaient ce gosse un peu comme leur mascotte, même quand Eiju s'énervait contre lui.

Il lui aboyait dessus quand Kunihiko mélangeait les ustensiles de cuisine.

Il lui aboyait dessus quand Kunihiko ramassait pas les pintes de bière qui venaient d'être vidées.

Une fois, l'épaule de Kunihiko a frôlé le bord du comptoir, ce qui a envoyé valser toute une pile d'assiettes, qui sont venues s'exploser sur le sol. Mieko a applaudi le spectacle de sa table située près de la porte, Hiro, dont c'était le tour d'être bourré ce soir-là, a poussé un cri d'encouragement, avant qu'Eiju chope la serviette qu'il gardait toujours nouée à la taille pour la claquer violemment contre l'un des tabourets de bar, ce qui a remis direct Kunihiko à sa place. Il a expliqué au gamin que le coût de ces assiettes serait directement retiré de sa paie.

Je crois vraiment pas pouvoir rembourser tout ça.

Évidemment que tu peux pas putain, Eiju a répondu. Du coup on va aussi aller piocher dans tes pourboires.

Kunihiko s'en est mordu les lèvres. Je l'ai vu légèrement frémir. Mais en entendant ces mots, Hana a plaqué une pièce de cinq cents yens sur le comptoir, pendant que Takeshi et Hiro fouillaient dans leurs poches pour en extraire quelques billets tout crasseux.

Laisse un peu ce gosse tranquille, Hana a dit.

Qui aime bien châtie bien, Eiju a répondu.

Tu racontes des conneries, Hiro a dit.

Un torrent de conneries, Takeshi a ajouté.

Je me casse si tu continues, Mieko a continué.

Mais Kunihiko a levé la main, en souriant.

Tout va bien, vous inquiétez pas, il a dit, en plongeant la main dans ses propres poches.

Il en a sorti quelques pièces de cent yens, qu'il a ajoutées à la pile.

Je comprends complètement, Kunihiko a déclaré en souriant ; il a ensuite haussé les épaules en continuant de vider ses poches, ce qui nous a un peu fendu le cœur. N'empêche, sa dévotion nous faisait envie.

Le truc c'est que, si tu connaissais un peu mon père, tu saurais qu'en fait il était pas vraiment énervé.

Rien de tout ça était de la vraie colère.

Ses cris avaient rien à voir avec ceux qu'il poussait contre Ma dans notre ancien appart.

Ses mains avaient rien à voir avec celles qu'il m'envoyait dans la gueule en me demandant pourquoi j'étais tellement fragile.

Ses cris avaient rien à voir avec ceux qu'il dirigeait contre ma mère dès qu'elle a commencé à gagner plus que lui, dès qu'elle a commencé à gravir les échelons pour sortir de sa vie.

Comparativement, ce qu'Eiju montrait à Kunihiko, c'était de la tendresse.

Ça ressemblait même beaucoup à de l'amour.

*

Quelques semaines après la soirée, le profil de Ben a refait son apparition dans l'appli.

Il était pas là, et maintenant si. C'est pas comme si je l'avais vraiment cherché non plus.

Quand sa tête est apparue sur l'écran, j'étais en train de ranger des bouteilles de sauce piquante au supermarché. C'était un petit boulot facile, qui payait plutôt bien. Mon job consistait surtout à vider des cageots de tomates, et à guider des petits Blancs perdus entre tous nos rayons de pains artisanaux. Ils arrivaient jamais à prononcer correctement le nom de ce qu'ils cherchaient, alors je les aidais à s'en sortir avec toutes les syllabes : du garam ma*sa*la, de la cori*an*dre ; mais ce jour-là, l'une des petites Blanches qui se baladaient dans les rayons a décidé de jeter un œil à mon portable.

Il est mignon, elle a dit.

Pardon ?

Votre petit copain. Celui sur la photo ?

J'ai sans doute tiré une tête cheloue, parce que la petite Blanche a ensuite souri avec un peu trop d'enthousiasme. Elle a commencé à reculer, tout en poussant son caddie le long de l'allée. Une petite fille était assise à l'avant, elle jonglait avec les courgettes en se mordant les lèvres.

C'est pas mon petit copain. C'est juste un garçon.

Très bien.

Si ça vous aide, elle a ajouté, ça commence toujours comme ça.

Et ensuite, Boum, elle a dit en ouvrant la main vers sa fille avant de remuer les doigts, dont la petite s'est ensuite saisie avec joie.

J'ai fini par lui envoyer un message.

J'ai pas réussi à m'en empêcher.

J'ai écrit : TJRS SOBRE ?

Et puis j'ai fourré mon téléphone au fond de ma poche.

Au bout d'une ou deux minutes, il avait toujours pas répondu.

Quinze minutes plus tard, ma boîte de réception était encore vide.

Quelques heures plus tard, je me suis dit que ça faisait rien. S'il voulait me répondre, il me répondrait. Et s'il voulait pas il le ferait pas. Du coup j'ai mis ça sur le dos du destin, tout en écrivant à cinq autre mecs de l'appli.

Deux d'entre eux m'ont immédiatement répondu. L'un d'eux m'a demandé la taille de ma bite.

D'un coup, sans y réfléchir, j'ai écrit PLUS GROSSE QUE LA TIENNE, avant de le bloquer.

Je bossais aussi dans un deli situé près de la station de tram sur Pease. Pile à la limite du centre-ville. À vingt minutes de voiture du Third Ward. C'était des mois avant que l'idée du pop-up commence même à faire son chemin, quand Tony en était encore à couper des légumes dans une taquería beaucoup trop chère de Shepherd. Il arrêtait pas de cracher sur ce resto, il disait qu'il arriverait sans problème à préparer des plats largement meilleurs pour la moitié du prix, alors un jour, pour déconner, je lui ai dit qu'on devrait le faire et se lancer ensemble, et au début il a écarté l'idée, en me répondant qu'on avait tous les deux trouvé des jobs stables, mais Tony a quand même fini par changer d'avis.

Pendant ce temps-là au deli, je tartinais de l'avocat sur du pain sans levain, que j'agrémentais d'olives, de gruyère et de basilic. Un après-midi, alors que je venais de terminer la commande d'un petit Blanc, il est revenu balancer son sandwich sur le comptoir.

Y a un problème avec les tomates, il a dit. Elles sont pas coupées en quarts. Alors qu'elles devraient.

T'es sérieux là ?

Assez sérieux pour aller en parler à ton patron.

Il se trouve que, ce jour-là, le manager c'était moi. Plus ou moins. Le petit fils de pute censé me superviser se pointait presque jamais. J'ai commencé à lui sortir ça, puis j'ai senti un truc vibrer dans ma poche.

Laisse-moi voir s'il est en cuisine, j'ai lancé en lui faisant un grand sourire, histoire de pouvoir me casser de là.

C'était Ben.

Il avait écrit : toujours sobre.

C'est tout.

C'était pas grand-chose. C'était même rien.

Mais au moins il avait répondu.

Quand le petit Blanc en salle a commencé à s'éclaircir la gorge pour m'appeler, je l'ai laissé mariner un peu. Une fois que je lui ai tendu son nouveau sandwich, il m'a demandé ce qu'il fallait faire pour avoir un service de qualité à Houston.

Déménager à Austin, j'ai répondu.

*

Parmi les autres clients réguliers d'Eiju, y avait un couple : Hayato et Natsue.

Ils venaient au bar à vélo, qu'ils laissaient contre les escaliers. Hayato faisait la taille d'un joueur de basket, ce qui était putain de chelou pour un Japonais. Natsue avait toujours un petit chignon parfaitement arrangé. Elle se faufilait sous son coude quand il lui tenait la porte. Ils commandaient une bière chacun, accompagnée d'un bol de riz, et en attendant Natsue, assise au bar, s'amusait à tirer l'oreille d'Eiju.

On vient ici depuis que ce vieillard a ouvert ce trou à rats, Natsue m'a expliqué.

On l'a vu faire ses premiers pas, Hayato a ajouté.

C'est un peu notre bébé.

Notre putain de gros bébé.

Tout le monde aime croire qu'il est le premier à avoir découvert un truc, Eiju a dit.

Hayato a répondu, On t'a pas trouvé, Eiju-kun. On t'a juste montré la voie.

T'avais besoin d'être un peu guidé, Natsue a précisé.

C'est vrai que je suis une merde en sens de l'orientation, Eiju a dit.

Les trois ont alors explosé de rire.

Un matin, quelques semaines après mon arrivée, Kunihiko était en train de laver des verres, et moi de les essuyer. Quand il a terminé, Eiju lui a posé une main sur l'épaule. Il a demandé au gamin d'essayer de se pointer à l'heure pour une fois. Kunihiko lui a fait un grand sourire, tout en s'inclinant légèrement vers lui, avant de sortir en donnant un grand coup d'épaule dans la porte.

Après son départ, Eiju et moi on a fermé le bar. Son appart était pas très loin à pied. Il était un peu avant 5 heures du matin, et quelques rayons de lumière vacillaient par endroits, mais à part ça rien d'autre bougeait, sauf les quelques taxis qui attendaient une course. Le soleil était pas encore levé. Tout ce qu'on voyait, c'était un éclat sombre qui planait au-dessus de nos têtes.

J'ai demandé à Eiju si Kunihiko savait qu'il avait un cancer.

Est-ce qu'il sait au moins que t'es mourant, j'ai dit.

Est-ce que tu l'as dit à ces gens putain ?

Eiju a continué de marcher. Il m'a pas lancé un regard.

Au bout d'un moment, il a dit, T'es le bienvenu pour rester aussi longtemps que tu veux.

C'est pas une réponse.

Eiju a rien répondu. Il a juste continué de marcher.

Une fois chez lui, il m'a laissé m'installer sur un futon posé dans le salon. La lumière de sa chambre était allumée. J'ai attendu qu'il l'éteigne, sans y parvenir. Je me suis endormi avant même qu'il se mette à ronfler.

*

J'ai laissé passer un jour après avoir reçu le message de Ben et je lui ai répondu sur l'appli.

Je lui ai envoyé : JE SUIS DÉSOLÉ PR TOI.

En mode œil pour œil.

Plus tard dans la nuit, je venais de rentrer chez moi après avoir fini de bosser à l'épicerie et, au milieu de la cage d'escalier, la vieille femme noire de l'appart d'à côté m'a appelé. Elle a pointé mes cigarettes du doigt, en faisant semblant de balayer une odeur devant son nez.

Elle s'appelait Mary. Elle habitait au Third Ward depuis toujours. Elle avait connu la toute fin de ses meilleures années, avant de vivre sa période de déclin. Son mari allait au lycée dans le quartier voisin, elle avait été pom-pom girl, il avait été membre de l'équipe de football américain. Ils se sont rencontrés lors d'une soirée étudiante. Ils sont allés au bal de fin d'année ensemble. Ils se sont mariés à peine un an plus tard, comme dans je sais quel putain de vieux film romantique.

Quelques semaines après mon installation, Mary m'a raconté son histoire. Elle m'avait invité chez elle. Elle avait préparé des macaronis et de l'igname. Son mari et elle étaient assis en face de moi, ils me regardaient engloutir mon assiette, et je sais très bien que tout le monde a ses problèmes, mais à les voir assis l'un à côté de l'autre, je me suis dit qu'ils allaient vraiment bien ensemble. Mary et Harold. Ils étaient juste parfaits. Comme j'avais jamais vu personne d'autre aller aussi bien ensemble, putain.

Quand je leur ai dit que ça me faisait bizarre de manger alors qu'eux non, Mary a balayé ma remarque d'un geste.

Tout ce fromage, c'est pas bon pour notre tension, elle a expliqué. À notre âge, ce que tu peux faire de mieux c'est regarder les autres.

C'est ce que ma mère dit aussi.

Donc c'est une femme intelligente. Tes parents habitent dans le coin ?

Nan. Elle est retournée vivre au Japon.

Ça fait loin de Houston.

Pas tellement.

Et ton père ?

Personne sait.

J'ai vu un vacillement dans le regard de Mary. Son mari a bâillé.

C'est compliqué de maintenir un homme tout le temps au même endroit, il a dit.

J'ai fixé Harold du regard. Il a cligné des yeux en réponse.

Fais pas attention à lui, Mary a lancé, tout en donnant un petit coup dans l'épaule de son mari.

Harold parle pas beaucoup en général, elle a ajouté. Sauf quand il a un truc débile à dire.

Ça me semble être une bonne approche.

Harold a répondu, Carrément, ça te laisse plein de temps pour écouter.

Et il est temps pour toi d'écouter. Dieu sait à quel point je t'ai assez entendu.

Tu ferais mieux de laisser les gens sensés s'exprimer, elle a continué, en me faisant un clin d'œil.

J'avais trouvé cet appart sur Internet. L'agent immobilier était une petite Blanche en robe d'été. Son agence était située à Katy, mais ils chopaient des biens dans l'East End : ils les retapaient complètement avant de les balancer sur le marché. Elle avait commencé deux semaines plus tôt. Elle arrêtait pas de jouer avec son alliance. Elle m'a expliqué qu'avant l'endroit était plutôt dégueu, mais que le quartier était en train de changer. J'ai plus rien loué d'aussi peu cher autour de Wheeler.

Les murs de l'appart tombaient en ruine. Le ventilateur avait l'air défoncé. Y avait du parquet au sol, mais il était complètement décoloré et plein de traces d'impacts, dans toutes les pièces.

J'ai dit que c'était plutôt grand pour le prix.

L'agent immobilier a répondu, Sans déconner.

Elle m'a demandé si j'avais une femme ou des enfants, j'ai secoué la tête.

Alors vous pourrez y construire votre petit nid.

C'est le pire arbre pour le faire.

Vous allez vous y habituer. Si j'avais autant d'espace pour moi, je sais pas ce que j'en ferais.

Il est encore temps que vous le preniez.

J'adorerais, l'agent a répliqué en souriant.

Écoutez, elle a ajouté, faites-moi confiance. Franchement. C'est un bon plan. On dirait pas là, comme ça, mais ce coin c'est le prochain quartier tendance.

Prochain quartier tendance ou pas, il me fallait un appart. Je sortais tout juste d'une relation longue et bien sale avec un mec. Ce serait trop compliqué à expliquer. En gros il était devenu un genre de coloc amélioré, et il venait de se trouver un petit copain qui était venu vivre avec lui, un sale fils de pute qui arrêtait pas de me lancer des regards, du coup il fallait que je me casse, alors j'ai signé le bail l'après-midi même, et il s'est trouvé que l'agent immobilier, la petite nouvelle, avait eu complètement raison : cet appart a vraiment été le dernier bon plan du quartier.

Après ça, chaque appart a été chopé par des mecs des fraternités, ou par des profs de fac. La population du quartier a changé d'un jour à l'autre. Le Third Ward était enfin remis en circuit.

Mon téléphone a vibré juste après minuit.

C'était Ben. Il était en ligne.

t'en fais pas pour ça, il a écrit. je bois pas souvent.

COOL POUR TOI, j'ai répondu. TU VAS SANS DOUTE VIVRE PLUS LONGTEMPS ALORS.

si tu le dis.

ESPÉRONS-LE.

voilà.

Et puis silence radio. On avait atteint ce stade où l'un de nous deux devait filer un petit coup de boost à la conversation.

JE M'APPELLE MIKE.

je sais, Benson a répondu.

?

tu connais Ximena ?

OUAIS.

c'est elle qui m'a dit, on en a parlé

DÉSOLÉ, JE SAVAIS PAS.

Et puis, retour du silence.

Et puis, sur un coup de tête, je lui ai écrit : ÇA TE DIRAIT D'ALLER BOIRE UNE BIÈRE UN SOIR ?

De nouveau plusieurs minutes sont passées.

J'ai commencé à compter les fissures au plafond.

Dix minutes plus tard, Ben a écrit :

t plutôt direct

DE TOUTE FAÇON J'ALLAIS TE LE DEMANDER À UN MOMENT, DONC POURQUOI PERDRE DU TEMPS

Ce à quoi Ben a immédiatement répondu, je suis plus trop dans le délire des coups d'un soir

J'ai répondu, ON PARLE JUSTE D'ALLER BOIRE UNE BIÈRE LÀ

Et puis, comme si je venais d'écrire une formule magique, l'appli m'a indiqué que Benson était désormais hors ligne.

Le lendemain matin, j'ai vu que j'avais reçu un message :

ça me chauffe bien. y a 1 endroit où t'as envie d'aller ?

*

Chaque client d'Eiju avait une histoire. C'était toujours un méli-mélo de raisons bizarres qui expliquait comment ils s'étaient retrouvés dans ce bar.

Un soir, Hana a débarqué après une rupture. Elle était totalement désemparée. En sortant, elle a foncé dans un tabouret, complètement bourrée. C'est comme ça qu'elle a rencontré Mieko, qui cherchait aussi à noyer sa propre rupture dans l'alcool, à la différence près qu'elle fêtait l'événement. Elles sont revenues au bar pour trinquer ensemble. Après ça, les deux sont devenues putain d'inséparables.

Un soir, en plein mois de juin, Sana a rencontré Takeshi au bar. Et puis Takeshi a rencontré Hiro. Et puis Hiro a rencontré Sana. Quelques semaines plus tard, ils ont compris qu'ils bossaient tous dans le même immeuble.

Natsue était une amie d'enfance d'Eiju ; elle le connaissait depuis l'école primaire. Elle le connaissait avant qu'il épouse ma mère, avant qu'il entende même parler de Ma. Quand il lui a annoncé qu'ils allaient se marier, Natsue a dit à Eiju qu'elle était heureuse de son bonheur, mais elle l'a mis en garde : la vie à Tokyo était pas faite pour lui, et le mariage non plus. Bon, c'est pas comme s'il était prêt à l'écouter. Eiju a répondu à Natsue qu'elle était juste jalouse. Il lui a dit d'aller se faire foutre, et c'était la dernière conversation qu'ils auraient avant qu'Eiju revienne au Japon treize ans plus tard. Mais

Natsue a été la première personne qu'il ait cherché à recontacter en arrivant ; il a passé sa première nuit à Kansai chez son grand frère, sur le canapé du salon.

Un soir, alors que j'étais en train de ranger des bières derrière la caisse, Natsue m'a demandé ce qui se passait de nouveau dans ma vie.

Hayato s'est assis à côté d'elle, tout en buvant dans le verre de sa femme. Eiju venait de sortir pour acheter un truc à la supérette du coin. Kunihiko et moi on tenait la forteresse. Takeshi et Hiro rigolaient à une blague que j'avais pas entendue, en essayant d'intégrer Kunihiko à leur conversation ; à ce moment-là, j'ai compris que, pour eux, cette scène était complètement normale. Ils se sentaient certainement comme à la maison.

Je suis que de passage, j'ai dit.

On est tous que de passage, Hiro a répondu.

C'est l'histooiiiirre de la viiieee, Takeshi a dit.

Arrête ça.

Et puis, en se tournant vers moi, Natsue a demandé, T'es venu pour Eiju-kun, pas vrai ?

J'ai cligné des yeux en la regardant.

Enfin, pour lui apporter ton soutien, Natsue a continué.

On peut dire ça. Il rajeunit pas.

Il est pas si vieux, mais ça fait du bien de voir qu'il a quelqu'un.

C'est à ce moment qu'on a échangé un regard. J'étais pas sûr de ce qui venait de se passer exactement.

Hayato a dit, Et toi aussi t'as quelqu'un.

Et moi aussi j'ai quelqu'un, Takeshi a ajouté en prenant Kunihiko par l'épaule, ce qui l'a fait sursauter.

Bien sûr, j'ai répondu, avant de me remettre à ranger les bières.

Mais en relevant la tête, j'ai vu que Natsue avait pas arrêté de me fixer.

Sérieusement. Ça veut dire beaucoup.

Attends d'avoir notre âge, elle a poursuivi. Et regarde qui il te reste.

*

Le médecin d'Eiju passait le voir tous les deux jours. La première fois que je l'ai rencontré, c'était le matin, mais beaucoup trop tôt. J'ai entendu qu'on donnait des coups secs contre la porte, alors je suis allé l'ouvrir, complètement dans les vapes, torse nu, sans même penser à ce que j'étais en train de faire.

Le type a carrément poussé un petit cri de surprise.

Oh, désolé.

Attendez.

Je peux repasser plus tard, il a dit. Je ne voulais pas vous déranger.

Dégage de là, Eiju a dit, en me poussant pour passer.

Et enfile un putain de t-shirt. T'es plus au Texas, bordel.

Le médecin, Ryutaro, avait été un habitué du bar de mon père. Il avait lutté des années contre la dépression. Sa femme et sa fille étaient mortes dans un accident de voiture.

Elles avaient pris un taxi pour compenser un retard de train. Un camion les a percutées. Quelques heures auparavant, Ryutaro les avait engueulées parce qu'elles s'étaient pointées bien après à une réception organisée par l'hôpital.

Dans les jours qui ont suivi l'accident, mon père a tenu compagnie à Ryutaro, qui a quand même fini par arrêter de boire. Il est retourné à son cabinet. Ils ont bien voulu le reprendre. Ryutaro a récupéré assez vite toute la patientèle qu'il avait réussi à se construire, et il passait quand même au bar d'Eiju de temps en temps histoire de dire bonjour, mais il y buvait plus que de l'eau.

Quand Eiju a décidé d'interrompre son traitement contre le cancer, Ryutaro a été la deuxième personne à qui il l'ait dit.

Ma mère a été la première.

Après leur discussion dehors, Eiju a ramené Ryutaro dans le salon. Le médecin a pris sa tension, sa température et son pouls. Je les ai observés, assis sur mon futon, vêtu d'un débardeur et d'un short emprunté à Eiju. Le radiateur soufflait de l'air chaud au-dessus de nos têtes, et quand Ryutaro a soulevé le sujet des médicaments d'Eiju, mon père s'est contenté de roter.

Tu sais bien que j'ai arrêté ces conneries.

Je sais, Ryutaro a répondu, mais je dois quand même poser la question. T'as remarqué des changements dans tes douleurs quotidiennes ?

C'est comme d'habitude. Le souffle court. Des trucs bizarres au ventre.

La respiration plus bruyante, j'ai ajouté du canapé.

Les deux hommes se sont tournés vers moi.

Il s'est évanoui l'autre jour. Au bar.

J'ai trébuché, Eiju a précisé.

Sur du rien ?

Mêle-toi de tes affaires, mon garçon.

Eiju-san, Ryutaro a continué, de la façon la plus abrupte dont quiconque se soit adressé à mon père depuis mon arrivée au Japon.

Mais ensuite, le médecin a souri.

Ce genre d'informations nous permet d'estimer la façon dont la situation évolue, il a ajouté.

Écoute, Eiju a dit, ça change plus rien maintenant.

Pas forcément.

Tu racontes n'importe quoi.

C'est une histoire de données. On prend ce qu'on sait, et puis…

Et puis tu vas pouvoir me réparer, c'est ça ? C'est ça que t'es en train de dire ? Ça va t'aider à y arriver tu crois ?

Euh.

Alors ça sert à rien, Eiju a tranché, enlevant le brassard qui servait à lui prendre la tension.

Et voilà, d'un coup, le check-up était terminé.

Eiju a remercié Ryutaro, qui lui a fait signe de partir. Le vieil homme m'a bousculé pour aller à la salle de bains, et dès que je l'ai entendu fermer la porte à clé, j'ai descendu les escaliers en courant pour rattraper son médecin, ce qui a fait que la voisine du dessous m'a crié dessus quand je suis passé devant elle.

Ryutaro avait même pas atteint le bout de la rue. Il a fouillé dans ses poches pour en sortir un paquet de cigarettes.

Mike, il a dit en souriant.

Je suis son fils.

OK.

Son fils biologique.

Ah, Ryutaro a dit, une cigarette aux lèvres.

On s'est dirigés vers une ruelle près de l'immeuble, pour pas être dérangés par toute la circulation. Le médecin m'a demandé de l'appeler Taro. Il a lentement tiré une bouffée, avant de me tendre son paquet.

T'as les oreilles de ton père.

La plupart des gens disent que c'est celles de ma mère.

J'ai jamais eu le plaisir de la rencontrer, enfin je suis sûr qu'elle est charmante.

C'est ce que les gens disent, jusqu'à ce qu'ils la connaissent vraiment.

Peut-être, mais Mike, t'as qu'une seule mère tu sais.

Écoutez, comment va Eiju, en vrai ? Honnêtement ?

Taro a soufflé la fumée en direction de la route. On a regardé des petites filles jouer à la corde à sauter devant une boutique. Quand elles se sont tournées vers l'homme assis sur le muret à côté d'elles, il s'est efforcé d'étirer les joues pour faire un sourire. Qui a disparu dès qu'elles lui ont tourné le dos.

Si t'as choisi de venir jusqu'ici, c'est que t'as une idée générale de la situation.

Il refuse de m'en parler.

Bien sûr. Ton père est un homme fort.

Mais c'est juste un homme.

Rien de plus qu'un homme. Tu penses rester combien de temps ?

Aussi longtemps qu'il faudra, j'ai dit, en me surprenant moi-même.

C'est bien, Taro a répondu en hochant la tête. Ça va beaucoup le toucher.

On a regardé le type assis devant la boutique se lever, puis frapper des mains. Les filles devant lui ont commencé à protester et à faire la gueule. Finalement, elles sont venues s'accrocher à ses poignets, avant de disparaître au coin de la rue.

*

La première fois que Ben est venu chez moi, il a d'abord regardé la gueule du quartier : les arbres tout penchés, les trottoirs à moitié défoncés, les Noirs à perte de vue, les basses des mixtapes de chopped and screwed qui retentissent dans toutes les voitures qui passent, mes autres voisins qui balancent de la cumbia à fond de leurs fenêtres, histoire de faire concurrence à la rue, peut-être, ou d'offrir un putain de concert, un genre de putain d'orchestre du Sud-Ouest improvisé, et quand Ben a vu tout ça, sa toute première réaction a été d'éclater de rire.

Il regardait mes mains pendant que je parlais. Il prenait la même posture que moi. Il fixait ma bouche pour lire sur mes lèvres, comme s'il cherchait un sens caché à mes paroles. Puis, il s'est assis sans un mot, en approuvant ce que je disais de la tête.

Quand il était vraiment pas d'accord avec un truc, il se contentait de sourire. Quand il était d'accord, il hochait une fois la tête, vigoureusement.

Il était d'une timidité ahurissante.

Il était putain d'impossible à lire.

Mais j'avais envie de réussir à le faire.

Mary nous observait de son porche. Je lui ai fait salut de la main. Elle m'a salué en retour.

Tu la connais ? Ben a demandé.

C'est une de mes amies. C'est ma voisine.

Il m'avait fallu trois rencards avant de réussir à le ramener chez moi. Ben vivait à Katy, avec son père. Il rentrait chez lui dès qu'on avait refermé nos braguettes. J'arrêtais pas de lui dire que ça valait pas le coup, que ça me dérangeait vraiment pas qu'il reste dormir, mais Ben voulait rien savoir : c'était le genre de type, comme je l'ai compris assez tôt, qui tournait les trucs dix fois dans sa tête avant de s'engager ou de tenter un truc.

Et, même là, il était tout hésitant.

On s'est assis sur mon canapé. Je nous ai préparé du sencha. J'ai ajouté quelques gouttes de bourbon dans le mien, mais quand je lui ai tendu la bouteille, il a fait une grimace.

Du coup, t'es qui exactement ?

C'est moi qui devrais te poser cette question, Ben a répondu. J'en ai clairement aucune idée.

En quel sens ?

Ce que je veux dire, c'est que tu vis ici, dans ce quartier. Le Third Ward.

Tu t'attendais pas à ça, hein.

Personne se serait attendu à ça, je pense.

Parce que je suis asiat, j'ai dit, ce qui a fait sourire Ben.

Parce que t'es pas noir.

Du coup j'ai pas le droit de vivre ici ?

J'ai pas dit ça.

Par contre, Ben a continué, on peut pas dire qu'historiquement, ce coin de la ville soit super accueillant envers les étrangers.

L'histoire évolue. Elle s'adapte.

Dans le meilleur des cas. Mais on n'est pas dans le meilleur des pays.

On a repris une gorgée de nos tasses. Benson a profité de ce moment de silence pour observer le salon. Y avait globalement pas grand-chose, à part la cuisine. En tout, je possédais une télé, un tapis et une table sur laquelle j'avais posé une photo de Ma. J'avais mis un tatami dans un coin. Et puis y avait aussi quelques bougies, mais j'avais cramé leur mèche.

Et qu'est-ce qui t'a amené ici ? Ben a demandé.

J'ai arrêté de baiser le gars avec qui je baisais, et il me fallait un endroit pour vivre. Celui-là était pas cher.

Ça m'a l'air d'être une raison très profonde et réfléchie.

Je pensais que c'était romantique.

J'ai pas dit le contraire.

Le Third Ward a rien à envier aux autres quartiers. Mais il est en train de changer.

Tu le dis comme si c'était une mauvaise chose.

Tu penses que c'est une bonne chose, toi ?

Je pense que c'est compliqué.

À côté, les voisins ont augmenté le volume de leur musique. Les vibrations espagnoles se sont transformées en ballades. Les chants fredonnés par Selena ont recouvert la cacophonie qui avait envahi le coin, ils ont écrasé toute cette merde en engloutissant chaque son étranger.

Du coup tu penses qu'il va se passer quoi ici, Ben a demandé.

On parle toujours du quartier là ?

À toi de voir.

Dans ce cas, Dieu seul le sait, j'ai répondu, tout en posant une main sur sa cuisse.

Ben a fixé mes doigts. On a tous les deux pris une grande inspiration. Et avant que je puisse retirer ma main, il l'a enlacée dans la sienne. Quand j'ai levé les yeux, il était déjà en train de s'avancer vers mon visage, du coup je l'ai laissé m'embrasser, et l'instant d'après j'étais allongé sur le dos. Il a passé la main sous mon t-shirt en me serrant fort, pendant que moi je glissais la mienne sous le sien. Une fois qu'on était tous les deux torse nu, d'un coup, il s'est redressé pour me regarder.

Ça arrivait à chaque fois. D'un côté, y avait la personne que j'étais avec des habits, et puis y avait un autre type. Je me posais jamais de question sur mon poids, jusqu'à ce que je sois sur le point de baiser quelqu'un ; là, je me le prenais en pleine gueule, d'un coup, comme ça, sorti de nulle part. Une fois, un mec m'avait ramené chez lui et, alors qu'on était à fond en train de s'embrasser, ce petit enculé a levé les yeux, et il a éclaté de rire. Une autre fois, un type m'a carrément attrapé le ventre pour palper la graisse de ma taille, jusqu'à ce que je pose la main sur son épaule en lui demandant s'il avait un putain de problème avec ça.

Benson s'est contenté de me fixer. Il avait pas non plus un corps d'athlète ou quoi, mais on était pas pareils.

On peut éteindre la lumière si tu veux, j'ai dit.

Pourquoi je voudrais ça ?

Je suis juste en train de t'admirer, il a ajouté ; alors, pour la première fois je pense, je me suis dit que je l'avais mal jugé.

Ben s'est mis à califourchon sur ma taille, il a allongé son corps sur le mien, et il est juste resté comme ça, à se frotter contre moi, alors je l'ai pris dans mes bras. Je suis allé sentir ce qui se passait sous son jean, je lui ai saisi le cul, et à ce moment Benson a glissé la main dans mon caleçon, il m'a saisi, et je me suis laissé aller sous son emprise. Il a fini par introduire quelques doigts en moi, j'ai dû manœuvrer un peu pour qu'il y parvienne, en posant les jambes sur ses épaules, jusqu'à ce que je sois en train de le fixer droit dans les yeux.

Il m'a fallu plus longtemps que ce que j'aurais voulu. Je me suis cogné la tête contre l'accoudoir du canapé.

Quand j'ai commencé à lui ouvrir la braguette, Ben m'a arrêté.

J'ai demandé, T'as pas envie ?

Ça va là.

J'imagine. Mais je veux que tu prennes vraiment ton pied.

Je suis séropo, Mike.

Il a détourné la tête en me l'annonçant. Alors qu'il s'allongeait sur moi, le corps de Ben s'est raidi d'un seul coup. Il arrivait même pas à croiser mon regard.

OK, j'ai fait.

J'aurais dû te le dire plus tôt. Je suis désolé.

T'as pas à l'être.

J'aurais quand même dû dire un truc.

Peut-être.

Nan, vraiment. J'aurais dû.

On s'en fout. Je comprends. Écoute, j'ai envie que tu prennes ton pied.

À ces mots, Ben a levé les yeux. Il a croisé mon regard, le menton encore posé sur mon ventre. L'expression de son visage était à la fois celle du pur bonheur, de la légère suffisance, et celle de quelqu'un qui vient de se faire piétiner.

Et, à vrai dire, je m'en foutais de son état. J'en avais pas complètement rien à foutre, mais c'était franchement pas un truc qui me posait problème. C'était juste quelque chose de plus que j'apprenais sur lui.

Quoi ?

Rien, Ben a répondu. T'es intéressant, c'est tout.

C'est gentil de me le dire. Alors que t'as encore mon sperme sur la paume.

À ces mots, Ben a regardé sa main. Il a léché son poignet, en promenant sa langue le long de ses doigts.

Et voilà. Y a plus.

Maintenant, je vais te dire ce que j'aimerais beaucoup, il a ajouté.

À ces mots, Ben s'est complètement allongé sur le canapé, en effectuant différentes manœuvres pour se caler dans un coin, tout en tirant mon coude derrière lui. Je pense que nos corps formaient un angle impossible. Mes genoux dépassaient du coussin. Ben était tout enfoncé dans l'un des trous. Je pensais vraiment que ça allait pas le faire, que jamais on arriverait à s'endormir comme ça, mais je me suis réveillé le lendemain matin au son des ronflements de Ben, lové dans mes bras ; j'ai alors compris que j'avais pas dormi aussi bien depuis des mois.

Nos journées ont progressivement commencé à suivre une routine : le matin, Ben chopait la 10 pour rentrer chez son père. Le soir on se retrouvait dans un bar, peu importe lequel tant que ça nous coûtait moins de 15 dollars. Il payait sa bouffe, je payais la mienne, et ensuite on allait sur Wheeler en prenant la route en pente qui passe par Scott Street.

Ben disait pas grand-chose, jusqu'à ce qu'on ait refermé la porte. L'instant d'après, on était l'un sur l'autre, contre le mur, sans en avoir plus rien à foutre du bruit qu'on faisait.

Je prenais déjà la PrEP, mais on était à l'aise avec les capotes.

Ben jouissait toujours après moi. J'ai jamais compris pourquoi.

Ensuite, on restait allongés sur le canapé, le parquet ou le matelas, dans un bordel innommable. Il sombrait le premier, ou je sombrais le premier, et à chaque fois que je me réveillais en sursaut en plein milieu de la nuit, je retrouvais la couverture posée sur nous, bordée juste sous nos orteils.

Un soir, alors que je venais de le baiser, Ben m'a demandé de lui raconter une histoire.

Mon Dieu. Ça t'a pas suffi, c'est ça ?

Je suis sérieux.

Pourquoi tu commencerais pas, toi ?

J'en connais aucune.

Tout le monde connaît au moins une putain d'histoire.

J'en connais aucune de bien, Ben a dit. Et tout le monde a pas envie de raconter celles qu'ils connaissent.

On était encore nus sous la couverture. Elle avait appartenu à la mère de ma mère. Elle l'avait tricotée à Kanazawa, avant que sa famille bouge plus à l'est pour rejoindre Tokyo. Les pieds de Ben sont venus plonger entre les miens, la télé était de son côté. Mais elle servait juste à garder un bruit de fond. Des pubs qui s'enchaînent. On entendait que notre souffle.

Allez, j'ai répondu, je suis sûr que c'est pas ce que tu dis aux gosses avec lesquels tu bosses.

Calme-toi.

Je suis né à Katy, il a commencé. J'ai grandi à Katy. Je suis resté chez moi, j'ai baisé à droite à gauche, je suis tombé malade, mes parents m'ont foutu dehors, j'ai arrêté mes études, je me suis trouvé un job, et puis je t'ai rencontré à la soirée, et voilà, maintenant on est là tous les deux.

Tes parents t'ont foutu dehors ?

Ouais.

Parce que t'es gay ?

Parce qu'ils pouvaient plus faire semblant une fois qu'on a appris que j'étais séropo. Mon homosexualité est alors devenue un truc qu'ils devaient gérer. Et ils en avaient pas envie. Ils avaient pas envie de gérer quoi que ce soit.

C'est lourd comme truc.

Mouais.

C'est pas mouais.

C'est mouais. C'est ma faute.

Tu peux pas sérieusement penser ça.

J'ai déconné, Ben a dit. Je baisais tout ce qui bougeait. Le premier qui voulait bien baiser, je le baisais, et c'est comme ça que ce genre de conneries arrive. Je pourrais même pas te dire qui me l'a refilé. Je pourrais pas non plus le contacter pour lui dire que je l'ai chopé.

Le corps de Ben tout entier s'est détendu après ça. Je me suis rapproché, et quand j'ai vu qu'il reculait pas, je l'ai serré, juste un peu. Il m'a serré en retour.

Ben a lâché, Désolé.

De quoi ? C'est quoi ces conneries ?

Tu t'attendais sans doute pas à entendre tout ça. Maintenant c'est bizarre, à cause de moi.

N'importe quoi, j'ai répondu. Tu t'es livré, c'est tout. T'étais pas obligé de me raconter, et pourtant tu l'as fait. Ça fait du bien, nan ?

Tu joues au connard là.

Je suis sérieux.

C'est quand même pas une histoire digne de ce nom, Ben a répondu.

Mais tu peux pas non plus la garder en toi pour toujours. Tu peux pas t'infliger ça, putain.

Si tu le dis.

Il s'est penché pour me mordiller le cou. La télécommande est tombée bruyamment sur le parquet derrière nous. Il s'est baissé pour la ramasser, manquant d'emporter la couette avec lui, alors je lui suis tombé dessus, et il s'est retrouvé sous moi. L'instant d'après, on était tous les deux en train de bander, à nouveau. Mais il s'est rien passé. On est restés comme ça, allongés l'un à côté de l'autre, à respirer, à se sentir, à être.

*

Quelques-uns des trucs qu'Eiju préfère, gribouillés à l'encre bleue : *L'anguille fumée, les pulls déchirés, le temps de fin janvier. L'amour avant le petit déjeuner. Le raisin. Les restes de riz. Les premiers pas après un voyage en train. Les premiers pas après un voyage en avion.*

*

Un soir, Eiju m'a demandé si je voulais boire un verre.

Avant que j'aie le temps de répondre, il a fait un signe de tête à Kunihiko. Le gamin nous a lancé un grand sourire. La soirée touchait à sa fin, on avait fini de nettoyer le bar, il avait déjà rangé la plupart des verres. Il avait lavé le comptoir et passé la serpillière, et il avait même commencé l'inventaire.

Eiju a chopé deux cannettes de Saporo dans le frigo situé sous le bar. Il m'a fait signe de le rejoindre en cuisine, avant de se pencher pour passer par la porte près de la fenêtre. Une minuscule terrasse en bois était cachée à l'arrière de l'immeuble ; elle surplombait la ruelle d'à côté, et Eiju y rangeait une paire de sandales et un amoncellement de plantes, une espèce de minuscule jardin qui ressemblait surtout à un truc auquel personne avait touché depuis des mois.

Le quartier était calme. On voyait juste le toit des maisons, rien d'autre. Et puis, d'un coup, la lune est apparue dans le ciel, nue sous nos yeux, ce qui était un truc que tu voyais jamais à Houston. Eiju a ouvert nos bières, il s'est appuyé contre la rambarde, et avant même qu'il parle je savais déjà à quoi la conversation allait ressembler : il allait me demander combien de temps je comptais rester. Je lui répondrais que j'allais pas l'abandonner comme lui il nous avait abandonnés, Eiju refuserait ce constat, il m'insulterait, et puis il jurerait que je l'avais mérité, ou que Ma l'avait mérité, ou qu'on se méritait tous les deux, et puis je le laisserais seul sur la petite terrasse de son bar, je rentrerais à pied chez lui, dans cette ville qui m'était inconnue, au milieu de cette putain d'île qui était à la fois chez moi chez moi chez moi chez moi chez moi chez moi chez moi et le truc le plus éloigné de tout ce que j'avais pu connaître dans ma vie, mais ce dont j'étais sûr c'est que j'allais faire mes valises, en fourrant toutes mes affaires à l'arrache dans mon putain de minuscule sac, histoire de mettre un terme à la putain d'erreur qu'avait été ce voyage.

Je le savais, parce que je savais comment Eiju avait l'habitude de gérer les disputes.

Parce que je connaissais Eiju.

Parce que j'étais toujours le fils de cet enculé.

Quand j'ai ouvert la bouche, il a posé un doigt sur ses lèvres.

Il m'a demandé, T'entends rien de familier. Rien que tu reconnais ?

Je me suis tu. J'ai quand même tendu l'oreille.

Y avait rien à écouter.

Du coup on est restés là, à écouter du rien.

Comme s'il avait lu dans mes pensées, Eiju m'a alors dit, Le Silence est un son en lui-même.

Il va te manquer quand il aura disparu, il a ajouté en prenant une gorgée de bière.

Il va me manquer quand il aura disparu, il a continué.

Ou peut-être que tout sera silence, il a dit. Je sais pas si c'est un truc dont il faut avoir hâte. Si ça se trouve j'arriverai encore à l'entendre.

Eiju a repris une gorgée. Il m'a lancé un regard.

Peut-être, j'ai répondu.

Sans doute pas.

Puis il a dit, Le bar sera encore là. Je sais bien que je t'ai pas donné grand-chose. Mais si tu le veux, il est pour toi.

Ah.

Attends. Laisse-moi t'expliquer.

Si t'en veux pas, il a dit, je le donne à Kunihiko. Il est jeune, mais il sait ce qu'il fait. Je sais qu'il va en prendre soin. Il sera entre de bonnes mains.

De toute façon, t'as aucune idée de ce que je vais en foutre.

C'est ça, Eiju a répondu. Parce que je te connais pas en réalité. Je te connais vraiment pas du tout. Sauf que t'es mon fils, et ce serait à toi de décider ce que t'en fais. Si t'y mets du tien, je suis sûr que tu géreras pas trop mal. Et si tu décides de vendre le bar histoire de me baiser une dernière fois, tu t'en sortiras avec un bon paquet d'argent.

On s'est tous les deux appuyés contre la rambarde. Des couples marchaient tranquillement dans la rue en contrebas. Des motards sont entrés, en évitant de peu des livreurs à scooter ; quelques jeunes femmes étaient en train de rentrer chez elles, le claquement de leurs talons hauts résonnant contre les marches qui menaient à la station la plus proche.

Eiju a prononcé mon nom, mais j'ai fait semblant de pas l'entendre. Alors il m'a appelé par mon nom japonais.

Fais plus jamais ça putain.

C'est plus ton nom ?

C'est certainement pas celui que t'as le droit de me balancer comme si j'étais encore un putain de gosse.

Mais t'es mon gosse. Et c'est ton nom.

T'arrives un peu trop tard pour utiliser ce genre d'arguments.

On est alors retombés dans le silence. La vie d'Osaka continuait sous nos yeux. On a observé un employé qui courait à toute vitesse pour choper son bus, qu'il a finalement raté. Mais le bus s'est arrêté, et le type, hilare, a pu monter dedans en faisant de grands gestes de la main.

Il te reste pas mal de temps pour décider, Eiju a dit. Le loyer sera payé les six premiers mois qui suivront.

Qui suivront.

Qui suivront. Tu peux finir ce que t'as à faire aux États-Unis et revenir ensuite, si c'est ce dont t'as besoin.

Ton choix a peu d'importance pour moi, il a ajouté.

Bien sûr que si. Sinon tu serais pas en train de m'expliquer tout ça.

Fais pas l'idiot. Ce que j'essaie de te dire, c'est que je sais que ça implique un choix. Je veux juste que tu saches qu'il est là. Que ça reste une option. C'est ça l'important.

Quand il a fini, Eiju a expiré longuement, tout en frissonnant un peu. Il a tourné son corps vers moi, en tapotant contre sa bouteille. J'ai compris que c'était à moi de dire un truc.

Je lui ai pas dit de pas abandonner si facilement, parce qu'il avait déjà pris sa décision.

Je lui ai pas dit qu'on savait pas s'il allait mourir, parce que tout le monde meurt.

Je lui ai pas dit que ce qu'il proposait était trop peu, et que ça arrivait trop tard, que le pardon est pas un truc que tu te contentes d'accorder dès que t'en ressens l'envie.

J'ai dit, OK.

Une alarme de voiture s'est déclenchée derrière nous, ce qui a rompu le silence. J'ai hoché la tête, sans aucune raison, et Eiju m'a imité. Il m'a regardé boire en silence, et puis il a ouvert la bouche, alors j'ai aussi ouvert la mienne, et à ce moment-là Kunihiko a hurlé du bar.

Eiju m'a lancé un regard, en mode, Qu'est-ce que je peux y faire ? Et puis il s'est tourné, en criant le nom du gamin, avant de rentrer et de disparaître, déjà.

*

C'est Ma qui m'a annoncé qu'il était malade. On s'était pas parlé depuis des semaines, même pas pour prendre les nouvelles habituelles, et de toute façon cette partie durait à peine vingt secondes à chaque fois. Elle m'a expliqué que le boulot l'avait pas mal occupée. De mon côté, Ben m'avait pas mal occupé. On avait été trop occupés pour prendre des nouvelles de l'autre.

Mais cette fois, ma mère m'a appelé.

On a parlé.

Une fois qu'elle a prononcé les mots, elle est restée en silence au bout du fil.

Dis un truc, elle a ajouté.

J'étais en train de pousser des caddies sur le parking du supermarché avec un collègue, un type du nom de Rafan, un gros mec du Salvador. Il a vu que j'étais au téléphone, et puis il a vu la tête que je faisais. Il m'a posé une main sur l'épaule, en me faisant signe d'aller sur le trottoir. Je me suis enfoncé dans les rues du quartier derrière le magasin, histoire d'échapper au bruit, sans vraiment regarder où j'allais.

Au bout d'un moment, alors que j'étais toujours en ligne, j'ai remarqué que je m'étais éloigné de plusieurs pâtés de maisons. Le quartier était putain de riche, y avait que des grosses baraques partout, tu sentais l'argent qui débordait. Une nounou latina promenait un petit Blanc sur le trottoir ; il sautait par-dessus chaque fissure qu'il voyait, mort de rire. Elle lui tenait la main tout du long. À un moment, le gosse a levé les bras en l'air, alors elle l'a porté pour le faire passer au-dessus des mauvaises herbes. J'arrivais pas à lire le sourire qu'elle affichait. Je me suis demandé si le gamin se souviendrait de tout ça. Ben aurait sans doute dit un truc genre, les gosses oublient jamais vraiment rien.

J'ai demandé, C'est grave à ce point ?

Absolument.

Et tu me l'annonces là ? Seulement maintenant ?

Oui. Parce que c'est devenu grave à ce point.

On est restés sans rien dire un instant. J'entendais la circulation autour de Ma, le bruit de la vie qui continuait à Tokyo. Elle m'avait appelé après sa journée de travail à la bijouterie.

Tu l'as appris quand ?

Michael.

Quand ?

Ça va faire trois semaines.

Et tu m'as rien dit ?

T'avais pas besoin de le savoir.

C'est lui qui te l'a dit ? C'est comme ça que tu l'as appris ?

Oui c'est lui. Je l'ai appris comme ça.

Donc vous vous reparlez.

Il était environ 10 heures du matin chez moi. La soirée était déjà bien avancée pour ma mère. Je l'imaginais sortir de sa boutique, se planter devant son vélo, puis faire claquer ses talons avant de s'engager sur la route.

Du coup, t'es allée le voir ?

T'en penses quoi ?

Je pense que tu devrais y aller.

C'est pas vraiment la peine. On s'est déjà parlé. J'ai des nouvelles par son médecin.

Ça suffit pas, j'ai dit, à moitié en train de hurler au téléphone. J'ai alors entendu Ma s'empêcher de répondre.

Écoute-moi bien. Je t'ai pas appelé pour prendre tes conseils.

J'ai jamais dit le contraire.

Stop. Arrête de parler. Faut que tu comprennes que là, je te demande pas ce que je dois faire, et je te demande pas non plus de m'aider. Je te demande rien du tout. Je suis juste en train de te donner des nouvelles.

Très bien. Désolé.

T'es pas désolé. Mais je comprends. Je sais.

Ma.

Tout va bien. Ton père est mourant.

La nounou et son petit Blanc faisaient du surplace au croisement. Quand il essayait de traverser, elle le retenait par le bras. Au bout de la troisième fois, il lui a enlacé la jambe, alors elle lui a posé une main sur les cheveux.

Eiju m'a expliqué qu'il avait déjà pris toutes ses dispositions.

Du coup il compte même pas essayer de se battre.

De ce que je crois comprendre, il a plus envie de se battre. C'est terminé. Il a envie de profiter du temps qui lui reste.

OK. Alors tu ferais mieux de venir ici.

Quoi ?

Tu ferais mieux de revenir. À Houston. Reste avec moi quelque temps.

Tu rigoles là.

On entendait une profonde confusion dans sa voix. J'avais parlé sans réfléchir.

Pas du tout.

T'as pas assez de place pour moi.

Je ferai de la place.

Et la personne avec laquelle tu vis ?

T'en fais pas pour ça.

Je sais bien que t'as pas envie de te faire du souci pour Eiju, j'ai ajouté. Du coup, viens ici et fais-toi du souci pour moi.

Ma est restée en ligne sans rien dire. Le gosse et sa nounou ont regardé à gauche puis à droite, avant qu'elle le soulève par les bras pour se mettre à traverser en courant. Il a rigolé tout du long, elle aussi, et quand ils ont atteint le trottoir d'en face, il a sauté sur chaque fissure qu'il rencontrait.

Ma mère m'a répondu qu'elle allait y réfléchir. Je lui ai dit que l'offre était sur la table.

Bonne nuit. Tiens-moi au courant quand tu veux.

Ça marche. Bonne journée.

*

Les sons qu'Eiju préfère dans cette vie : *Le bridge de Frank Zappa dans* « Watermelon in Easter Hay ». *Les criquets au réveil. Les bulles dans un verre de bière fraîche. Le moteur d'une voiture quand le contact se fait pas. Les portes d'un train qui se referment, le bourdonnement des clients dans une supérette. Mitsuko qui chantonne après l'amour, en attendant son heure sous la couette.*

*

De temps en temps, des étrangers s'aventuraient dans le bar d'Eiju. En général c'était surtout des locaux qui venaient de découvrir son existence. De la rue principale, ils repéraient les lampadaires de la ruelle, ou ils entendaient les rires absurdes d'Hana ou Sana accoudés à la fenêtre. Ou alors ils étaient eux-mêmes complètement bourrés, et ils étaient à la recherche de plus de bière pour se maintenir à niveau. Parfois, des touristes passaient par là parce que personne les avait mis au courant, mais Eiju était toujours atroce avec eux. En général, ses clients réguliers étaient complètement incapables de le calmer.

Une fois, Natsue lui a dit qu'il était puéril. Que s'il avait vraiment envie de développer son commerce, il ouvrirait un peu les yeux.

Eiju lui a demandé pourquoi elle pensait qu'il avait envie de développer quoi que ce soit.

Ça s'appelle être un humain respectable, Natsue a répondu. Un hôte digne de ce nom.

Eiju lui a dit qu'il se reconnaissait ni dans l'un ni dans l'autre.

Ils faisaient le tour du pays en sac à dos, et ils passaient juste la nuit à Osaka. Ou bien ils logeaient dans un BnB à Kyoto, et ils étaient de passage dans la ville. Ou encore ils avaient fait tout le trajet de Tokyo, parce qu'ils avaient entendu qu'Osaka valait le coup. Ou bien ils étaient ici pour le boulot. Ou encore ils rendaient visite aux parents de leur conjoint. Eiju était systématiquement antipathique avec les Américains : il voulait surtout pas avoir affaire à eux. Une fois, l'un d'eux est arrivé parce qu'il enseignait l'anglais à Chiba, et c'était les vacances d'hiver. Une autre fois, tout un gang d'Anglais s'est pointé ; ils ont essayé de s'engouffrer par les portes tous en même temps. Le bar a sombré dans le silence, pendant que ces quatre blaireaux continuaient de parler, encore et encore. Une fois, une petite métisse de Californie m'a expliqué qu'elle était venue rendre visite à son père, qui était tombé malade une semaine plus tôt ; j'ai ressenti un putain de frisson me parcourir tout le corps, jusqu'à ce que je lui demande de m'en dire plus. Mais elle avait pas envie de parler de ça. Elle préférait se mettre une mine.

Eiju était tout sauf accueillant avec ces gens-là. Kunihiko faisait de son mieux, seulement son anglais était nul à chier. À chaque fois qu'y en avait un qui se pointait, son patron l'envoyait faire des courses. Mieko disait qu'Eiju était sectaire, Takeshi le traitait de gros connard, mais Eiju répondait que tout ça avait aucun rapport ; en plus, il refusait de leur expliquer son comportement. Moi je savais très bien pourquoi ce petit enculé réagissait comme ça.

Du coup c'est moi qui suis devenu responsable d'eux. De tous ceux qui passaient la porte. À l'instant où j'ouvrais la bouche pour sortir deux mots d'anglais, les Américains restaient collés à moi, ils me donnaient de petites tapes sur l'épaule, tout excités, en m'expliquant que je parlais tellement bien anglais, et est-ce que je venais de Los Angeles, San Francisco, Portland ou Brooklyn, et qu'est-ce que je foutais au Japon, tout en me faisant des high five et en me remerciant encore et encore. Dans ces situations, Eiju disparaissait, en prétextant qu'il lui fallait une cigarette. Parfois, il se contentait de partir, sans dire un mot, d'un seul coup. Aucun des autres clients disait quoi que ce soit. Ils étaient pas obligés. Je comprenais. Je percevais une sorte de séparation, une espèce de mur qui s'érigeait entre nous, parce que j'étais l'un d'eux, mais sans l'être, sans pouvoir vraiment le devenir, et c'était comme ça, pas autrement.

Enfin je les gérais quand même. On en a jamais clairement parlé avec Eiju. On a jamais décidé quoi que ce soit à ce sujet. C'est juste que c'était plus facile comme ça.

Un après-midi, Eiju s'est réveillé très fatigué ; il se sentait faible, il titubait dans le salon, allant même jusqu'à trébucher contre mon futon. Je lui ai demandé si y avait un problème, il a juste grogné en réponse, avant de retourner se coucher en titubant. Il s'est relevé pour aller se préparer un thé, mais il a changé d'avis après l'avoir laissé infuser. Quand il a laissé tomber sa tasse sur le carrelage, je lui ai dit de prendre sa soirée et de rester chez lui.

T'es épuisé. Retourne te coucher.

C'est des conneries, Eiju a répondu. Fais pas comme si tu savais comment je me sens.

C'est à ce moment-là qu'Eiju s'est tenu le ventre d'un coup. Je l'ai suivi jusqu'à la salle de bains, il clopinait ; mon père avait à peine atteint les toilettes qu'il s'est mis à avoir des haut-le-cœur, à genoux sur le carrelage.

Ça durait depuis quelques jours déjà. Périodiquement. Juste assez pour confirmer que sa maladie allait pas en s'arrangeant.

La deuxième fois, j'ai appelé Taro en plein milieu de la nuit. Il s'est pointé quinze minutes plus tard. Il est resté là, à surveiller Eiju en lui massant le dos, tout en me demandant si j'avais remarqué quoi que ce soit d'autre d'anormal. Est-ce qu'Eiju réussissait à finir son assiette ? Est-ce qu'il souffrait de diarrhées ? D'incapacités soudaines à contrôler ses articulations ? Est-ce qu'il sentait parfois ses jambes se dérober, ou encore…

À ces mots, Eiju s'est tourné pour sourire à son ami.

Tout ça à la fois, il a dit, mais c'est pas aussi horrible que ce que tu décris.

Alors Eiju a fait un grand sourire, avant de gerber partout sur le sol.

On venait de mettre mon père au lit, et on était en train de le regarder ronfler de la porte, quand Taro m'a fait signe de le suivre au salon. Je lui ai demandé s'il voulait manger un truc et, à ma grande surprise, il a répondu oui.

Il restait des udon au frigo. J'ai mis de l'eau salée à bouillir. Taro s'est assis sur mon futon en attendant que les pâtes soient prêtes. Je les ai fait revenir à la poêle en les recouvrant de tofu mariné, avant d'y ajouter quelques oignons verts.

Désolé. C'est tout ce qu'on a.

Pas besoin de t'excuser, Taro a répondu, la bouche pleine.

Tout ça est parfaitement normal. Ce qui se passe avec ton père. Y a rien de surprenant.

Pour quelqu'un qui va mourir.

Pour quelqu'un dans l'état d'Eiju et qui refuse de se soigner, oui.

Assis par terre en tailleur, en sweat-shirt et pantalon de costume, Taro était plutôt bel homme. Ses cheveux étaient maintenant d'un gris brillant, strié de quelques ondulations de noir. Sa taille laissait entrevoir un peu de peau luisante, entre son t-shirt et son pantalon ; je me suis concentré pour pas regarder, et puis j'ai arrêté d'y penser.

Et pourtant.

N'empêche.

Ça faisait plusieurs semaines.

J'ai laissé Taro manger un peu avant de lui demander ce que je pouvais faire. Il a saisi les oignons avec les baguettes, qu'il a ensuite fourrés dans sa bouche, et il m'a regardé avec pitié, du moins je pense, tout en faisant un sourire qui signifiait, Qu'est-ce que tu *pourrais* bien faire tu crois ? Il a eu la délicatesse de pas le dire à voix haute.

À la place, il a repris des udon.

Contente-toi de la routine habituelle. Pas de longs trajets. Rien qui pourrait le fatiguer. Mais ton père devrait écouter son corps, maintenant plus que jamais. S'il lui dit de s'asseoir, il faut qu'il s'asseye. S'il lui dit de s'allonger, Eiju devrait le faire.

Donc je suis censé dire à un homme mourant de passer ses derniers jours au lit.

Tu devrais dire à ton père de faire attention à lui. On est là pour ça. À ce stade, c'est tout ce qu'on peut faire.

Très bien. Merci d'être venu.

C'était un plaisir, Taro a dit en faisant un grand sourire. Y avait un truc dans ce sourire, à tel point que, un instant, ça m'a fait tout chaud à l'intérieur, des joues jusqu'aux orteils ; l'atmosphère dans la pièce est devenue électrique.

Bon, j'ai fait, et Taro m'a tendu la main.

J'ai honte de te demander ça, mais il te reste des udon ?

Le soir où j'ai convaincu Eiju de rester à la maison, j'ai rencontré Tan.

Le bar était pratiquement vide. Les employés venaient de recommencer une semaine de travail, du coup j'ai expliqué à Eiju qu'il raterait pas grand-chose. Je me chargerais de défendre la forteresse, ou je sais pas quoi, juste un soir, vu que c'était le seul truc sensé, étant donné qu'il fallait que quelqu'un s'en occupe ; avant même qu'Eiju commence à protester, à essayer de me contredire ou quoi que ce soit du style, il s'est mis à tousser sur le matelas, puis il a accepté de se recoucher.

Nos flics sont pas armés, il a dit, donc si des voleurs se pointent, file-leur directement la caisse.

Personne va venir voler quoi que ce soit.

On sait jamais.

Je sais.

Si y a le feu, rappelle-toi que l'extincteur est pété. Faudra que tu souffles dessus pour l'éteindre. Mais j'imagine qu'utiliser ta bouche sera pas un problème pour toi.

Va te faire foutre.

Du coup, c'est Kunihiko et moi qui avons géré le bar. On a plutôt bien bossé ensemble. Dès que je cherchais un truc, j'avais même pas à lui demander qu'il était déjà en train de me le tendre. Il repassait un coup de torchon dans chaque verre que j'avais séché. J'ai pas cherché à m'engueuler avec lui pour ça, parce que j'avais déjà compris, à plusieurs reprises, que tout ce qu'il faisait, c'est Eiju qui le lui avait appris. J'avais l'impression que Kunihiko maîtrisait tout ce bordel à un point que j'atteindrais jamais.

Y a un problème, Mike-kun ?

Nan. Tout va bien.

Ça faisait des heures qu'on avait pas eu un seul client. Kunihiko arrêtait pas de parler, encore et encore et encore. Mais il s'adressait surtout à lui-même, histoire d'avoir un bruit de fond. De temps en temps, je poussais un petit grognement d'approbation, auquel il répondait en riant, avant de se lancer sur un autre putain de discours. Je tentais de lui poser des questions, genre sur lui, sur sa vie, et puis j'abandonnais complètement l'idée. D'ailleurs, avant même que je puisse ouvrir la bouche, Kunihiko m'interrompait en se lançant dans une nouvelle putain d'anecdote.

À un moment, il m'a demandé, Ça fait longtemps que tu connais Eiju ?

J'ai regardé le visage de Kunihiko. Il avait même pas levé les yeux, il continuait tranquillement de nettoyer le comptoir.

C'est comme s'il faisait partie de la famille, j'ai répondu.

Pareil pour moi. Encore plus que mes liens de sang. Il veut toujours bien faire.

Ça je sais pas.

Quoi ?

S'il veut toujours bien faire. C'est beaucoup demander, à n'importe qui.

Faut juste apprendre à le connaître, Kunihiko a indiqué.

Pas s'il me chie à la gueule comme il le fait avec toi.

Ça a fait sourire Kunihiko. Il s'est passé la main dans les cheveux. Il les avait coupés y a quelque temps pour se faire une espèce de dégradé, mais le coiffeur a complètement merdé la coupe une fois arrivé à la moitié de la nuque.

Donne-lui une minute. Tu l'as pas vu depuis des plombes, c'est tout. Ça fait combien de temps d'ailleurs ?

Plus de dix ans.

Exactement. Ce que je pense, c'est qu'il a traversé une sale période.

C'est ce que j'ai entendu. À ce moment-là, la porte s'est ouverte.

Le type dans l'entrée avait une tête pleine de cheveux. Il était légèrement grassouillet, ça lui allait bien, et il portait un sweat-shirt et un jean. Il avait l'air d'avoir à peu près mon âge. Kunihiko lui a fait de grands signes pour lui dire de nous rejoindre, en lui demandant ce qu'il voulait boire. Quand le mec a répondu dans un japonais à couper au couteau, j'ai commandé la même chose, mais en anglais.

Ça l'a complètement perturbé. Il a demandé une bière, que je lui ai passée. En la prenant, il a légèrement hoché la tête, moins par timidité que par certitude.

J'ai pas arrêté de le fixer, lui a pas levé les yeux. Il avait clairement pas envie qu'on vienne l'emmerder.

Kunihiko a demandé, Du coup, qu'est-ce qui t'amène ce soir ?

Le type s'est tourné vers Kunihiko avec méfiance. Il m'a lancé un regard avant de faire un grand sourire à Kunihiko.

Faut l'excuser, j'ai dit en anglais.

Pas la peine, il m'a répondu, en anglais aussi.

Et puis il s'est adressé en japonais à Kunihiko : Rien de particulier. J'avais besoin de bouger.

Je comprends, Kunihiko a dit.

Le gars a hoché la tête, tout en prenant une gorgée de sa bière. On est restés à côté de lui sans rien dire, jusqu'à ce qu'il fasse un signe à Kunihiko pour en commander une deuxième. Le gamin s'est alors lancé dans une conversation seul avec lui-même, ce qui m'a convaincu que j'avais besoin d'une pause clope.

Je m'en suis grillé une sur la terrasse. J'ai espionné des gamins qui jouaient sur le trottoir en contrebas, au milieu d'un carré d'immeubles construits derrière un ensemble d'arbres. Il était beaucoup trop tard pour traîner dehors à leur âge, et, un bref instant, je me suis dit qu'ils étaient à peu près aussi jeunes que les gamins avec lesquels Benson bossait.

Ben aurait été hyper énervé s'il les avait vus dehors à cette heure. Il aurait appelé ça de la négligence. Mais faut croire que les gosses sont globalement les mêmes partout, où qu'on soit sur cette putain de planète.

Ils jouaient au kickball contre un mur, chacun essayant à chaque coup d'envoyer la balle dans la gueule des autres. Elle faisait des ricochets contre leur corps. Le crissement de leurs baskets perçait le silence.

L'un d'eux a fini par me repérer. Ils m'ont fait de grands signes de derrière les arbres. Je leur ai répondu par de grands signes. Et quand j'ai soufflé un anneau de fumée, certains de ces petits fils de pute m'ont carrément applaudi.

Au bout de ma troisième cigarette, Kunihiko m'a appelé pour que je retourne au bar. Quand je me suis retrouvé devant l'entrée, j'ai vu qu'il était en train de foutre toutes ses affaires dans un sac en bandoulière.

Le gamin m'a expliqué qu'il devait y aller. Il m'a souri fébrilement. Il venait de se passer un truc important. Ou alors il avait oublié un truc important. Ou alors un truc important allait se passer, Kunihiko a dit, hésitant ; à ce moment-là, le type assis au bar l'a regardé lui, puis moi, puis lui.

J'imagine qu'on se voit demain alors.

Ce qui a fait que je me suis retrouvé seul dans le bar avec le gars.

J'ai trouvé un verre à nettoyer.

Malgré ce que Ben m'avait balancé à la gueule en me hurlant dessus quelques semaines auparavant, on pouvait pas dire que j'étais du genre à courir après les gens. J'étais de loin pas le meilleur pour lancer des conversations.

Il a pas l'air facile à vivre, le type a dit.

Kunihiko ? Il veut bien faire.

Tout le monde pense ça, enfin je veux bien te croire.

C'est pas une bonne idée : je vais rapidement te montrer que t'as eu tort.

Le type m'a dit qu'il s'appelait Tan. Il venait de Singapour. Quand je lui ai demandé ce qui l'amenait à Osaka, il m'a répondu que sa mère était femme de ménage ici, et qu'il était venu s'occuper d'elle.

Elle est arrivée y a des décennies, il a ajouté.

Elle se plaît ici ?

On s'en fout. Il est trop tard pour rentrer à la maison maintenant. Et puis, Singapour c'est pas comme ici. Elle y mourrait d'ennui au bout d'une semaine.

C'est sûrement pas aussi horrible que ça.

Tu serais étonné.

J'imagine, j'ai répondu, tout en continuant de nettoyer le comptoir. Tan m'a alors demandé une autre bière, du coup je nous en ai servi deux.

Je croyais que les barmen étaient pas constamment en train de boire, que c'était un mythe.

À tous les coups, c'est un barman bourré qui t'a dit ça.

Il m'a demandé si j'étais le propriétaire du bar, je lui ai dit non.

T'es jeune.

T'es pas en âge d'être grand-père non plus.

Mais en fait il était un peu plus vieux que moi, de quelques mois à peine.

OK, j'accepte. T'as pas de femme ?

J'ai pas de femme.

Et pas d'enfant ?

Je pourrais te poser les mêmes questions, Tan a répondu.

Alors on est restés assis en silence, tous les deux. C'était pas particulièrement désagréable.

Quand je suis revenu à l'appartement, Eiju était réveillé, une cigarette à la bouche. Quand il m'a vu du balcon, il m'a juste fait un signe de la main.

Il m'a demandé comment la soirée s'était passée. Je lui ai demandé comment il se sentait.

Oh, tu sais.

Mais Eiju a rien ajouté d'autre. Du coup, je l'ai laissé dehors avec ses cigarettes, face à un putain de lever de soleil bien puant.

*

Ben a emménagé quelques mois après notre première baise. Je lui ai proposé de l'aider à bouger toutes ses affaires chez moi, mais il m'a répondu que c'était pas la peine.

Et de toute façon, y a pas grand-chose. Y a que moi.

Rigueur militaire, j'ai dit.

Oui mon général.

On s'était parlé de nos passés sexuels respectifs quelques semaines auparavant. C'est arrivé dans un bar de Richmond, pendant qu'on buvait des Modelas dans leur patio. Quand Ben a demandé le menu au barman, il nous a dit qu'ils en avaient pas, et quand j'ai voulu savoir ce qu'ils servaient, le petit Blanc a répondu qu'il serait de retour dans une minute. Et puis il a disparu. Quand on l'a vu réapparaître, il était en train de prendre la commande de deux petites Blanches posées près de l'entrée.

C'était raciste, nan ? Ben a fait.

Question de point de vue.

D'un côté, ça l'était. De l'autre, ça l'était.

Voilà, on est d'accord.

On a fini par aller chourer deux bouteilles dans leur frigo. Et puis on a laissé de l'argent sur le comptoir.

J'avais pas envie de raconter ma toute première fois à Ben, du coup je lui ai listé les autres, en commençant par l'opérateur téléphonique que j'avais baisé pendant à peu près un an. Je lui ai parlé du vendeur de chaussures. Du commis de cuisine. Du vendeur de portables. Du type de l'Apple store. Du mec de la station-service. De tous les petits

Blancs. Je lui ai aussi parlé de l'orgie accidentelle au Numbers, et du caissier du H-E-B que j'ai baisé sur le parking.

Comment c'est possible ce genre de trucs, Ben a lancé.

Le mec arrêtait pas de m'appeler, du coup je lui ai demandé à quelle heure il aurait fini.

Et ensuite tu l'as littéralement fini.

C'est toi qui l'as dit.

Histoire de bien perpétuer le stéréotype des gays comme obsédés sexuels.

Ceux qui disent ça sont juste frustrés de pas baiser plus.

Mais je crois que c'est ça le truc. Je crois qu'y a tout là-dedans.

On a tous les deux croisé les jambes sous la table en métal. J'ai bu le reste de ma bière cul sec, alors que Ben en prenait que de minuscules gorgées.

Personne nous oblige à faire ça. Je m'en tape complètement de ces histoires.

Si c'était vrai t'aurais pas posé la question.

J'ai posé la question parce que j'ai envie d'apprendre à te connaître.

T'inquiète. C'est rien.

Je veux juste pas que tu croies que c'est un problème pour moi.

Faut pas que ce que je pense t'empêche de dormir.

Ben a repris une gorgée de sa bière. On a vu celui-qui-était-pas-notre-serveur traverser le patio à toute vitesse pour rentrer dans le bar.

Désolé.

Aucun souci, j'ai répondu. T'as encore rien dit.

Y a rien à dire. En tout cas, certainement rien d'aussi excitant que tes histoires.

Mais c'est quand même *ta* vie. Comment tu peux en juger tout seul ?

C'est vrai, mais moi je serais incapable de te dire combien de mecs j'ai baisés. Trop, ça c'est sûr. Et puis j'ai arrêté. Et puis je t'ai rencontré toi.

Mais je suis ton meilleur coup, pas vrai ?

Carrément.

Génial. Bonne réponse.

On a regardé le parking se remplir de clients, puis se vider.

Au bout d'un moment, je lui ai demandé, Pourquoi t'as arrêté ?

Arrêté quoi.

De baiser n'importe qui.

Ah. Tu sais pourquoi.

Nan. Enfin je peux peut-être deviner ?

Quand j'ai appris que j'étais séropo, tout s'est transformé en mode, je sais pas, genre, qu'est-ce que j'en ai à foutre en fait. Genre, pourquoi continuer après tout ? J'ai eu l'impression d'avoir perdu un truc.

Je crois que t'es très dur avec toi-même.

Ouais. Bref. T'es le meilleur.

À ce moment-là, le barman est sorti et il s'est arrêté devant nous. Il avait l'air d'avoir un truc à nous dire. Et puis, d'un seul coup, il a sorti l'argent qu'on lui avait laissé et il l'a claqué contre la table.

Il nous a expliqué qu'on lui avait trop donné. Ce qu'on avait pris coûtait cinq dollars de moins.

J'ai commencé à lui dire que c'était son pourboire, mais Ben a directement empoché l'argent. Il l'a remercié de son honnêteté.

La première nuit après l'emménagement de Ben a été la première fois qu'on dormait vraiment ensemble dans mon lit, la première fois qu'il s'autorisait vraiment à faire ça.

Une fois installés, il a commencé à me toucher. On s'est embrassés. Et ensuite plus rien a fonctionné. De mon côté en tout cas.

Ben a dit, Je comprends si t'en as pas envie.

J'en ai envie.

Y a pas de problème. Sauf qu'il insistait, il continuait à me toucher, avant de se toucher lui, et puis il a poussé un grognement, et puis c'était fini.

Quand il s'est levé pour aller s'essuyer, j'ai observé sa silhouette en mouvement dans ma chambre.

C'était une situation nouvelle.

Un nouveau corps dans mon lit.

D'un seul coup, de nulle part, j'ai eu envie qu'il fasse ses valises et qu'il se tire d'ici. J'ai eu envie qu'il disparaisse. J'ai eu envie qu'il soit loin de moi.

Quand Ben est revenu au lit, j'avais déjà fermé les yeux. Il m'a appelé, mais je les ai pas ouverts. Il a de nouveau murmuré mon prénom, avant de se blottir contre moi et d'étendre ses jambes sur les miennes. Ses épaules contre mes épaules. Et Ben arrêtait pas de le murmurer, Mike Mike Mike

Mike Mike Mike Mike, doucement, tendrement. Même une fois endormi, jusqu'à ce que je sombre, moi aussi.

*

Après sa nuit de repos, Eiju était devenu une boule d'énergie.

Je lui ai dit de se calmer. De se rappeler des mots de Taro.

Taro a peut-être appris plein de trucs dans ses bouquins, mais moi je connais mon corps.

Il est médecin putain. Il connaît le corps de tout le monde.

Eiju m'a filé une petite tape sur l'épaule. L'après-midi touchait à sa fin. On était allés se promener le matin, pour profiter du bouillonnement de Tennoji. On s'est fondus dans la masse des piétons près de Namba, avant de revenir à l'immeuble, où la petite femme qui vit à l'étage en dessous de nous a secoué la tête de dépit en nous entendant monter bruyamment les marches.

Faut que tu te calmes, putain, Eiju a dit.

C'est pas facile à faire quand je dois jouer ta baby-sitter.

Personne doit faire quoi que ce soit.

J'imagine que t'es le mieux placé pour savoir ce genre de choses.

C'est bon t'as fini ? Ça fait longtemps que t'as pas baisé ? Parce que si tu veux y a des pédés plein les rues ici.

Avant même de m'en rendre compte, j'étais déjà en train de redescendre en faisant un bruit pas possible, comme si j'essayais d'écraser chaque marche. Je suis passé devant la voisine grincheuse au pas de course, et puis j'ai traversé la rue, j'ai monté les escaliers qui menaient à la station de métro, et je me suis acheté un ticket. Mais je suis pas vraiment monté dedans. J'ai juste regardé les rames s'arrêter puis repartir. Y avait jamais trop de monde à notre station dans l'après-midi, tous ceux sur le quai se rendaient soit à Umeda, soit à Shin-Osaka, ce qui leur faisait un putain de long trajet, ou encore ils rentraient d'une journée d'escapade loin de tout ça. Des lignes se formaient puis s'évaporaient derrière moi.

J'ai fini par comprendre que pendant tout ce temps j'avais maintenu le contact visuel avec une femme de l'autre côté du quai. Elle a cligné des yeux en réponse. Elle portait un bob qui couvrait ses cheveux, un jean noir serré, et un pull des Toronto Raptors beaucoup trop grand pour elle. Quand je lui ai fait un signe de la main, son visage a immédiatement fait place à un grand sourire ; elle m'a répondu d'un signe, avant que l'arrivée d'un train nous cache la vue. Ensuite, elle est montée dedans et m'a refait un sourire à travers la vitre. Aucun de nous a détourné le regard. Et puis le train a démarré, et l'instant d'après elle avait disparu.

*

Je me posais beaucoup de questions sur les réponses de Ma quand je lui demandais de me parler du Japon, je me souvenais d'absolument que dalle quand j'étais plus jeune, et elle me répondait que c'était différent de la maison, et qu'en même temps c'était la même chose. C'était sa maison, pas la mienne. Mais c'était quand même la maison. Quoi que ça veuille dire.

Eiju venait de se barrer pour la deuxième fois. Après leur dernière grande rupture. Parfois, on restait assis ensemble dans un diner quelconque de la rue d'à côté, ou alors chez nous, à la table de la cuisine, ou encore dans la voiture, et parfois Ma prenait une grande inspiration rapide, comme ça, de nulle part. Quand j'étais gosse, ça me terrifiait. Mais j'ai grandi. J'ai arrêté d'être surpris. J'ai arrêté d'y réagir.

J'imagine que c'était juste la façon que Ma avait trouvée de faire face à la situation. Personne choisit vraiment ce qui lui permet de tenir.

Quand je lui demandais ce qui allait pas, Ma se contentait toujours de me répondre, Rien.

Ou alors, Je viens juste de me souvenir d'un truc.

Ou alors, Peu importe.

Ou alors, T'inquiète pas pour moi.

Je pensais toujours que c'était à cause d'Eiju. Qu'il manquait à Ma. Et j'avais tort qu'à moitié. Au bout d'un moment, bien plus tard, j'ai compris ce que cette inspiration soudaine voulait dire : c'était pas du tout une histoire de stabilité ou de continuité, mais de confort.

L'endroit le plus proche où Ma pouvait en trouver, c'était la maison. Sa maison.

*

Tan est de nouveau passé au bar le lendemain soir.

Eiju a levé les yeux. Jusqu'ici, il avait fait semblant d'être fasciné par ce que Sana, qui était venu seul pour une fois, était en train de lui raconter. Hana et Mieko, hors d'elles, étaient assises aux deux extrémités du comptoir. Elles s'en voulaient mutuellement pour je sais pas quelle connerie, mais Eiju s'est foutu d'elles en leur rappelant qu'elles s'étaient quand même pointées ici ensemble.

Si Hana est là, c'est juste parce qu'elle a nulle part d'autre où aller, Mieko a lâché.

Les choses pourraient être très différentes, si tu te grouillais un peu de larguer ton copain, Hana a répondu.

À ce moment-là, Tan est entré. Il s'est pincé les lèvres en voyant le monde qu'y avait, tout en me faisant un signe de la tête. Je suis allé lui servir une bière. Tous les autres clients se sont calmés.

Mon père a lancé un bref regard à Tan. Et puis il m'a regardé moi.

D'où tu viens comme ça ? Eiju a demandé.

De chez ma mère.

Ta vraie mère ? Sana a questionné.

Celle qui m'a donné naissance à Bedok.

Une maman bien chanceuse, Hana a dit.

La plus chanceuse des mamans, Mieko a repris.

Et d'un coup, juste comme ça, tout était pardonné entre les deux femmes.

Tu fais quoi dans la vie pour voyager aussi facilement ? Sana a demandé.

Je suis photographe, Tan a répondu. Je prends des photos.

De quoi ?

De la ville, en général. Le site pour lequel je travaille me dit quoi prendre, et quand.

Y a de plus en plus d'étrangers qui viennent bosser à Osaka de nos jours, mon père a dit ; Sana lui a répondu une insulte.

C'est une très bonne chose, vieil homme, il a ajouté.

J'ai jamais dit le contraire, Eiju a répliqué.

Je suis sûr que sa mère adore ce genre de stabilité financière, Sana a dit.

Arrête ça, espèce de débile, Hana a répondu.

Quoi ? J'ai pas raison ?

Tout va bien, Tan a dit. Ce qu'elle adore, c'est que les factures soient payées à l'heure.

À ces mots, il s'est enfilé sa bière.

Il lui a pas fallu longtemps pour la terminer.

Quand Tan s'est levé pour partir, j'ai dit à Eiju qu'il me fallait une clope.

Mon père m'a lancé un regard, sans rien dire. Tan a levé le sourcil. Il m'a attendu un instant devant la porte.

Une fois dehors, je lui ai tendu mon paquet. Il l'a regardé, avant de sortir le sien.

Désolé, il a dit en anglais. C'est en arrêtant d'en prendre aux autres que je vais réussir à fumer moins.

J'ai essayé la même chose, y a longtemps.

Et alors ?

J'ai haussé les épaules, tout en continuant de lui tendre mon paquet.

On est restés tous les deux sur la terrasse, à se frotter les mains pour se réchauffer. L'air était froid. Les rues étaient désertes, à l'exception de quelques fêtards complètement bourrés, qui rigolaient beaucoup trop fort en envoyant les bras en l'air. Quand l'un d'eux a manqué de s'exploser le cul en glissant, le groupe tout entier a hurlé de rire.

Tan a demandé, Tu dois plutôt bien connaître Osaka nan ?

Je connais que dalle.

Ah.

En quoi c'est différent de chez toi ?

Tan m'a regardé. Il a fait un grand sourire.

C'est plus doux, il a répondu. Ou plus présent, peut-être. C'est comme ça que tu le dirais ?

Nan. Mais l'anglais est une langue flexible. Tes mots conviennent très bien.

Mes mots. T'es là depuis longtemps ?

Un mois environ.

Ça fait pas très longtemps.

C'est vrai.

Tu penses rester encore combien de temps ?

Je sais pas. Mais je vais bien finir par partir.

J'ai le droit de te demander pourquoi t'es là ?

Je l'ai regardé longuement. Il faisait quelques

centimètres de moins que moi. Ce jour-là, il avait les cheveux attachés, et le duvet de son menton lui remontait sur le côté du visage.

Je suis venu pour mon père. Le vieux barman. Il est mourant.

C'était que la deuxième fois où je m'autorisais à le dire à voix haute.

Ah ah, je me disais bien que vous vous ressembliez.

Si tu le dis. Tu penses revenir au bar demain ?

Ça se pourrait, Tan a dit en souriant.

C'est très flatteur.

Pas vraiment. Osaka est une petite ville.

À mon retour, le bar était fermé à clé. Du coup, je suis rentré à pied jusqu'à l'appartement.

Quand j'ai passé la porte, Eiju était à moitié endormi sur le canapé. La télé diffusait la météo, dont les cartes se reflétaient sur son visage. On s'est regardés un moment.

Déjà endormi ? j'ai demandé.

Pour toute réponse, Eiju a cligné des yeux. Avant de les refermer.

Pas facile de rivaliser quand ton partenaire est parti chasser des culs.

Ah, donc maintenant je suis ton partenaire dans l'entreprise ?

Arrête de jouer au con. Tu sais très bien ce que je veux dire.

Ouais, mais je crois pas que tu comprennes bien ce que toi t'es en train de dire. Je crois que t'es en train de signer des chèques que ton petit cul a pas les moyens de payer.

Eiju s'est levé tellement vite que j'ai pas eu le temps de le voir venir. Il avait clairement rapetissé.

Donc maintenant quoi, il a dit en me fixant. Tu vas me donner une bonne leçon, c'est ça ? Tu vas me péter la gueule ?

J'allais lui répondre, mais je l'ai d'abord regardé : il était debout, en caleçon, et il lui manquait une chaussette. Il avait l'air putain de ridicule.

Pour la première fois, je pense, j'ai compris que c'était vraiment un vieil homme.

Son poing savait encore frapper.

En temps normal, je serais pas tombé. Mais j'étais déjà déséquilibré. Et puis le sol était pas droit. Eiju devait pas s'y attendre non plus, parce qu'il m'est tombé dedans, ou dessus, et d'un coup on s'est tous les deux retrouvés par terre.

Je suis resté couché sur lui. On s'est regardés un peu bêtement. Et puis je me suis écarté en me poussant d'un coup, je me suis relevé d'un bond, j'ai chopé mes chaussures et j'ai pris ma veste.

Dégage, voilà ! Enfuis-toi ! Fais comme elle ! Vous êtes bons qu'à ça vous deux !

J'ai pas répondu, j'avais pas confiance en ce qui risquait de sortir de ma bouche. Après avoir claqué la porte, j'ai fait une pause clope dans la cage d'escalier.

Un mec et un gosse étaient sortis sur les marches de l'étage juste en dessous, histoire de voir d'où venait le vacarme. Ils auraient pu être frères. Ou cousins. Ou peut-être un jeune père et son neveu. L'appartement d'Eiju était situé dans un immeuble plutôt calme, dans un quartier plutôt calme, et j'osais même pas imaginer ce que ça avait été de nous entendre.

Les deux m'ont fixé un moment. Le gamin a commencé à se curer le nez.

Je leur ai demandé ce qu'ils regardaient putain, alors le gamin m'a répondu, Toi.

Minuit était passé d'à peine quelques heures quand je suis rentré. Je sentais le sommeil s'emparer doucement de moi, en commençant par mes pieds. L'une des femmes qui vivaient en dessous de chez nous est sortie pour fumer, et quand je lui ai souri, elle m'a lancé un regard, en mode, C'est quoi ton problème, putain ?

Ce qui était une putain de bonne question. Il était temps de faire face aux faits, ou du moins de récupérer quelques heures de sommeil. Mais une fois devant l'appart d'Eiju, impossible d'ouvrir la porte.

Il l'avait fermée à clé.

Putain, j'ai dit doucement.

Et puis, plus fort : PUTAIN.

Même si elle l'a fait discrètement, j'ai entendu la femme du dessous pousser un soupir.

Et, malgré tout ça, j'ai pensé à Ben.

Du coup, je me suis mis à lui écrire.

Avant de supprimer le message.

À la place, je lui ai envoyé quelques photos.

Le froid a commencé à s'emparer de la rambarde. Il est ensuite descendu un peu plus bas, jusqu'à pénétrer dans mes chaussettes. Il était midi au Texas, ce qui impliquait qu'il était sans doute au boulot, mais alors que j'étais en train de ranger mon téléphone, j'ai vu la petite bulle de texte apparaître de son côté.

Elle apparaissait. Puis disparaissait. Puis apparaissait. Puis disparaissait. Et puis elle a fini par s'évaporer complètement. J'ai encore attendu cinq minutes, histoire d'être sûr.

La bulle est pas revenue.

J'ai fini par aller marcher.

Le dimanche, au beau milieu de la nuit, avant que le putain de soleil se lève, Tennoji dégageait une impression complètement différente. À part quelques couche-tard, les rues étaient complètement désertes.

Les lumières des supérettes brillaient à chaque coin de rue. Les seules personnes dehors étaient celles qui préparaient la journée, en balayant devant les Lawson, McDonald's et autres 7-Eleven. À un moment, il s'est mis à bruiner. La pluie a ensuite pris le relais. Je me suis réfugié sous le premier store que j'ai trouvé, avant d'entrer dans un minuscule restaurant chinois ouvert toute la nuit.

Un groupe de mecs était installé dans l'un des box. Ils fumaient une cigarette au-dessus de leur soupe. Je les ai salués de la tête, ils m'ont salué en retour, avant que la serveuse me tende le menu sans même ouvrir la bouche.

J'avais pas vraiment faim, du coup je suis juste resté assis là ; il m'a fallu encore cinq minutes comme ça, à fixer le vide, pour comprendre que Tan était posé à la table juste à côté.

Il a regardé dans ma direction, mais plutôt comme s'il cherchait quelque chose derrière moi. Il fumait en fixant un truc.

Quand nos regards se sont croisés, il m'a souri, et puis il est venu vers moi.

Arrête de me suivre, j'ai dit.

J'étais déjà là. Et c'est toi qui as parlé le premier. Je croyais que tu savais pas te repérer dans cette ville ?

C'est vrai.

C'est vrai. Et pourtant, on se retrouve tous les deux dans le meilleur restaurant chinois d'Osaka.

C'est des conneries.

Non, vraiment.

C'est vraiment le meilleur ?

Forcément, puisqu'on est tous les deux arrivés jusqu'ici.

La serveuse est réapparue à notre table, en penchant la tête de côté à la vue de Tan. Elle a posé un bol de nouilles devant moi et une assiette de légumes vapeur devant lui. Tan lui a souri en lui disant un truc en mandarin, elle lui a répondu un truc, et il a ri.

T'es Google en fait, j'ai lancé une fois la serveuse partie. T'as toutes les langues en tête.

Je coûte un peu plus cher. Si c'est ce que tu veux dire.

On a mangé ensemble. Les mecs derrière nous arrêtaient pas de rire.

Qu'est-ce qui t'amène ici ? a demandé Tan.

Une balade.

Bien joué. T'as le droit de pas avoir envie de me raconter.

Tu promets de pas m'en vouloir ?

Je vais faire de mon mieux.

On a mangé, tout en se chuchotant des trucs en anglais. Les types dans le box derrière nous ont encore éclaté de rire, à tel point qu'ils en ont fait trembler leur table. Notre serveuse a levé les yeux, juste une fois, tout en recoiffant sa frange. Quand ils se sont calmés, elle s'est replongée dans son téléphone.

Bon, écoute. T'es qui exactement ?

T'aimes vraiment bien discuter toi, Tan a répondu.

J'ai fait que poser une question.

Y a rien à raconter. Je bosse pour une entreprise de teinture. Je vis encore chez ma mère, et j'aimerais beaucoup qu'elle puisse rentrer chez elle, à Singapour, mais elle veut pas, et je sais pas comment gérer cette situation. À toi.

Je viens des États-Unis.

Où ça ?

Du Texas.

Avec les chevaux et tout.

Exactement.

Les Astros, Beyoncé.

Voilà. Mais je suis venu ici pour mon père.

Parce qu'il te l'a demandé ?

Parce qu'il me l'a pas demandé.

Je vois.

Il est du genre buté.

Comme beaucoup de pères. Le mien était pareil.

Et maintenant ?

À toi de me le dire.

Je suis désolé, j'ai répondu.

T'en fais pas. Je vais bien. Ma mère va bien. Je me sens chez moi dès qu'elle est là, peu importe l'endroit.

Tu devrais pas considérer les autres comme un chez-toi.

Ah bon ?

Je crois, oui.

Tu parles d'expérience ?

On peut dire ça comme ça.

T'as peut-être rencontré les mauvaises personnes, Tan a dit. Ou alors t'as rencontré les mauvaises personnes pour toi.

Peut-être. Mais les gens changent. Et puis tu te retrouves bloqué là où tu te croyais chez toi.

Y a quand même rien de mal à ça. Tout le monde change. On a tous plein de chez-soi dans la vie. C'est l'inverse le problème. Quand tu veux te caser.

Et c'est quoi la différence entre ça et se caser avec une personne ?

C'est pas à moi de le dire. On a tous des vies différentes.

Génial. Merci pour rien.

Je suis bon qu'à ça, Tan a fait en riant.

En se levant, le groupe de mecs derrière nous a légèrement bousculé notre table. La serveuse s'est précipitée vers leur box.

Y a pas une petite copine qui t'attend ?

Tu m'as déjà posé la question, j'ai répondu.

J'ai repris une bouchée de riz, lui a hoché la tête.

Et toi ? j'ai demandé.

En esquissant un sourire du bout des lèvres, Tan a levé son bol au niveau du visage, avant d'avaler la moitié du bouillon.

Une fois sortis du restaurant, on a marché vingt ou trente minutes. On s'est pas dit grand-chose.

À un moment, j'ai compris qu'on avait fait que tourner en rond.

On dirait bien qu'on a dessiné un cercle parfait.

C'est parfait seulement si tu finis exactement là où t'as commencé, Tan a répondu.

C'est ce qu'on a fait. Tan m'a alors regardé, et puis il m'a pris la main.

Il a continué de la tenir pendant qu'on avançait. Il a passé son pouce sur ma paume, jusqu'à atteindre le bout de mon petit doigt.

J'ai réfléchi à la question que tu m'as posée. Sur ce que c'est qu'être chez soi.

Vraiment, j'ai dit.

Vraiment.

Et t'as décidé quoi ?

Qu'aimer quelqu'un, c'est le laisser changer quand il en a besoin. Et le laisser partir quand il en a besoin. Et qu'il arrête pas d'être un chez-soi pour autant. Il est peut-être plus ton chez-toi, c'est tout. Ou peut-être plus pendant une saison ou deux. Mais l'amour qui vous unit en est pas moins puissant. Il change juste de forme.

Je réponds rien à ça. Tan et moi on avance de rue en rue. Son pouce me caresse la main, moi je lui masse la paume, et on se laisse chacun faire.

Et maintenant, Tan a dit en retirant son doigt, on se sépare.

Tan m'a serré l'épaule, avant de faire demi-tour pour partir. Et j'étais là tout seul, comme un con, à le regarder traverser la rue puis disparaître dans une gare.

Au-dessus de ma tête, le ciel s'était légèrement éclairci. Le matin s'était fait légèrement plus proche. Osaka était en train de se réveiller, et quand j'ai levé les yeux, j'ai compris qu'il nous avait ramenés jusqu'au bar d'Eiju.

Cette fois-ci, mon père avait pas fermé la porte à clé. Il était presque 5 heures du matin quand je suis rentré.

Eiju s'était endormi devant l'entrée, sur le paillasson, les mains fourrées sous les aisselles.

Je lui ai légèrement appuyé sur le haut du crâne jusqu'à ce qu'il ouvre les yeux. Quand il a arrêté de cligner des yeux, Eiju les a plissés pour me regarder.

J'aurais pu être n'importe qui.

T'étais où putain ? Eiju a demandé.

J'aurais pu être un voleur. Ou un pyromane.

N'importe quoi.

Un tueur en série.

Je vais au lit, Eiju a répondu en titubant.

Il arrivait pas à se maintenir debout tout seul. Du coup je l'ai soutenu par le coude pour l'aider à rentrer. Il m'a pas repoussé. J'ai refermé la porte à clé derrière nous.

*

Les premiers mois de vie avec Ben étaient putain de banals. La routine pure, putain.

J'allais au boulot, il allait au boulot.

On rentrait.

On buvait un truc.

On dînait.

La vaisselle.

La lessive.

La sieste.

On baisait.

Un soir, j'ai demandé à Ben ce qu'il voulait. On était sur notre matelas, sans bouger, comme deux sachets de thé en train d'infuser. La clim sifflait au-dessus de nos têtes.

Ben s'est redressé dans le lit. Il a souri.

Franchement, je m'attendais pas à ce que tout ça devienne quoi que ce soit.

Ah, j'ai dit.

Ouais. Il se passera ce qui doit se passer. C'est pas ce que tu voulais ?

Je veux le meilleur pour nous.

Y a pas de meilleur. Les choses se passent, c'est tout.

Je sais pas si c'est vrai.

Ben a cligné des yeux en me regardant. D'un coup, il a eu l'air épuisé de toute cette discussion.

Ce qui devait se passer se passait. C'était exactement la même attitude que celle d'Eiju à l'époque. C'est ce qu'il avait expliqué à ma mère et je savais exactement où ça menait.

Personne peut rien promettre de façon sûre. J'étais pas débile, putain. Mais le truc c'est que promettre, c'était déjà quelque chose.

Ce qui devait se passer se passait.

Et puis j'ai remarqué un truc chez Ben, un petit truc, un rien du tout : il disait jamais bonjour aux voisins.

Les gamins latinos jouaient sur leur perron en mettant de la musique, une putain d'horreur cacophonique, et ils s'éclataient à essayer d'attraper leur pauvre chat. Le couple noir qui vivait en face de chez nous était assis sous leur porche. Tout le monde galérait pour s'en sortir et gérer toutes les merdes qui arrivaient, mais quand Mary ou Harold nous saluaient de la main, Ben leur répondait pas.

Un jour, je lui ai demandé pourquoi. On était assis dans ma voiture. Nos problèmes s'annonçaient tout juste à l'horizon. On avait pas fait jouir l'autre depuis des semaines, qui étaient devenues des mois. Désormais, à chaque fois qu'on se touchait, c'était à peine une sensation passagère. Comme une idée qu'on a puis qu'on perd avant qu'elle se concrétise vraiment.

J'avais pas démarré le moteur. Ben m'a lancé Son Regard. Il m'a dit qu'il connaissait pas Mary.

Et alors, tu peux pas lui répondre quand elle te fait salut ?

Pourquoi je ferais ça ? Ça te rendrait heureux ?

Je serais fou de joie.

Ben t'as qu'à le faire pour nous deux ; puis il a ouvert la portière, il s'est levé du siège passager, et il est rentré chez nous.

Une autre histoire à propos de Mary et Harold : leur fille venait les voir de temps en temps. Elle s'appelait Janet. Ses parents arrêtaient pas de raconter des histoires à son sujet, ils me montraient des photos d'elle à la crèche, au lycée, ou à College Station le jour de son entrée à la fac. Elle allait étudier à Bauer pour son MBA avant de revenir à la maison. Sauf que Mary et Harold avaient d'autres enfants et petits-enfants, dont ils exposaient les photos sur la cheminée, mais ils en parlaient jamais vraiment, ils les ramenaient pas dans la conversation comme ils le faisaient avec Janet.

Un jour, ils m'ont invité chez eux pour que je fasse sa connaissance et, à l'instant où Janet a franchi le pas de la porte, on voyait clairement qu'elle pensait que c'était une rencontre arrangée. Une espèce de rencard surprise. Mais quand on s'est assis à table, son langage corporel a changé. Le ton de sa voix aussi. À un moment, elle s'est juste putain de relaxée.

On a mangé de l'igname que j'avais cuisinée, et un jambon cuit à l'os préparé par Harold. Quand Mary a apporté une tarte, recouverte à la fois de caramel et de noix de pécan, elle a suggéré que sa fille et moi on la partage.

C'est à ce moment-là qu'Harold a quitté la table. Il a pas ouvert la gueule avant de filer. Ensuite, Mary a dit qu'elle allait préparer le café, et elle a disparu, elle aussi.

Janet et moi on s'est retrouvés seuls au salon. Une fois ses parents partis, elle a poussé un soupir. Elle a croisé les bras, puis les jambes, tout en posant les coudes sur la table.

Elle m'a demandé, Tu fais ça souvent ?

Quoi ?

Tu sais très bien. Profiter de la générosité des petits vieux.

T'as tout compris à l'envers. Je suis leur voisin.

Donc t'es là par hasard en fait, Janet a dit. Juste comme ça, sans raison.

Juste comme ça. Tes parents sont super cool. On mange ensemble. Parfois on discute.

Tu déconnes.

On est allés se balader l'autre jour, Harold a presque chopé un crapaud.

Personne fait ça comme ça, sans rien attendre en retour.

Écoute, tu veux que je m'en aille, c'est ça ? Parce que c'est pas si important. Et puis c'est tes parents. Si tu veux, je peux aller leur dire merci et plus jamais revenir, putain.

Plus jamais ? Vraiment ?

À toi de voir.

Je sais pas si je m'attendais à ce que Janet pète un câble ou quoi, mais c'est pas du tout ce qui s'est passé. En fait, elle a ri.

T'es un vrai mytho.

Je suis plutôt un beau parleur, j'ai répliqué.

Nan, pas du tout. Mais c'est mignon. Par contre, Maman doit pas apprendre que t'es gay.

Qui a dit que j'étais gay ?

Franchement.

J'ai une sœur, elle a ajouté. Tu pourras discuter avec mes parents autant que tu veux, t'entendras jamais parler d'elle.

Laisse-moi deviner. C'est celle en photo sur la cheminée.

Ouais. Elle a une femme, un gosse, une maison et tout. Elles sont mignonnes toutes les deux. Mais ça compte pas tout ça.

Parce qu'elle est gay.

Parce que mes parents sont vieux, et que c'est difficile de changer.

C'est pas une excuse. C'est jamais une excuse.

Et pourtant t'es là. Du coup, tu vas jamais revenir, maintenant que t'es au courant ?

J'ai commencé une réponse, même si je sais toujours pas à quoi elle aurait ressemblé, mais c'est à ce moment que Mary est revenue dans la pièce. Elle nous a demandé si on voulait du café.

J'ai regardé Janet. Impossible de lire quoi que ce soit sur son visage.

J'ai répondu à Mary que ce serait avec plaisir.

C'est bien ce que je pensais, elle a répondu en souriant.

Un jour, j'ai raconté tout ça à Ben. On était dans un bar des Heights, dans le patio, où il arrêtait pas de fixer les bières alignées à côté de moi. Quand j'ai fini ma bouteille, Ben a posé les mains derrière la tête.

Évidemment qu'elle allait avoir cette réaction. Les gens agissent pas comme ça, sans raison. Ils viennent pas manger la nourriture des autres comme si c'était normal.

C'est ce que j'ai fait moi.

Et t'es chelou. Mais c'est ses parents. Ils sont vieux.

Et donc, j'ai dit, dans l'attente de la suite.

Et donc quoi ?

Tu sais très bien. T'as failli le dire.

Ben a alors eu un petit sourire satisfait, ce qui était très rare chez lui.

C'est juste que c'est pas le genre de trucs qu'on fait nous, il a dit en riant.

Le ciel luisait au-dessus du patio, éclairé uniquement de guirlandes de Noël. On entendait le bruit de la circulation derrière les voitures garées pare-chocs contre pare-chocs à côté de nous, comme des dominos empilés n'importe comment. Un chien s'est aventuré entre elles, la langue traînant par terre.

Alors raconte-moi, t'aurais fait quoi toi ?

Je me serais mêlé de mes affaires putain, Ben a répliqué. Enfin c'est pas comme si on nous laissait encore cette possibilité.

Nous.

Les Noirs, Ben a précisé.

D'un coup, il était devenu sérieux. Il jouait avec ses doigts sur le comptoir devant nous. J'en ai saisi un, j'ai fait comme si je lui passais une bague, je l'ai ramené sous la table, je l'ai étiré, et puis j'ai fait glisser mon pouce le long de sa main. C'était le moment le plus intime qu'on vivait depuis des semaines. Son visage est devenu tout rouge. Du coup je l'ai serré plus fort, tout en promenant mon doigt autour de son poignet, qui s'est relâché avant de se tendre, puis de se relâcher à nouveau.

Ben a dit, T'es lourd.

Tu rougis.

Ta gueule, Ben a lâché, sans retirer sa main pour autant.

Voici comment se déroule notre deuxième année ensemble :

Je chope un nouveau job dans un autre restaurant.

Ben garde le sien pour rester avec les enfants.

On achète pas de cadre de lit.

On se dispute.

On fait la paix.

On baise sur le canapé, à la cuisine, par terre.

Je cuisine, encore et encore.

L'un de nos voisins a un bébé.

Un autre fait une crise cardiaque.

Des petits Blancs envahissent le quartier. Ils décorent tous leur porche d'un alignement de citrouilles à Halloween, et de Budweiser le week-end.

Ma m'appelle de Tokyo, elle veut jamais raccrocher.

Elle me demande comment ça va.

Je lui jure que tout va bien.

*

Une brève liste des odeurs préférées d'Eiju : *Le riz à la vapeur, les takoyaki croquants, l'huile de sésame. Les vêtements qui sortent du pressing. Le gingembre râpé. Les cheveux mouillés de ma mère. Mes cheveux mouillés, quand j'étais enfant, qu'il venait de me donner le bain et qu'il me soulevait pour me faire sortir de la baignoire.*

Un matin, dans le salon, alors que Taro finissait d'examiner Eiju en lui palpant l'abdomen, ce fils de pute a hurlé de douleur.

J'étais parti pisser. Quand je suis sorti de la salle de bains en courant, Taro était en train de se pincer les lèvres, tandis qu'Eiju avait levé les deux bras en l'air.

Non, il a dit, bordel de merde ! Non !

Taro, assis par terre, a fixé Eiju quelques secondes. Comme s'il voulait lui dire un truc, et qu'il savait pas trop comment le type allait le prendre. Il s'est d'abord tourné vers moi, dans le couloir, puis de nouveau vers Eiju.

Mais Taro a ravalé ce qu'il avait prévu de dire. Il s'est mis à genoux pour continuer de l'examiner. Aucun des deux a parlé, Eiju levait les bras quand on le lui demandait, et il les baissait quand Taro lui disait de le faire ; ils ont enchaîné les différents mouvements en silence. Eiju a accepté les palpations, les pressions et les déplacements variés sans rien dire.

Quand ils ont terminé et qu'Eiju a remis son t-shirt, Taro a rangé ses affaires sans ouvrir la gueule. Il s'est légèrement incliné devant son patient, mais son patient l'a renvoyé d'un grognement.

J'ai quand même coincé Taro à l'extérieur. C'était devenu notre truc. Le quartier avait déjà commencé son rituel matinal quand il est resté m'attendre sur le trottoir. J'ai alors regardé Taro s'essuyer le sourcil du revers de la main. Quand je lui ai proposé une cigarette, il m'a souri avant de décliner mon offre.

Je lui ai demandé quel était le problème et s'il pouvait m'expliquer la putain de scène qui venait de se passer. Taro s'est contenté de me faire son plus grand sourire.

Puis il a dit, Oh, tu sais comment sont les hommes.

Eiju a pas voulu savoir de quoi j'avais parlé avec Taro.

Quand je lui ai demandé comment ça se faisait, il a juste secoué la tête.

Qu'est-ce que ça peut bien changer, il a répondu.

J'ai remarqué qu'il avait commencé à marcher plus doucement. Parfois, Eiju s'endormait en plein milieu de la journée, avant de se réveiller en grimaçant. Quand je lui demandais ce qui allait pas, il répliquait que c'était pas mon putain de problème, même si ça changeait rien au fait que ça lui arrivait malgré tout.

Du coup, on a doucement ajusté le cap, sans rien dire.

Je quittais l'appartement tout seul, sans lui.

Eiju arrivait tard, ou alors il repartait tôt.

Ou encore il se pointait pas du tout au bar.

Lorsqu'il venait quand même, il s'installait sur une chaise dans l'arrière-salle, en posant une casquette de baseball sur ses yeux.

Nos clients s'en sont rendu compte. Ils ont pas ouvert la gueule à ce sujet.

Quand j'ai expliqué à Eiju qu'il devait au moins dormir un peu, il m'a ri au nez. Il m'a répondu qu'on savait très bien tous les deux que pour ce qui était du sommeil, il allait en avoir une quantité infinie dans pas très longtemps.

Eh, j'ai sorti.

Mais j'avais pas les mots pour continuer.

Un autre truc a changé chez Eiju au fur et à mesure que sa maladie gagnait du terrain : la colère. Ou plutôt son absence.

Il a arrêté d'envoyer valser les tasses posées sur les tables.

Il a arrêté de défoncer les poignées de porte en quittant l'appartement.

Il levait plus la main sur les gens au premier signe de désaccord.

Il se contentait surtout de soupirer.

De lever les yeux au ciel.

De demander si t'avais fini.

J'imagine que c'était peut-être lié à sa maladie.

Ou peut-être au fait que c'était un putain de vieillard maintenant.

Ou alors qu'Eiju était juste fatigué.

Un soir, Kunihiko a complètement foiré une commande passée par un groupe de touristes américains. C'était les premiers Blancs que je voyais depuis des semaines. Et ils étaient putain de bruyants. Ils arrêtaient pas de demander du saké, des sushis et du karaage, qu'on proposait pas dans notre putain de menu, et qu'on avait jamais proposé d'ailleurs, vu qu'on avait pas de putain de menu. Mais Kunihiko a quand même couru au Lawson en bas de la rue.

Eiju était dehors, en train de fumer. Il passait plus que quelques heures de suite au bar, surtout parce que ça lui donnait une bonne raison de sortir de la maison. En gros, Kunihiko et moi on était surtout responsables des activités nocturnes, même si, quand Sana me l'a fait remarquer, je lui ai dit d'aller se faire foutre.

C'est vrai pourtant, Hiro a dit.

Pas vraiment non.

On est pas aveugles, Sana a dit. On voit bien l'état d'Eiju. On comprend.

Personne a dit que c'était une mauvaise chose, Hana a ajouté. Je leur ai juste fait signe de dégager pour que j'entende plus leurs putain de conneries.

À ce moment-là, Kunihiko est revenu en montant les marches à toute vitesse. Il est entré bruyamment dans le bar en tenant trois sachets de poulet provenant de la supérette, un sourire jusque derrière les oreilles.

Les petits Blancs étaient trop perturbés pour ouvrir la gueule.

Ils ont regardé les sacs de karaage tout huileux.

Eiju est arrivé au moment où ils trituraient leur serviette pour attraper les ailes de poulet. Il a regardé les clients blancs, leur plat, et puis, d'un coup, de nulle part, Eiju s'est figé, jusqu'à se raidir complètement.

Mais ce qui s'est passé ensuite, je m'y attendais pas : Eiju s'est mis à rire.

De Kunihiko, et de moi.

Et puis Kunihiko a aussi commencé à rire.

Alors moi aussi je me suis mis à rire.

On était tous en train de rire ensemble. Eiju a demandé aux touristes si le poulet leur plaisait. Un gros gars blanc lui a répondu, dans un japonais à couper au couteau, que tout était parfait et qu'ils auraient pas rêvé meilleur moment.

*

Quand j'avais dix-neuf ans, avant que Maman quitte les États-Unis pour retourner au Japon, elle s'est assise avec moi pour en parler.

À cette époque-là, on vivait ensemble la plus grande partie de la semaine. Le reste du temps, j'étais dehors à explorer le monde. Je baisais des mecs avec lesquels je m'installais un moment, quand ça marchait du moins. Quand je finissais par me lasser, qu'ils finissaient par se lasser, ou encore qu'ils me larguaient pour se mettre avec je sais pas quel petit Blanc maigrichon plein de vie, je rentrais à la maison.

C'était jamais bien compliqué. Je dépensais la majorité du fric que je gagnais, et j'en filais une petite partie à Maman pour l'aider à payer le loyer, même si elle en avait pas besoin. Elle avait gravi les échelons à la bijouterie : elle bossait aux côtés du manager qui l'avait embauchée. Elle rapportait plus d'argent, la plupart des mois en tout cas, que ce qu'elle et Eiju gagnaient à deux quand ils étaient encore ensemble.

Et ça se voyait : désormais, Ma passait sa vie sur Greenway Plaza. Elle avait toujours l'air beaucoup trop à l'aise. Ma mère portait que les plus belles robes et les plus belles chaussures, et toujours des bijoux au cou et aux deux poignets. Et à la cheville. Une fois tous les trente-six du mois, elle me murmurait des trucs à propos d'un homme qu'elle fréquentait, mais on atteignait jamais le stade où je les rencontrais, bien au contraire : quand elle me parlait de ces petits enculés, en général ils s'étaient déjà barrés.

Plusieurs fois par mois, Ma m'emmenait dîner dehors. Les restaurants où on allait étaient toujours beaucoup trop luxueux. Je bossais dans une station-service à ce moment-là. Je m'emmerdais pas à aller à la fac, j'étais pas dans les conneries du genre. Les plats qu'on prenait coûtaient plus que tout mon budget bouffe du mois. Mais ma mère était pas du genre à claquer son argent futilement ; c'est vers cette période que j'ai remarqué qu'à chaque fois qu'on sortait ensemble pour aller manger, prendre un verre ou je sais pas quoi, y avait un truc qui changeait complètement en elle. J'arrivais pas vraiment à mettre le doigt dessus. Jusqu'à ce que j'y parvienne.

Ma avait littéralement les épaules relâchées.

Ce soir-là, elle m'a annoncé qu'elle rentrait à la maison. La vraie maison. Qu'elle rentrait à la maison au Japon. Ma avait décroché plusieurs entretiens d'embauche, elle allait loger chez son frère à Setagaya les premiers mois ; c'était un type que j'avais rencontré qu'une seule fois quand il était venu nous rendre visite à Houston. Petit et assez épais, comme moi. Ensuite, elle se trouverait un endroit à elle un peu plus proche du centre-ville. Je pourrais venir la voir de temps en temps. Elle serait même prête à me payer les billets.

Ou alors, Ma a ajouté, tu pourrais juste venir vivre avec moi.

À Tokyo ?

Où d'autre ?

Je pense pas que ce soit une très bonne idée.

On a tous les deux continué de mâcher notre salade. Notre serveur, un Blanc plutôt âgé, a déposé une assiette de pâtes devant ma mère. Je lui ai demandé une autre bière, alors il a lancé un regard à Ma, qui a acquiescé d'un hochement de tête.

Ma mère a répondu, Bon.

Ouais.

Y a quelque chose qui te retient à Houston ?

Ou quelqu'un qui te retient ici ? Ma a demandé, ce qui m'a glacé le sang quelques secondes.

C'était pas comme si elle savait pas que j'étais gay. Elle le savait. Mais on en parlait jamais. Du moins, pas avec de vrais mots qu'on pouvait sentir et voir passer entre nous. C'était juste une sensation qui planait au-dessus de chacune de nos interactions, comme un nid-de-poule au milieu de la route. C'était un truc qu'on était pas forcés d'admettre à chaque fois, jamais même. Parce que ce genre de conneries étaient du domaine de l'implicite.

Pas vraiment, j'ai répondu.

Pas vraiment ? Ou pas du tout ?

Pas qui vaille la peine qu'on en parle.

Ma et moi on s'est regardés un instant. On souriait pas, mais y avait aucune malveillance entre nous non plus. L'atmosphère était vide, pour être exact, à l'exception des clients assis à côté de nous, occupés à trinquer et à parler de je sais pas quelle connerie qui leur était arrivée dans leur putain de vie.

J'ai aucune raison de retourner au Japon.

Bien sûr. C'est pas comme si t'étais japonais.

Arrête.

Je dis ça, je dis rien. Qu'est-ce que tu vas devenir ici ? Et me parle même pas de continuer le petit boulot que tu fais pour l'instant, Michael.

C'est vraiment dégueulasse de dire ça.

Je me contente de constater des faits. C'est tout.

Bref, en tout cas je compte changer de job. J'ai un pote qui bosse dans la vente.

La vente ?

Un deli. Plus ou moins.

Donc tu serais cuistot. Comme ton père.

Quoi ?

Eiju cuisinait. Cuisine. Et ça a l'air de te plaire aussi.

Ça a rien à voir avec lui, putain.

On dirait pas.

De toute façon, je vais sans doute pas y aller.

Calme-toi, Ma a lancé, tout en jouant avec sa serviette.

Et si je te disais que j'aimerais bien que tu viennes avec moi, elle a ajouté. Et si j'avais envie que tu rentres à la maison ? Ça te ferait changer d'avis ?

Si ça comptait à ce point pour toi, on serait rentrés y a longtemps déjà.

Et j'imagine que je suis pas une raison suffisante, ma mère a répondu en souriant.

Et que moi je compte pas assez pour que t'aies envie de rester.

Après ça, on a pas bougé, on a pas dit un mot. Avant que je puisse rouvrir la bouche, ma mère avait fait signe au serveur de nous apporter l'addition. Il a hoché la tête, en souriant encore plus au moment de nous la tendre. Ma lui a glissé sa carte bleue. Elle a même pas regardé le prix.

Alors on s'est tout dit, elle a conclu en enfilant son manteau.

Quand Eiju nous a quittés pour la toute dernière fois, tout s'est passé sans cérémonie.

Le ciel nous est pas tombé sur la tête.

Les nuages sont restés en place.

On s'était habitués à ce qu'il parte un ou deux jours. En général il réapparaissait au bout de quelques nuits, dans les mêmes habits, mais puant la pisse.

Plusieurs jours sont passés sans nouvelles. Ces jours sont devenus une semaine. Et puis le bar où il bossait nous a appelés pour savoir où il était.

Je sais pas depuis combien de temps Ma savait qu'il était retourné à Osaka, si elle avait besoin d'une confirmation ou quoi, mais dès qu'elle a raccroché, elle a directement appelé la sœur de mon père.

Je l'avais jamais rencontrée. J'avais juste entendu des histoires sur elle. Et je connaissais le passif entre leurs deux familles, ou plutôt son absence totale.

Ma l'a appelée une fois le matin, heure de chez eux, mais personne a répondu.

Ma l'a rappelée une fois le soir, heure de chez eux, mais personne a répondu.

Ma l'a rappelée le lendemain matin, heure de chez eux.

Personne a répondu jusqu'à la toute dernière tonalité.

La sœur d'Eiju a raconté à Ma qu'il était effectivement rentré depuis quelques jours. Et que là il dormait.

Tu savais pas ? ma tante lui a demandé.

Je savais pas, Ma a répondu. Maintenant si.

Et puis Ma a raccroché.

*

Un soir, au lit avec Ben, je lui ai raconté tout ça. C'est arrivé une semaine après qu'il a levé la main sur moi. Je l'avais repoussé, sans même y penser, et aucun de nous a compris comment on en était arrivés là. La seule chose qu'on ait pu faire après coup, histoire d'apaiser les tensions, ça a été de baiser. C'est devenu notre routine à chaque fois qu'on se disputait. Que la situation s'envenimait. Comme si on baisait pour faire disparaître les trucs qui nous empêchaient de respirer.

Après ça, Ben a dit, Merde.

Ouais.

Et t'es quand même resté.

Je suis en train de te regarder en ce moment même.

Effectivement.

On était tous les deux assis par terre, en tailleur. Ben jouait avec l'élastique de son caleçon.

Et tes parents, j'ai demandé.

Quoi mes parents ?

Tu sais très bien ce que je veux dire. Pourquoi ils se sont séparés ?

C'était très différent de nous, rien à voir. Ils en ont juste eu marre de l'autre. J'ai pas d'histoire particulière à raconter là-dessus.

Y a quand même toute une histoire là.

Si tu le dis. Enfin ça a pas surpris mes parents. Ils l'avaient vu venir. Ça faisait un moment que leur relation se dégradait.

Mais vous aviez plein d'argent.

C'est quoi le putain de rapport ?

Il est évident le rapport.

Ben s'est appuyé sur le coude en me fixant. Il s'était laissé pousser les cheveux.

Bien sûr. Ils avaient de l'argent. J'ai grandi dans une famille de la classe moyenne. Mais on est noirs. Du coup ça annule tout le reste.

Si tu le dis.

Je le dis.

C'était pas une attaque. C'est pas une compétition. C'est pas un problème d'avoir grandi sans problème.

D'accord. Désolé.

T'excuse pas.

Tout ce que je dis, c'est que mes parents savaient très bien avec qui ils s'installaient en le faisant. Les seuls à avoir rien vu c'est ma sœur et moi. Du coup c'est peut-être ça le plus marrant. La surprise. C'est nous qui avons finalement eu à nous en rendre compte.

Je crois pas, j'ai dit. Personne se rend jamais compte de rien, putain. Si ça se trouve, tous les parents sont comme ça.

Pas tous, Benson a répliqué. La majorité seulement. Beaucoup. Et ensuite ils finissent avec des gosses comme nous.

Après ça, on a pas dit grand-chose d'autre. On a juste écouté les aboiements des chiens du voisin, et le rythme des corridos fredonnés par la fenêtre d'en face. Et puis les autres voisins posés dehors à parler et à fumer, les gamins blancs qui balançaient de la trap assourdissante dans leurs enceintes, et Harold qui finit par sortir sous son porche pour leur dire à tous de fermer leur putain de gueule.

Peu importe ce qu'on en pensait à l'époque, on était qu'une petite partie du quartier. Un rouage dans un mécanisme bien plus grand. Mais un rouage synchronisé avec les autres, malgré tout.

*

Un matin en me réveillant, j'ai vu qu'Eiju était venu s'asseoir à côté de moi. Les yeux fermés, les bras détendus, en train de ronfler. Le cul par terre. Je savais pas trop comment il était arrivé là, et j'allais pas non plus le secouer jusqu'à ce qu'il se réveille pour lui poser la question.

J'avais jamais observé son visage jusque-là, et certainement pas depuis mon arrivée à Osaka.

Mais maintenant qu'il était là.

J'ai vu les rides sur son front. J'ai vu la courbure de son nez. Ses oreilles énormes.

Tout ça, c'était les cadeaux qu'il m'avait faits. Les seuls qu'il m'ait jamais donnés.

En retard, évidemment. Et là malgré tout.

Quelques heures plus tard, il s'est réveillé lui-même en pétant.

J'étais en train de glander sur mon portable à ce moment-là, du coup j'ai pu observer le lent spectacle de sa venue à lui-même. Les yeux qui clignent. Les muscles qui, doucement, commencent à se tendre. Les mouvements d'un corps qui intègre petit à petit le fait qu'il a repris conscience.

Et puis, tout en respirant calmement, Eiju a fixé le vide.

Quand il a compris que j'étais à côté de lui, il a pas eu le moindre geste de surprise.

Il a dit, Je croyais que t'étais parti.

Je suis pas parti.

Je croyais que tu m'avais laissé.

Je suis là, j'ai répondu. Je t'ai pas laissé.

Plus tard ce soir-là, Eiju est redevenu lui-même. Il m'a demandé si je voulais bien qu'il passe me voir au bar.

C'est encore chez toi, putain.

Du coup il a marché dans le quartier avec moi, jusqu'à ce qu'on ait monté les escaliers. Une fois à l'intérieur, il a essuyé les tabourets. Il a engueulé les clients. Il a mixé ses cocktails beaucoup trop vite. Il a frappé Kunihiko avec son torchon parce qu'il venait de laisser cramer le riz, en lui demandant ce qui allait pas chez lui et à quoi il pensait, putain. Kunihiko a fait une grimace, mais derrière cette grimace on décelait une vague de chaleur, comme s'il était reconnaissant qu'Eiju soit revenu ce soir-là et qu'il lui accorde de l'attention, et franchement, qui aurait ressenti le contraire.

Hiro, Takeshi et Sana étaient assis en face de nous ; ils applaudissaient en poussant des cris de joie. Ils étaient surexcités depuis des heures. Ils étaient tous en vacances. Une ébriété épaisse régnait dans le bar, j'avais moi-même pas mal déconné avec le saké, la nuit était chaude comme elle l'est parfois à Osaka.

T'es revenu ! Sana a lancé.

Je suis juste passé vous rendre visite.

Il est revenu ! Takeshi a dit, en levant son verre à toute la salle.

Ferme-la. Arrête ça.

Il est revenu ! Il est revenu ! Il est revenu !

Cette nuit-là, j'ai fermé le bar plus tôt. La foule s'était dissipée. Eiju avait entamé sa marche vers l'appartement quelques heures auparavant ; quand je lui ai dit que je pouvais lui commander un taxi, il m'a demandé pour qui je le prenais, putain.

J'avais ouvert la bouche, avant de la refermer. Je lui ai répondu de faire comme il voulait.

Kunihiko a commencé à nettoyer l'une des extrémités du comptoir. Je me suis occupé de l'autre. On allait inévitablement se rencontrer à mi-chemin, mais à chaque fois que ça arrivait on faisait comme si on était choqués.

Quand nos doigts se sont frôlés, Kunihiko m'a demandé si je me rendais compte de la chance que j'avais.

De l'avoir, il a ajouté.

J'ai froncé les sourcils.

Il est aussi à toi.

C'est pas la même chose.

T'as raison. Mais tu devrais aussi être reconnaissant. T'as vu des parties de lui auxquelles j'aurai jamais accès.

Alors Kunihiko m'a regardé. De temps en temps, des fragments du type qu'il aurait pu être filtraient de ses expressions.

Et ils disparaissaient aussi soudainement.

Je sais pas. Eiju me traite comme son fils.

C'est vrai, j'ai dit.

Et je sais pas comment le remercier.

Je sais pas si c'est même possible.

C'était au tour de Kunihiko de me regarder d'un air perdu.

Faut juste que tu restes près de lui. Ça suffit. Forcément.

Faut juste qu'on reste près de lui, Kunihiko a rectifié en faisant un grand sourire. Puis il m'a posé la main sur l'épaule, en renversant une bouteille de shoyu au passage.

*

Notre famille a galéré pour se payer deux repas par jour pendant une très longue période. Et puis, un peu plus tard, on y est arrivés. Seulement si c'était ma mère qui allait faire les courses, ce qui signifiait que, d'un coup, Eiju avait plus si faim que ça parfois. C'était très rare de le voir manger un truc qu'il avait pas cuisiné lui-même.

Par contre, quand Eiju décidait de s'y mettre, il préparait des plats qu'il avait appris au restaurant chinois, des plats qu'il cuisinait au restaurant mexicain, des plats qu'il cuisinait au resto jamaïcain, du curry de poulet accompagné de riz et d'œufs cuits à la vapeur, du congee, du caldo de bistec, des bananes plantain frites sous des ravioles frites, et même quand on manquait de toucher le fond, quand il avait bu tout l'argent du foyer, il trouvait toujours le moyen de nous asseoir devant un plat convenable. Je dirais même bon.

On s'asseyait tous les trois pour picorer ce qu'il avait préparé. Mes parents parlaient pas, mais ils s'engueulaient pas non plus.

Une fois, quand j'étais gosse, Eiju et moi on est restés glander sur le canapé, à regarder le mur devant lequel y aurait dû y avoir un écran de télé. On l'avait vendu quelques semaines plus tôt. Ma arrivait pas à s'en remettre. Elle lui avait pas adressé la parole depuis, même pendant le dîner.

Tout en fixant le rien qui s'offrait à nos yeux, j'ai demandé à Eiju comment il avait rencontré ma mère. Je lui avais jamais posé la question. J'y avais même pas pensé.

Il m'a regardé en faisant une grimace.

Il s'est mis à pleuvoir, et l'instant d'après elle était là, il a répondu.

*

Les trucs que j'ai cuisinés pour mon père, qui refuse catégoriquement d'aller dîner dehors, sauf dans son propre bar : de l'okonomiyaki, du yakisoba, de l'oyakodon, du katsudon, du mabo don, du mori soba, du kake soba, des kitsune udon, des nabeyaki udon, du bulgogi, du soondubu jjigae, du doenjang jjigae, de l'ika-age, du takoyaki, du curry d'agneau, du curry de poulet, de la morue à la crème, un soufflé de crabe de Dungeness, du flet poché à la sauce tomate, du chou kale à la vapeur, des haricots romano à l'origan, du saumon, du carpaccio de saumon, de la bisque de crevette, du calamar à l'ail, du thon grillé accompagné d'une salade d'oignons rouges, des tempuras, des asperges grillées braisées au beurre d'ail, de la soupe carotte-poivron rouge, du porc braisé au soja, du riz frit, des huevos rancheros, des huevos divorciados, de la carne asada, du migas, des radis mijotés, du tatsuta-age, du thon épicé sur du pain grillé, du congee, du riz sauté, du riz vapeur.

Les trucs que j'ai cuisinés pour mon père et qu'il a l'air d'avoir aimés :

Quand Eiju m'a demandé ce que j'avais comme plan, on était en route pour Nakazakicho, où on allait refaire le stock pour le bar. En général, c'est Kunihiko qui gérait ça. Il faisait le trajet ses jours de repos. Cette semaine-là, selon Eiju, Kunihiko était pas disponible, parce qu'il avait je sais pas quel truc à régler, mais quand j'en ai parlé à Kunihiko ensuite, il a dit, Ah, du coup je viens pas avec vous ?

J'ai pas saoulé Eiju à ce sujet. On s'est dirigés vers la minuscule camionnette qu'il garait derrière le bar. J'étais jamais monté dedans, du coup je lui ai demandé pourquoi il gardait cette merde, alors Eiju m'a demandé si j'avais déjà vu *Godzilla*.

Tu te fous de ma gueule ?

Calme-toi. Tu peux jamais savoir quand tu vas devoir tout quitter.

C'est le truc le plus con que j'aie jamais entendu.

T'as tort. Écoute les infos et tu verras.

Je me souviens même pas de la dernière fois où je t'ai vu conduire.

Donc tu dis que j'en suis pas capable ?

Tout ce que je dis c'est que je suis pas assuré. Et que j'ai vraiment pas envie de crever dans un accident de voiture à l'étranger.

Peu importe comment j'y vais.

Et en plus, Eiju a ajouté en jouant avec les clés, je me disais que t'accepterais bien de me faire l'honneur.

Je pense pas que ce soit une bonne idée.

C'est la meilleure idée qui soit, Eiju a dit.

Et puis on s'est retrouvés sur la route.

Le trajet était pas long. Eiju m'indiquait quand tourner. Ce matin-là était suffisamment tranquille pour que je puisse aller à mon rythme aux côtés des motards et des rares automobilistes. De façon générale, j'ai surtout pu prendre mon temps.

Les routes étaient agréables. On est passés devant des supérettes et des stands de ramen. On a pris le pont. On a roulé à côté de stands qui vendaient du poulet, de flics, de types en train de réparer des câbles téléphoniques, et d'un autre groupe de mecs occupés à reboucher des nids-de-poule. Ils bossaient par deux, dans des uniformes qui leur allaient parfaitement. Ils s'appelaient et ils se répondaient. Eiju a pas arrêté de siffler « Little Red Corvette », encore et encore.

Quand on est arrivés au marché, notre revendeur nous attendait au niveau du garage, les mains sur les hanches. C'était un type plutôt trapu qui portait une moustache beaucoup trop imposante.

Eiju, il a dit en lui tendant la main.

Et compagnie ? il a ajouté en me pointant du doigt.

Avant que je puisse l'ouvrir, Eiju a répondu, Mon fils.

Il a évité mes yeux, regardant droit devant lui.

Ah, le vendeur a fait, avant de pencher la tête.

Et puis, sans attendre, il a ajouté, Sans déconner.

C'est les yeux faut croire, il a dit en riant.

C'est pour ça que je t'aime bien, Hikaru, Eiju a répondu. Tous les autres disent que c'est les oreilles.

Mais il leur a pas fallu beaucoup de temps avant de parler business. Hikaru a ouvert le garage, où nos piles de provisions nous attendaient. Le nom d'Eiju était affiché sur une plaque toute brillante près de l'entrée. Il m'a fallu environ vingt minutes pour mettre toutes les caisses dans la camionnette. Un maigrichon aux vêtements crades est venu m'aider pendant qu'Eiju et Hikaru discutaient. Ils sont entrés dans le bâtiment attenant pour en ressortir avec deux bières, en faisant claquer leurs semelles contre le sol en béton.

L'autre type m'a aidé à charger les cageots. Il avait l'air légèrement plus jeune que moi.

Il m'a dit qu'il était le fils d'Hikaru. Il s'appelait Sora.

T'es le nouveau Kunihiko ?

Pas vraiment. Il est malade, un truc du genre.

Mais t'es pas d'ici.

Je suis pas d'ici.

Bizarre, Sora a répondu, sans rien ajouter d'autre.

On a tout empilé dans la camionnette d'Eiju, en poussant de petits grognements d'effort. De temps en temps, on se jetait des regards furtifs. La route grommelait derrière nous ; son bruit se mêlait au vacarme métallique d'un train qui passait pas loin. Y avait rien dans l'air ce matin-là, vraiment, ou du moins je sentais rien de sexuel à première vue : on se regardait, c'est tout.

Quand on a fini de charger, on s'est assis à l'arrière du pick-up. Sora a sorti deux cannettes de bière de son pull. Quand il m'en a tendu une, j'ai secoué la tête.

Il est même pas 8 heures.

Sora a haussé les épaules, tout en ouvrant sa cannette.

On est restés assis comme ça, à observer nos pères.

Il t'a déjà parlé de reprendre le business, le tien ?

On peut dire ça comme ça.

Le mien me dit tout le temps que je dois parler aux clients. Sauf qu'il m'en laisse jamais l'occasion.

J'imagine que ton père veut juste que tu prennes l'initiative.

Alors il doit me montrer comment faire.

J'ai rien répondu à ça. J'avais l'impression qu'à cet instant précis, ce type avait juste besoin d'une oreille attentive.

T'as peut-être raison, il a dit au bout d'un moment. Mais à chaque fois que je pense qu'il a envie que je dise un truc, il me fait les pires remarques ensuite. Tout doit être exactement comme il l'a décidé.

Le mien est pareil.

En plus, il veut que je me marie avant de reprendre l'affaire. Histoire de lui assurer un héritier. Selon ses propres mots.

Et comment tu t'en sors de ce côté-là ?

Je m'en sors pas, Sora a dit avant de prendre une longue gorgée de bière. Et je m'en sortirai pas.

T'es jeune. C'est pas une course.

C'est pas ce que je veux dire.

Quand j'ai lancé un regard à Sora, il a rien ajouté d'autre.

Il est au courant ? j'ai demandé. J'ai alors senti le gamin pousser un long soupir, comme s'il voulait vider tout l'air de ses poumons.

Il a ensuite regardé ses chaussures, en donnant de petits coups de pied contre les pneus.

Non.

Enfin je crois. J'en sais rien.

T'inquiète. C'est pas ta responsabilité de chercher à savoir ça.

Si ça se trouve on en parlera jamais, Sora a dit. Personne abordera le sujet. Je sais pas comment il réagirait.

Il pourrait très bien gérer, ou pas. T'as pas la main là-dessus.

C'est pas la même chose pour toi. Tu vis pas ici.

Je suis d'ici.

Mais t'es pas vraiment d'ici. T'as la possibilité de partir.

Sora continuait de taper contre les pneus. Je l'ai regardé faire.

Désolé.

Pas besoin, j'ai répondu.

J'aurais pas dû dire ça.

T'as pas tort.

Je sais. Mais j'aurais quand même pas dû le dire.

Je comprends ta situation.

C'est juste qu'on a pas un temps infini, j'ai poursuivi. Tu comprends ? Et je déteste l'idée que tu puisses gâcher une telle chance.

Sora m'a regardé à nouveau. Il a plissé les yeux. Puis il a éclaté de rire.

Tu sais même pas qui je suis.

Ta gueule. Je suis ton aîné. J'essaie de te donner des conseils de mentor.

Putain de merde, a répondu le gamin en ouvrant la deuxième bière.

Je lui ai fait signe de m'en passer une, mais il a d'abord ouvert sa cannette. On a regardé nos pères, debout près du garage, qui se filaient des coups à l'épaule tout en s'entraînant à les esquiver.

Quand ils en ont fini avec leurs conneries, Eiju et Hikaru se sont dirigés vers nous.

Ils en étaient à leur troisième bière, du coup ils arrêtaient pas de rire, le visage rouge vif.

Ah, les voilà, Hikaru a dit. Déjà bourrés en plus. Un couple de vrais bonshommes.

Eiju a rien ajouté ; il s'est contenté de sourire. Sora a repris une gorgée de sa cannette ; son père l'a saisi par l'épaule, et à ce moment-là le gamin a tiré une tête qui m'a fait trembler, je savais trop bien ce qu'elle signifiait. J'ai pas dit un mot.

Quelques heures plus tard, on est rentrés au bar. La circulation était à peine plus dense. De temps en temps, on voyait une voiture dans le rétroviseur, mais elle se rabattait assez vite sur une des autres voies ; Eiju était installé sur le siège passager, des miettes tout autour de la bouche. Il a fini par poser les deux mains sur les genoux, avant de soupirer.

Tu sais, Hikaru pense aussi que son fils est pédé.

J'ai rien répondu. Je me suis arrêté à un feu, avant de prendre à droite.

Je lui ai dit de pas s'inquiéter, Eiju a continué.

Toi tu lui as dit de pas s'inquiéter ? Toi, le mec qui dit encore pédé.

Garde les yeux sur la route.

Ce que je veux dire, c'est qu'il peut rien y faire, il a ajouté. Par contre, ce garçon est pas comme toi. C'est pas du tout la même situation. Hikaru doit impérativement léguer le magasin à quelqu'un, et ça va être compliqué si son gamin a pas de gamin.

En quoi notre situation est différente ?

Je suis pas Hikaru, pour commencer.

N'empêche. Sora pourrait quand même avoir des gosses.

Tu déconnes là, Eiju a répliqué en me regardant. T'es plus en Amérique. Ici, on pense aux autres avant de penser à soi.

Je pense pas qu'un pays puisse avoir le monopole de la considération envers les autres.

Tu sais très bien ce que je veux dire.

Peut-être que tu devrais le dire plus clairement.

C'est pas parce que tu peux faire un truc que tu dois le faire.

La décision revient pas à Hikaru, j'ai répondu.

On s'est arrêtés à un feu. Eiju caressait un cure-dent qu'il avait fourré dans sa bouche.

Peut-être. Mais c'est quand même lui qui va la prendre. Il faut que ses biens reviennent à quelqu'un.

Donc t'as de la peine pour lui.

C'est l'impression que je donne ?

Exactement.

Bref, de toute façon c'est pas mes affaires toutes ces conneries. Leur famille c'est leur famille. J'ai déjà assez à faire avec la mienne.

On s'est de nouveau arrêtés à un feu. Un petit groupe d'écoliers a traversé la rue à petites foulées.

Si j'avais pas eu les mains sur le volant, mes doigts auraient pu exploser sous la colère.

J'ai pas demandé à Eiju de quelle famille il parlait spécifiquement.

Je lui ai pas dit que la seule chose qu'il ait faite avec sa famille, ça a été de nous abandonner.

Je dis rien à ce sujet. Je me contente de conduire.

On a quand même réussi à rentrer.

Une fois que je me suis garé dans la ruelle, près des bennes à ordures et des poubelles de recyclage, Eiju a poussé un soupir interminable. Il m'a demandé si j'avais réfléchi, ne serait-ce qu'un peu, à sa proposition. Concernant le bar.

Si tu l'as pas fait c'est pas grave.

C'est pas le cas.

Bien. Et donc ?

Je sais pas encore.

Tu sais pas encore.

J'ai une vie à Houston.

J'avais une vie à Houston.

J'ai des projets.

Les projets ça se change.

Arrête ça putain. Je suis en couple. Avec un mec.

Eiju a répondu d'un sifflement. Deux adolescents ont traversé devant nous, en faisant rebondir une balle de basket contre le béton.

Est-ce qu'il est comme toi ?

Je me suis alors tourné pour le regarder droit dans les yeux.

Japonais, il a précisé.

Il est noir.

Waouh, mon père a fait.

Il a regardé par la vitre passager. L'un des deux gosses tournait autour de l'autre tout en faisant rebondir la balle.

C'est vrai que si déjà, autant y aller à fond, Eiju a continué.

Ça veut dire quoi ça, putain.

Je sais même pas.

Par contre, je maintiens ce que je t'ai dit. C'est ta vie. Et je vais pas chercher à te faire changer d'avis.

Ça marche pour personne. Mais faut bien que le bar revienne à quelqu'un.

Ou alors tu pourrais juste le fermer, j'ai lâché. Eiju m'a alors regardé un court instant, et j'ai vu la peur dans ses yeux.

J'ai dit ça pour le blesser. Je l'ai immédiatement regretté. Mon père a ouvert la bouche. Il l'a refermée. Et puis Eiju a ouvert la porte, par laquelle l'air froid s'est directement engouffré.

*

Tout est différent une fois remis en contexte. Tout.

C'est Ben qui me l'a dit.

On sortait tout juste d'une engueulade sur rien de particulier, et on avait fait de notre mieux pour l'oublier en baisant. Ça a donné lieu à du sexe effréné, qui semblait jamais vouloir s'arrêter. Se mordre, se griffer, pleurer. Serrer l'autre jusqu'à ce qu'il soit à bout de souffle.

Après ça, on est restés allongés sur le matelas. Houston venait d'entrer dans ses deux semaines d'automne. Tout le monde était dehors, à jouer au basket, à prendre l'air, à vapoter et à parler putain de trop fort pendant putain de trop longtemps près des voitures garées juste à côté.

On était une minuscule étoile maintenant, perdue dans la constellation du voisinage. J'avais déjà songé à faire éclater notre bulle une ou deux fois, jamais sérieusement. C'était juste ma vie à présent.

Y avait pire comme situation.

Y avait mes parents par exemple.

Là, Ben avait étendu ses jambes sur mon ventre. Il me caressait distraitement les cheveux.

Réexplique-moi cette histoire de contexte, je lui ai demandé.

Tu comprends vraiment pas ?

Si. Mais j'ai envie de t'entendre me le redire.

D'un côté t'as les trucs qui t'arrivent, et de l'autre t'as toutes les merdes qui arrivent autour. Elles sont aussi importantes que l'événement lui-même.

Sauf que l'événement reste quand même le truc principal. Il est son propre instant.

Évidemment, Ben a dit. Mais l'instant est temporaire. Et ça, ça change tout. Si tu laisses passer assez de temps, t'es même plus la même personne. L'événement appartient alors à l'histoire. Genre, un événement. Du coup tu le regardes sous un autre angle, par principe.

D'accord professeur.

Je suis sérieux.

Je sais.

Mon pouce a effleuré la bite de Ben, ce qui l'a fait sursauter. Il a pas retiré ses jambes pour autant.

Les moustiques avaient pas encore émergé de leurs planques dans les flaques et autres ruisseaux. On entendait le gémissement des grillons. Un mois plus tôt, on avait renouvelé notre bail auprès de la petite Blanche qui gérait l'appart, et qui portait des tailleurs maintenant. Après ça, Ben s'est mis à tirer une tête bizarre.

Quand je lui ai demandé quel était le problème, il a voulu savoir comment je me sentais. Je lui ai répondu que j'allais bien. Il m'a demandé si ça me dérangeait pas.

Et maintenant, il tirait la même tête.

J'ai recommencé à le frôler, mais cette fois-ci il m'a saisi le pouce. Il le serrait fort au début, ensuite il a un peu relâché son emprise.

Où on va comme ça ? il a demandé au bout d'un moment.

J'en étais encore à réfléchir à ma réponse quand j'ai senti sa respiration s'apaiser.

J'arrivais pas à savoir s'il s'était endormi ou s'il m'attendait. Je suis quand même resté sous lui, sans bouger. Je me suis dit qu'à son réveil il aurait bien trouvé une réponse qui nous convienne à tous les deux.

*

Une fois, Ben m'a dit qu'y avait un point commun entre tous les mecs qu'il avait baisés.

Vous êtes tous hilarants. Absolument tous.

*

Regarde à quelle vitesse les choses peuvent arriver : un soir, j'étais en train de fumer contre la balustrade du bar, quand d'un coup, de nulle part, même si je sais bien que personne sort jamais vraiment de nulle part, Tan s'est pointé à l'angle.

Je l'ai regardé s'avancer doucement vers moi, le dos voûté, les mains dans les poches de son sweat-shirt. Je l'ai regardé s'arrêter comme s'il était en train de réfléchir à un truc, et quand il a fini par relever les yeux, je lui ai fait un rapide signe de paix.

Salut.

Salut.

Tu fais quoi là. Là tout de suite, à l'instant.

Tan m'a observé. Son visage a effectué un rapide calcul.

Il a répondu, Tu penses à un truc en particulier ?

La mère de Tan vivait à Doyama, un quartier situé à quelques arrêts de métro. On s'est assis à côté dans la rame, sans vraiment se regarder, avant de remonter le trottoir, de laisser les lumières derrière nous et de descendre des ruelles, pour enfin se diriger vers la résidence. Les lumières se faisaient plus faibles à mesure qu'on avançait. Quelques fumeurs traînaient au coin des rues. Chaque pâté de maisons par lequel on passait était éclairé par au moins un putain de love hotel ou d'autres trucs du même style. On a fini par tourner en direction d'une boutique de vélos, où un mec était en train de réparer une roue voilée, pendant que deux gamins jouaient à faire tourner celle juste derrière lui.

Au deuxième étage de ce même immeuble, après être passés devant différentes boîtes aux lettres et avoir emprunté la cage d'escalier, Tan a frappé à sa porte une première fois, puis une deuxième.

Elle est peut-être sortie. C'était ses premiers mots depuis qu'on avait quitté le bar.

Mais c'est une vieille dame qui a ouvert la porte, et elle ressemblait pas du tout à Tan.

Ils ont parlé de je sais pas quoi dans leur langue, pendant que moi, j'ai fait le pied de grue à côté de Tan.

Ça m'a fait penser à Ben, forcé de m'écouter parler à Ma en japonais.

D'un coup, l'idée m'a paru complètement absurde.

C'est à ce moment que la mère de Tan m'a fait un signe en souriant. Elle m'a serré la main. Entrez ! elle a dit en japonais.

Ah bon.

J'ai lancé un regard à Tan. Il a haussé les épaules.

Dépêchez-vous ! la femme a ajouté, sans lâcher son sourire absolument immense. Entrez !

Elle arrêtait pas de répéter un truc et j'arrivais toujours pas à comprendre ce que ça voulait dire, mais ça a fait rougir Tan. Il s'est caché tout le visage dans les mains.

Elle viendra pas nous déranger, Tan m'a dit en refermant la porte de sa chambre derrière lui.

Aucun problème. C'est quand même ta mère.

C'est quand même ma mère.

Il a fait de la place sur son matelas, en dégageant une pile de vestes posées dessus. Y avait tout un tas de disques durs externes sur un bureau près de la fenêtre, éclairés par la lueur d'une tablette en train de charger à côté de deux téléphones portables. Quelques caméras gisaient par terre.

Sympa comme endroit.

C'est une vraie cage à lapins.

Pour des putain de gros lapins.

Là d'où je viens, mon appartement était trois fois plus grand.

Sa chambre était complètement vide, mis à part le matelas et le bureau. Y avait un ordinateur portable en charge, et des écouteurs qui pendaient au-dessus d'une sacoche. Un sac de sport était posé dans un coin de la chambre, mais les affaires qui étaient censées y être rangées, elles, étaient éparpillées partout sur le parquet. Je savais pas trop où m'asseoir, du coup Tan m'a pris par le bras pour me faire tomber sur son lit.

Tu vis léger.

Je vois pas pourquoi je ferais différemment.

N'empêche. C'est pas la même chose.

Tu t'attendais pas à ça ?

Je sais pas trop, j'ai répondu, tout en m'essuyant la main sur mon jogging.

Dis-moi, t'avais envie qu'on fasse l'amour ce soir ?

J'ai tressailli un bref instant.

T'es du genre direct.

Et toi tu stagnes.

Je l'ai regardé pour voir s'il était sérieux.

Il était sérieux.

Je me suis gratté le nez.

Pas vraiment, j'ai dit.

Sois honnête.

Ce que je veux dire, c'est qu'on est pas obligés.

Clairement. Mais t'en as envie ?

Je sais pas encore.

Ça marche, Tan a dit, avant de se jeter en arrière sur le lit.

On est restés comme ça sans rien dire.

Et puis, Tan a glissé une main sous mon t-shirt pour me caresser le dos. Je l'ai laissé faire.

J'ai quelqu'un qui m'attend au Texas.

OK.

Fallait que je te le dise. Je tiens à lui.

J'ai jamais dit qu'on était en train de faire quoi que ce soit, Tan a répondu, sans toutefois arrêter de me caresser ou d'enrouler ses bras autour de mon torse.

Est-ce que t'es vraiment gay ?

Qu'est-ce que tu dirais.

J'ai appris à pas trop m'avancer.

Si on était dans mon pays, je te mentirais.

OK, j'ai dit.

Je me suis couché contre la main de Tan. Il m'a demandé si ça allait comme sensation, j'ai répondu que oui.

OK. Allonge-toi sur le ventre. Et enlève ton pull.

Je l'ai regardé en mode pourquoi, et Tan a rien dit de plus. J'ai quand même obéi. Il a aussi enlevé le sien. Il a bougé les jambes pour les placer autour des miennes, jusqu'à ce que presque tout son poids soit au centre.

On faisait à peu près la même taille. Le matelas de Tan était globalement dur comme du bois. Juste un gros bloc de béton placé en dessous de nous. J'aurais dû me sentir comme un légume écrasé, mais non. Il était chaud, c'était agréable.

J'ai fini par le sentir durcir contre mon cul.

Désolé.

T'inquiète, j'ai répondu.

Moi aussi je bandais. On était deux hommes en chaleur allongés l'un sur l'autre, sans baiser. On était clairement en train de faire un truc.

Ça passe ?

Ouais, j'ai répliqué. C'est agréable.

Super. Alors on a pas bougé.

De temps en temps, il changeait de position tout en se maintenant sur moi. Je m'ajustais en fonction. Il m'appuyait sur le haut des épaules avec les doigts, en les écartant de façon aléatoire. On a écouté les petits bruits de l'appartement et les déplacements discrets de sa mère au salon. Et aussi le retentissement occasionnel de quelques sirènes.

Mais on est surtout restés allongés en silence.

Je sais pas qui s'est endormi le premier.

Quand je me suis réveillé, il faisait encore nuit. Tan était plus sur mon dos.

Quand je me suis retourné, il avait l'air à l'ouest, les yeux mi-clos, mais il était en train de me fixer.

Laisse-moi deviner, tu dois y aller.

En théorie.

Sauf que je me suis pas levé. Tan a juste cligné des yeux.

Du coup, on se voit plus tard OK.

Peut-être, Tan a répondu en souriant.

Au moins, tu sais où j'habite maintenant.

Au moins, je sais où t'habites.

Et maintenant, t'as un autre truc à faire dans cette ville, Tan a conclu.

En sortant de chez Tan, je suis passé devant sa mère installée au salon. Quand j'ai entrouvert la porte, elle s'est levée en sursaut, le regard terrifié. Mais en voyant que c'était moi, elle s'est calmée et m'a souri.

Elle m'a salué de la main. Je l'ai saluée de la main.

Je suis retourné au bar à pied. Une femme complètement bourrée titubait devant moi en rigolant toute seule, avant de tourner dans une ruelle. À part ça, rien de spécial. L'air s'était un peu réchauffé.

J'ai pas tout de suite distingué sa silhouette, mais Kunihiko était assis sur la rambarde. Il avait la tête entre les mains. L'une d'elles serrait une cigarette rougeoyante, je savais même pas qu'il fumait.

En me voyant, il s'est levé.

T'étais passé où putain.

Je faisais un tour. Pourquoi ?

T'aurais mieux fait de rester là, putain.

Quoi ?

On a dû l'envoyer à l'hôpital, putain. Mais putain, t'étais où ?

J'ai regardé par la fenêtre : le bar avait l'air vide. Kunihiko avait dû foutre tout le monde dehors pour pouvoir fermer. Je me suis autorisé à me demander s'il avait pensé à faire la vaisselle avant de tourner le verrou.

Et puis, j'ai répondu à Kunihiko de la façon la plus honnête possible : Je sais pas.

*

À chaque fois que je rappliquais à la maison après avoir bossé de nuit à la station-service, ou après avoir baisé je sais pas qui je sais pas où, Ma m'avait préparé du riz et de la soupe miso, ou du bœuf aux pommes de terre, ou encore des champignons mijotés dans du dashi accompagnés de poulet, qu'elle me laissait sur la plaque, alors qu'elle rentrait de sa journée de boulot. J'avais pas les notes suffisantes pour aller à la fac, et on avait évidemment pas l'argent pour m'y envoyer de toute façon. Une fois, Ma avait tenté de parler à Eiju pour qu'il nous envoie du fric, alors que je le lui avais interdit, alors que j'avais balancé une tasse contre le mur de la cuisine en signe de protestation, mais elle m'avait répondu que mon avis importait pas, qu'Eiju me devait bien ça, que j'avais pas le droit de refuser, que de toute façon il allait sans doute pas nous répondre, et que même s'il nous répondait, ce serait pour dire qu'il avait pas les moyens, du coup, en sachant ça, qu'est-ce qu'on avait à perdre à essayer, et Ma a vu juste parce qu'on a jamais eu de putain de nouvelles.

Et c'est comme ça qu'on a vécu : sans que je foute grand-chose. Je vendais des cigarettes, des chewing-gums, des bières emballées dans des sacs en papier et des packs de glace. Ma vendait des bijoux. J'ai continué à glander. Je m'en rendais pas compte à l'époque, mais en fait Ma attendait son heure. Elle s'activait direct en rentrant du boulot, on mangeait ensemble à la cuisine, sans dire grand-chose, en donnant de petits coups de pied sous la table, alors que nos talons touchaient à peine le sol. Ensuite, j'allais faire la vaisselle. Et on recommençait le lendemain.

Même si ça a été court, on a pu restaurer notre petite constellation.

Ma et moi on a vécu comme ça jusqu'à ce que je déménage, donc juste avant qu'elle s'en aille. On se parlait quand on pouvait, mais j'arrivais pas à m'enlever cette pensée de la tête : elle s'était cassée, elle m'avait laissé tout seul pour retourner au Japon, putain.

*

Un jour, avant que je parte pour Osaka, au milieu d'une de nos pires disputes, j'ai dit à Ben que le monde lui devait que dalle. Rien. Pas le moindre putain de truc.

À ce stade de notre relation, on se touchait que pour baiser : il me posait une main sur l'épaule, ou bien je me collais contre lui à la cuisine, et on faisait en sorte que ça se passe directement, sans parler, brutalement, et à l'instant où on avait terminé, on retournait à nos occupations. C'était pas comme si je me rendais pas compte de la situation, ou que j'avais envie qu'on rompe, c'était plutôt comme si la gravité m'attirait vers le bas, comme si j'étais doucement en train de sombrer vers une situation qui allait de toute façon finir par arriver, et que je voyais pas du tout comment l'arrêter, la changer, ou je sais pas quoi.

On se trouvait de part et d'autre du salon. Ben tenait la poignée de porte comme s'il s'apprêtait à l'arracher pour me la balancer à la gueule.

T'es vraiment une sous-merde, il a lancé.

Génial. Très distingué de ta part.

T'as toujours été une sous-merde, et tu resteras toujours une sous-merde.

Alors toi t'es quoi putain ?

C'est la connerie que j'ai faite, Ben a répliqué en souriant. J'ai déconné en me mettant avec toi.

Super. Tu vas rentrer gentiment chez toi maintenant, c'est ça ? Pour aller baiser ta petite pute de Katy ? Pour retrouver ton putain de fric ? C'est ça ton plan ? Est-ce que t'as même un putain de plan d'ailleurs ?

Tu peux aller te faire enculer, Michael. Dégage, putain.

C'est ce que je devrais faire ouais. Peut-être que comme ça je trouverai quelqu'un qui sache enfin s'y prendre.

Vraiment. Va te faire enculer.

Et bien sûr, c'est toi le mieux placé pour juger de ça, hein Benson ? Qui enculer ou non ? Ça a super bien fonctionné pour toi.

On avait jamais parlé du fait que Ben était séropo. Il l'était, c'est tout. Il prenait ses médocs au petit déj, je le voyais faire, et voilà. Mais ça a suffi pour mettre fin à la dispute. Il a ravalé ses mots directs, ce qui était une première entre nous.

Ben avait l'air blessé ; je savais bien que je l'avais blessé, alors j'ai eu envie de le prendre dans mes bras et de m'excuser, sauf que c'était pas possible, du coup je l'ai pas fait.

Je l'ai regardé marcher dans le couloir, tout doucement. Je l'ai entendu refermer sa porte tout calmement.

Cette nuit-là, j'ai dormi sur le canapé. Ben a dormi dans notre lit.

Le lendemain matin, on en a pas reparlé, et c'est ce qu'on a continué de faire.

La semaine suivante, j'ai quitté le pays.

Je savais pas – je sais pas – comment on en parlerait si jamais on essayait.

Peu importe, j'ai quand même pas cherché à le savoir.

Je suis parti.
Je me suis dit qu'il serait encore là à mon retour.

*

J'ai appris plus tard qu'Eiju s'était écroulé d'épuisement. Il avait vomi dans l'arrière-salle du bar. Kunihiko est arrivé à ce moment-là. Il a directement composé le 119. Avant de s'évanouir, mon père lui a dit de plutôt appeler Taro ; le médecin s'est pointé dix minutes plus tard, en pyjama et manteau.

Eiju a passé les quelques nuits qui ont suivi à la clinique de Taro. Je suis resté avec lui. Kunihiko venait lui rendre visite de temps en temps. Je lui ai dit de pas se faire de souci pour le bar, que c'était pas la peine de le laisser ouvert à tout prix ou quoi, mais il a insisté pour aller le nettoyer, en affirmant que c'était la moindre des choses.

Le matin, je quittais la chambre d'Eiju pour que les infirmières puissent lui faire passer les différents examens. À mon retour, je le retrouvais épuisé et grimaçant de douleur.

Taro a fini par venir nous voir. Quand il a demandé à Eiju si je pouvais rester dans la chambre, il s'est contenté de hausser les épaules. C'est alors que le médecin nous a annoncé que le cancer d'Eiju avait pas progressé, pour ainsi dire, mais qu'il avait pas régressé non plus. Le seul changement, c'était le temps. Le corps d'Eiju était en train de ralentir. Il allait encore perdre du poids. Les nausées allaient s'intensifier. Les vertiges aussi. Des trucs que le traitement aurait sans doute pu limiter. Mais tout ce qui lui arrivait là, c'était exactement ce qu'il – ce qu'on – savait devoir arriver. C'était là. En train de se passer.

Le seul truc qui m'a surpris à la fin, c'est la vitesse à laquelle ça s'est produit.

Si je comprends bien, on me fait crédit d'un peu de temps, Eiju a dit.

Vous êtes complètement maître de votre temps, Taro a répondu.

Je suis déjà mort.

Vous êtes encore là. Mais il faut vous mettre à l'aise. C'est une mauvaise idée de continuer à gérer le bar.

Il y est presque plus, j'ai dit.

Il est temps d'arrêter complètement, Taro a insisté.

Vous êtes en train de me dire que je devrais plus travailler, Eiju a demandé, ou que je peux plus travailler ?

Je suis en train de vous dire que ça va vous tuer encore plus rapidement que ce qui se passe déjà, Taro a répondu.

Eiju a regardé Taro. Il a regardé ses genoux. Et puis il a laissé échapper un bruit que j'avais jamais entendu chez lui, une sorte de souffle quelque part entre le rugissement, le cri et le grognement.

Quand j'ai voulu m'avancer vers lui, Taro m'a posé une main sur l'épaule. La poitrine d'Eiju s'est soulevée, avant de retomber brusquement. Il s'est mis à trembler. À respirer difficilement.

Il a fini par se stabiliser.

Puis il a dit, Tout va bien. Tout va bien.

On savait que ça allait arriver, il a ajouté. Pas vrai ?

Effectivement, Taro a répondu.

C'est ça dont on avait parlé ? Eiju a demandé.

Oui.

OK.

Alors d'accord. Je vais rester à la maison.

De toute façon, t'as besoin de t'entraîner un peu à gérer les affaires, il a continué en souriant.

Et je savais viscéralement, de façon purement primaire, que j'aurais juste pu répondre, Non.

J'aurais pu briser cet homme d'un seul coup.

Il aurait pas fallu grand-chose.

J'ai regardé Eiju droit dans les yeux. J'ai tout encaissé.

J'ai répondu, OK.

*

Une fois, y a des années, bien avant Ben, j'étais sur le point de baiser un petit Blanc que j'avais rencontré au Grand Prize. Je l'avais trouvé au niveau de la table de billard. Une fois chez lui, il a commencé à me baisser le caleçon, et puis il a réussi à me l'enlever totalement, et à ce moment-là il s'est complètement arrêté de bouger. Il a même arrêté de respirer.

Quand je lui ai demandé quel était le problème, le petit Blanc m'a juste répondu qu'il s'attendait pas à ça.

Quand je lui ai demandé ce qu'il voulait dire par ça, il a souri, parce qu'il croyait que je voyais très bien, même si, honnêtement, sur le moment je pensais à tout sauf à ma bite.

Et puis il s'est arrêté de sourire.

Alors j'ai tout compris.

Quand j'ai raconté cette histoire à Ben, bien plus tard, il m'a ri au nez. Ce qui était plutôt rare.

Va te faire enculer, j'ai dit.

Sois gentil.

Je ris jamais de tes histoires.

T'as raison. Je suis désolé.

Tu fais bien.

Mais si je riais c'est pas parce que c'était marrant, Ben a répondu. C'est pas marrant. C'est jamais marrant. Et j'ai quand même une question.

Vas-y.

Ça t'a empêché de le baiser ?

Ben a alors affiché un petit sourire satisfait. J'ai réfléchi à ce que j'allais dire avant de le dire.

Non.

Non quoi ?

Non, j'ai répété.

On s'est regardés droit dans les yeux.

Bref, Ben a lâché.

*

Quelques trucs auxquels Eiju, alors même qu'il est profondément malade, qu'il est littéralement à deux doigts de mourir, refuse de croire : *Les petits déjeuners réguliers, les chaussettes dispersées partout dans l'appartement, se laver les mains au savon, une nuit de huit heures de sommeil.*

Il fumait le matin.

Je lui ai rappelé les ordres du médecin.

Eiju m'a rappelé qu'il avait un cancer, pas Alzheimer putain.

J'ai dit à Eiju qu'il noircissait les choses. Qu'il aggravait sa situation.

Il m'a répondu que le résultat final serait le même, est-ce que je le prenais pour un débile, pourquoi je cherchais à lui rappeler ça.

J'ai déplacé mon futon du salon à sa chambre. La nuit, mon nez lui frôlait l'épaule. C'était une des recommandations de Taro, qui pensait que, dans le pire des cas, si quelque chose venait à se passer, mon temps de réaction serait plus court. Pas assez court. Mais plus court quand même.

Taro nous a expliqué que ce moment consistait à minimiser les risques, que c'était là tout l'enjeu, alors Eiju a râlé pendant qu'on cherchait à immuniser son appartement contre la mort.

Quand j'ai nettoyé le sol comme Taro l'avait suggéré, Eiju m'a demandé pourquoi on foutait pas carrément tous les meubles dehors, histoire de minimiser les risques.

Quand j'ai préparé les repas recommandés par Taro, Eiju m'a demandé pourquoi on arrêtait pas carrément de manger, histoire de minimiser les risques.

Quand j'ai posé la tête sur l'oreiller à côté du sien, les oreilles collées aux draps, Eiju m'a demandé pourquoi je venais pas carrément dormir avec lui sur le même matelas, histoire de minimiser les risques au maximum.

Tu crois que c'est qu'un jeu, j'ai dit. Alors que pas du tout. Même pas un peu.

La tête d'Eiju était posée sur le bois, contre mes pieds. Il a gardé les yeux fermés.

Tu comprends pas. C'est exactement ça. C'est un jeu. Un match perdu d'avance.

Personne peut gagner, Eiju a ajouté. Tout le monde perd. C'est le principe même.

J'ai appelé Kunihiko pour lui dire que le bar allait rester fermé toute la semaine.

Jusqu'à ce qu'on décide de ce qu'on allait faire.

Il est resté silencieux tellement longtemps que j'ai cru qu'on avait été coupés.

Et donc, qu'est-ce qu'on va faire ? il a demandé.

Je lui ai dit que j'en savais rien, du ton le plus honnête dont j'étais capable.

Tu l'as déjà dit, Kunihiko a répondu.

Quoi ?

Que t'en savais rien. Que t'en sais rien. Enfin peu importe, j'ai compris.

Et puis il a raccroché.

Un matin, Natsue est venue nous rendre visite à l'appartement. Elle a apporté le petit déjeuner dans un bento enroulé de cellophane. Quand je suis allé ouvrir la porte, Eiju dormait encore, du coup on est restés devant sa chambre, à regarder sa poitrine se soulever au rythme de sa respiration.

Merci, j'ai dit. Natsue m'a alors regardé.

C'est un ami très cher. L'un des plus vieux que j'aie.

Ouais. Mais pas juste pour ça. Aussi pour pas avoir flippé à mon sujet. Au fait que je sois son fils.

Ah.

Elle a souri, un tout petit peu.

Je l'ai toujours su, elle a ajouté.

Vraiment ?

Bien sûr. Eiju a jamais su tenir un secret, même si sa vie en avait dépendu.

On est tous comme ça non, j'ai demandé. Natsue a simplement haussé les épaules en guise de réponse.

Je pense surtout que tout le monde sait très bien ce qu'il est censé savoir ou pas.

Le bento en main, on est retournés sur le canapé. Je me suis affalé dessus en jogging, pendant que Natsue, elle, tirait sur son blazer pour le défroisser. Assise en tailleur sur le canapé, elle m'a demandé si j'arrivais à tenir.

Il s'en sort pas trop mal. Vu la situation.

Pas ton père, Natsue a répondu. Toi.

Ça va bien.

Juste bien ?

Juste bien. C'est pas moi le malade.

C'est pas pour autant que tu vas bien, Natsue a répliqué.

Je vais m'en sortir.

Évidemment. T'as intérêt.

Mais viens me voir si c'est pas le cas, elle a ajouté.

Un après-midi, Takeshi et Hiro sont venus nous rendre visite à l'appartement. Sana était resté chez lui pour s'occuper de ses enfants, et ses amis se sont pointés avec un pack de bière acheté au 7-Eleven. Une fois dans l'appartement, ils ont enlevé leurs chaussures tout en prenant leurs marques dans le salon d'Eiju, qui dormait, regardant chaque mur, puis le canapé, le regard ébahi, comme deux petits garçons en pleine découverte.

Les bières sont pour toi, Takeshi a précisé.

On savait pas trop si Eiju avait le droit de boire, Hiro a ajouté, mais on s'est dit que ça pourrait te faire du bien dans tous les cas.

Je leur ai proposé de rester, histoire qu'on se descende le pack au salon. Ils ont alors décliné l'invitation avec véhémence, avant de s'asseoir ; ils ont fini par s'en enfiler trois chacun, ce qui les a mis dans un état où, écroulés de rire sur le canapé, ils disaient du mal du monde entier, sans que j'aie pratiquement besoin d'ouvrir la bouche.

Et puis, ce soir-là, Kunihiko est venu nous rendre visite.

Je m'attendais à ce que ce soit bizarre entre nous, ce qui était encore le cas quand il a poussé la porte. C'était la première fois qu'il venait chez Eiju. Kunihiko a commencé à se triturer les doigts, alors je lui ai dit de pas prendre cet air tellement étonné ;

du coup, il a essayé de me fusiller du regard. Il a erré dans le salon, dans la cuisine, en faisant de grands pas qui se voulaient impressionnants. Parfois il me regardait, puis il ouvrait la bouche, sans que rien en sorte. Et j'allais certainement pas tenter de le mettre à l'aise. Mais au moment où la situation commençait à devenir franchement ridicule, Eiju a émergé de son lit.

Il a regardé Kunihiko. Il lui a demandé si y avait un putain de problème.

Pas du tout.

Exactement. Pas du tout. Y a pas du tout de problème. Donc arrête d'avoir l'air terrorisé à ce point.

D'accord, Kunihiko a dit. Il m'a alors regardé, et j'ai juste haussé les épaules.

On était plantés comme ça tous les trois, debout dans le salon. Eiju s'est gratté le cul.

Et si vous vous rendiez un peu utiles putain, et que vous alliez faire cuire du riz, il a dit en se laissant tomber sur le canapé.

Du coup c'est ce qu'on est allés faire avec Kunihiko. On est restés debout devant l'évier, sans rien dire.

Quand on est revenus au salon, Eiju était déjà en train de ronfler. Kunihiko et moi on s'est assis par terre l'un en face de l'autre, et on a commencé à s'enfiler tout ce qu'on avait préparé.

Je cuisinais pour Eiju. Je nettoyais l'appartement. J'allais à l'autre bout du quartier, je me posais au marché de Kuromon, je déjeunais dans un resto de curry juste derrière les immeubles, et puis je prenais le métro vers Umeda. Un jour je l'ai pas pris pour le retour, je me suis dit que j'allais plutôt rentrer à l'appartement à pied. Osaka est pas si grande. Ça aurait dû prendre à peine quelques heures. Mais il faisait putain de froid. Mes baskets avançaient sur l'arête du trottoir. À mi-chemin, j'ai abandonné, j'ai trouvé une station de métro, sauf que je suis parti dans la direction opposée, ce que j'ai compris une fois dedans seulement ; à ce moment-là, je me suis senti complètement épuisé, j'en avais tellement marre putain, du coup je me suis effondré de fatigue sur mon siège au bout de genre quinze secondes.

Quand je me suis réveillé, j'avais traversé la moitié de la ville. Un mec plutôt épais qui portait un short et des Jordan était assis en face de moi. Il a eu l'air un peu effrayé quand j'ai émergé. On a passé le reste du trajet à faire comme si on se regardait pas, puis il a fini par descendre en me lançant un dernier regard, et là je me suis vraiment retrouvé tout seul.

À la fin de la semaine, alors qu'Eiju et moi on était en train de terminer un curry que j'avais préparé, il s'est mis à trembler d'un seul coup. On avait tous les deux pris une bière, que j'avais fait suivre d'une deuxième, d'une troisième, puis d'une quatrième. Y avait une rediffusion d'un match des Hanshin Tigers à l'écran, on voyait les joueurs traverser le terrain en se bousculant sur l'énorme télé toute vétuste d'Eiju.

Et ensuite : les tremblements.

Eiju a d'abord été secoué aux épaules, puis aux genoux.

Aux doigts.

Je lui ai demandé ce qui allait pas.

Il a tiré une de ces gueules.

Rien.

Et puis il a fondu en larmes.

Ma bière et mon curry à la main, je suis venu m'asseoir à côté d'Eiju, qui tremblait doucement, en faisant de mon mieux pour pas bouger.

Quand il a terminé, Eiju s'est mis à tousser. Je lui ai passé une serviette en papier. Il l'a prise pour s'essuyer la bouche, il s'est éclairci la voix, et il m'a demandé s'il restait une bière au frigo.

*

La dernière conversation que j'ai eue avec mon père, avant son départ des États-Unis, a eu lieu au salon.

Il se baladait en chaussettes et en pull. Moi, j'étais en train de me préparer pour partir en cours. À mon retour cet après-midi-là, j'allais pas le revoir. Le soir et le lendemain non plus. À ce moment-là, il se serait déjà évaporé de ma vie pour de bon. Mais ce matin-là, je savais pas tout ça, et lui, il prenait tout son temps pour mettre ses chaussures.

Avant de refermer la porte derrière moi, j'avais enfilé mes Nike et mon maillot de sport du type qui se la pète, comme j'avais l'habitude de le faire, Eiju m'a pris par l'épaule. Il m'a dit de venir me mettre à côté de lui. Une fois assis, il s'est posé juste en face de moi, à tel point que je sentais sa respiration, je sentais à quel point il était vivant, on avait jamais été aussi proches depuis je sais pas combien de temps, j'étais profondément conscient de chaque mouvement de son corps, nos torses se touchaient quasiment.

Eiju m'a pas regardé de haut. Enfin, de haut il pouvait pas. À cette époque, je faisais déjà sa taille. Il m'a regardé droit dans les yeux.

Il a pris ma main dans la sienne.

Il a entrecroisé ses doigts avec les miens.

Et puis il a souri.

On y est presque, il a dit.

Presque.

Bientôt, il a dit, avant que je sorte le premier pour prendre mon bus en refermant la porte derrière moi, sans savoir que j'entendrais plus la voix d'Eiju pendant plus de quinze ans.

Peut-être que je mens en fait, j'avais déjà été plus proche de lui. Quand j'étais gosse sans doute.

Une fois, Eiju était de nouveau sorti se mettre une mine. C'était l'une de ses premières à Houston. On l'a pas revu ce soir-là, ni le lendemain matin ; moi je me suis écroulé devant la porte, et je me suis débattu en hurlant quand Ma a essayé de me déloger, alors elle a fini par rester dormir avec moi dans le couloir, après avoir installé ses draps sur le tapis.

En général, j'embrassais mon père sur le front avant d'aller au lit. Eiju était pas du genre affectueux, mais il faisait la même chose. En plein sur les oreilles. Impossible de m'endormir avant qu'il m'ait embrassé, et il manquait jamais de le faire. Même pas une fois qu'il s'est mis à boire. Avant que la situation n'empire vraiment. Quand il était pas là, je restais debout avec Ma, qui essayait de le remplacer. C'était pas la même chose, alors on finissait juste par attendre qu'il rentre.

Quand Eiju revenait de ses aventures dans le vaste monde, il sentait toujours l'alcool et la cigarette. La première chose qu'il faisait, c'était de m'embrasser une fois sur le front. Puis sur l'oreille droite. Puis sur l'oreille gauche. Et puis, juste une fois, sur l'arête du nez.

*

Avec Kunihiko, on a rouvert le bar quelques jours plus tard. La veille, j'ai demandé à Eiju ce qu'il en pensait. Il a juste tiré la gueule.

On était en pyjama, en train de glander au salon. Deux bols de cornichons trônaient sur la table devant nous. Cette fois-ci, on regardait un match de rugby Australie-Corée du Sud. Il était diffusé en streaming sur mon ordi, j'avais fait les branchements qu'il fallait.

Est-ce que mon avis compte vraiment ?

Évidemment qu'il compte. C'est ton bar.

À ce moment-là, Eiju s'est mis à tousser. L'image d'un troupeau d'hommes en pleine mêlée, les genoux pliés, s'affichait sous nos yeux.

J'ai attendu qu'Eiju se reprenne. Je lui ai tendu une serviette en papier. Il l'a acceptée. C'était notre petit rituel.

C'est ça, il a lâché. Évidemment qu'il compte, putain.

Avec Kunihiko, on a donc nettoyé le comptoir, tous les tabourets, et on a dressé l'inventaire des réserves d'alcool. Il m'a pas adressé un putain de mot, mais j'ai fait de mon mieux pour pas surinterpréter la situation. À ce moment-là, on communiquait seulement en cas de nécessité absolue. Je désignais des trucs de la tête, il les pointait du doigt, et je grognais pour confirmer.

Je me suis dit que c'était pas si différent qu'être à la maison avec Ben.

Et puis je me suis souvenu de ce que ça avait donné. Ou plutôt, de ce que ça avait pas donné.

Enfin, un tel silence était pas tenable. Je le savais très bien. Kunihiko aussi devait le savoir.

Du coup, j'ai attendu qu'il se penche au-dessus de l'évier du bar pour lui mettre un orteil dans le cul.

Kunihiko s'est relevé brusquement, les joues toutes rouges.

Eh, c'est pas si désagréable que ça.

Kunihiko m'a lancé un long regard. Et il s'est penché à nouveau pour frotter une espèce de panneau posé à ses pieds. Je suis resté là, Kunihiko a tenté de faire comme s'il me voyait pas, mais il a fini par relever les yeux.

T'es encore là.

Je suis encore là, j'ai répondu.

Je sais que c'est difficile pour toi, même si rien de tout ça est vraiment une surprise.

Pour moi ça a été une surprise.

OK. J'en suis désolé.

T'aurais pu me prévenir, Kunihiko a dit. Il aurait pu me prévenir. Vous m'avez complètement laissé de côté.

Il s'est appuyé contre le comptoir en se tenant le poignet. Je me suis gratté l'épaule.

Écoute, Eiju, je le vois tous les jours. Il sait ce qu'il fait. Et ce qui va lui arriver.

J'ai pas réussi à l'aider.

C'est pas ton boulot.

C'est là que tu te trompes.

Kunihiko s'est relevé, les mains dans le dos. Nos fronts se sont presque touchés.

J'aurais dû être là, il a insisté. À l'hôpital. Quand il a appris qu'il était malade. Et pour tous les autres moments. Parce que j'ai été là moi, avec lui, pendant tout ce temps. Et toi aussi t'aurais dû l'être. Il est là le problème. Le problème c'est que toi t'étais parti.

L'haleine de Kunihiko sentait la bière. Il me respirait dessus à présent, les avant-bras sur le comptoir.

Il aurait pu mourir, Kunihiko a ajouté.

Tu racontes que des conneries.

Arrête ça. Il aurait vraiment pu. Et t'aurais fait quoi alors ?

Je pense qu'on ferait mieux de s'arrêter là. T'as bu, c'est ça ?

Non. Peut-être. Mais t'étais où exactement ? En vérité ?

Ça te regarde pas putain, Kunihiko.

Je sais pas où, en train de baiser des mecs j'imagine. Pendant que ton père s'étouffe sur son lit de mort.

Y a un phénomène que tu rencontres parfois, pas trop souvent si t'as de la chance, où quelqu'un que tu crois connaître balance un truc sur ton homosexualité auquel tu t'attendais pas du tout. Ben appelait ça un mini-tremblement de terre. Je pense qu'il avait pas tort. Ça te déstabilise complètement, c'est tout le principe. L'intensité dépend juste de l'origine du séisme, de la localisation de la ligne de fracture.

Bref. C'est ce que j'ai ressenti.

J'ai attendu de voir si Kunihiko allait de nouveau rompre le silence, mais il l'a pas fait.

J'ai dit, ça te regarde pas.

Je suis sûr que tu me prends pour un gros débile.

Non. Je te prends plutôt pour quelqu'un de putain de ridicule, là.

Tu crois vraiment qu'Eiju m'aurait pas parlé de ça. À moi ?

Je crois surtout que tu me fais putain de chier, Kunihiko.

Parfait. C'est une bonne chose. Ça devrait te faire chier. Tu devrais en avoir quelque chose à foutre, putain.

Kunihiko, j'ai dit en le prenant par le col.

C'est arrivé d'un seul coup. Plus comme une danse qu'autre chose. Il avait nulle part où aller, du coup on s'est retrouvés dans cette position, collés l'un contre l'autre au niveau de l'aine ; quand Kunihiko a tenté de bouger, j'ai écarté les pieds pour le bloquer.

OK ? OK ?

C'est bon, Kunihiko a répondu. Laisse-moi partir.

Non. Écoute-moi, j'ai commencé. Je vais te raconter un secret.

Mon père va bientôt mourir. Il est déjà en train de partir. Et quand il sera plus là, tu penses que qui va décider de ce qu'on fait de ce putain d'endroit ? Et tu crois que je vais me sentir comment en repensant à cette conversation, une fois que ça sera arrivé ? Ça va régler notre situation ?

C'est une menace ?

C'est une promesse, Kunihiko.

Si je comprends bien, tu te prends pour mon putain de patron maintenant.

Non, je sais que tu travailles pour moi. Jusqu'à ce que j'en décide autrement.

Les yeux de Kunihiko se sont écarquillés. Mais il avait arrêté de bouger. Jamais je l'avais vu aussi énervé.

À ce moment-là, la porte s'est ouverte derrière nous.

Sana était là, en jogging et manteau, accompagné d'une jeune femme. En poussant la porte, il nous a souri. Et son expression a vite changé en regardant Kunihiko, puis moi, tandis que la femme se contentait de cligner des yeux.

C'est alors que j'ai vu les bébés qu'ils tenaient dans les bras.

J'ai su quand Kunihiko les a vus lui aussi, parce qu'à cet instant précis il a relâché sa respiration.

On a immédiatement placé les mains dans le dos, en s'écartant l'un de l'autre.

J'espère qu'on vous dérange pas, Sana a dit.

Pas du tout.

C'est tes gosses ! Kunihiko s'est exclamé.

Ouais. Et voici ma femme, Erka. On passait dans le coin.

On arrive peut-être un peu trop tôt non, Erka a demandé.

Absolument pas. Vous êtes les bienvenus. Kunihiko était justement en train de vous servir un verre.

J'étais en train de faire que dalle.

Bien sûr que si.

Non, Kunihiko a dit en clignant des yeux, le dos parfaitement droit.

T'as raison, il a ajouté. Si je reste ici, ça voudrait dire que je bosse pour toi. J'ai bien compris. Mais je suis pas obligé de rester.

Et c'est comme ça, d'un seul coup, que Kunihiko est sorti de derrière le comptoir. Il a trébuché, avant de se rattraper. Quand Sana s'est avancé pour l'aider, Kunihiko s'est arrêté un instant, il l'a repoussé d'un mouvement d'épaules, et il est passé devant Erka pour finalement sortir par la porte.

On s'est retrouvés à cinq dans le bar.

Les jumeaux ont bâillé.

Du coup, c'est comme ça chaque soir ? Erka a demandé.

Sana m'a regardé. Je leur ai indiqué les tabourets d'un geste de la main. Ils sont allés s'asseoir tout en jonglant entre les bébés, et moi j'ai allumé la radio.

Je leur ai demandé s'ils avaient faim. J'avais pas préparé grand-chose, mais je pouvais trouver un truc.

Eiju cuisine jamais aussi tôt, Sana a dit.

Je sais. J'ai alors ouvert le robinet pour me laver les mains.

*

Doucement, tout doucement, et puis d'un seul coup.

Eiju a réduit chacune de ses actions jusqu'à développer une routine bien huilée : il se lavait, il descendait tout doucement la rue jusqu'à la station de métro. Il le prenait jusqu'au quartier d'à côté, où se trouvait une boulangerie qu'il aimait bien. Il y buvait un café, il achetait quelques pâtisseries et, parfois, il les rapportait à la maison. À d'autres moments, il les mangeait sur place. Mais quand il avait fini, il partait, il se trouvait un banc, et il restait fumer au parc. De retour à l'appartement, il s'allongeait à nouveau. Il regardait la télé en zappant continuellement. Il préparait le déjeuner, d'abord pour lui, puis pour moi, une fois que j'étais levé. Juste avant que je parte pour aller au bar, il se fumait une dernière cigarette, et il posait la tête pour dormir.

À mon retour le matin, il venait m'ouvrir la porte. Le lendemain, on recommençait.

*

J'ai envoyé un message à Ben.

Rien de fou. Juste salut.

Quel genre de conversations tu mènes quand t'as l'impression de rien avoir envie de dire ?

J'ai reposé le téléphone. Il m'a immédiatement répondu.

Ben m'a demandé de lui envoyer une photo.

On était au milieu de l'après-midi. Je lui ai envoyé une photo du ciel.

Sa réponse est arrivée immédiatement, jamais il avait été aussi rapide :

J'ai reconnu la station-service située pas loin de l'appartement. Les lignes téléphoniques au niveau du Pizza Hut. Les lettres aux bords tout délavés.

Il m'avait envoyé une photo de son ciel à lui.

Ensuite, sans aucune raison, j'ai envoyé à Ben des photos de trucs qui se trouvaient autour de moi.

La gare. Des vieux assis sur un banc. Une bière humide posée sur un comptoir. Des gosses en train de rater leur tir à trois points près d'un McDonald's. Ça lui disait pas du tout comment j'allais, ni comment les dernières semaines s'étaient passées pour moi. C'était pas comme si je lui révélais quoi que ce soit. Mais c'était une façon de lui parler, plus ou moins.

Ben m'a envoyé d'autres photos. Ximena au boulot. Notre porche. Nos voisins. Sur l'une d'elles, on voit les gamins des voisins et leur chat, en train de faire un signe de paix.

Comment on en est arrivés à un tel tournant dans notre relation ?

Tout doucement, j'imagine. Les grands moments sont jamais si grands que ça quand t'es en train de les vivre.

Du coup, passons tout en revue : Un soir, on est en train de marcher dans le quartier. On faisait ça de temps en temps. C'était rien d'extraordinaire, même si à cette période-là Ben balançait des trucs bien violents à chaque fois qu'on s'engueulait. Et on s'engueulait putain de souvent. En général je lui répondais pas trop. Ou je traitais juste Ben d'enfant gâté. Un putain de petit privilégié. Enfin bon. N'empêche. Après ça, ou en général avant ça, on se baladait d'un bout à l'autre du quartier. Si la chaleur était pas trop insupportable, on tournait au coin de la rue avant de rentrer. Un jour, au bord de la route, Ben m'a demandé si je voulais qu'on continue.

Carrément, pourquoi pas. Sauf si t'as envie d'aller encore plus loin.

Il m'a pas répondu, du coup j'ai regardé sa tête.

On était pas en train de parler de la même chose.

Mais il a pas écarté ma proposition. Il a vu mon regard au moment où j'ai compris. D'un seul coup, on était sur la même longueur d'onde. Et on a fait demi-tour ensemble.

On s'est plus parlé pendant tout le chemin du retour. On a pas baisé cette nuit-là. Mais il m'a tenu la main jusqu'à ce qu'il s'endorme. J'ai remarqué la façon dont il me serrait tendrement les doigts, histoire de la graver à jamais dans ma mémoire.

Je pensais rompre le lendemain soir. Ce serait beaucoup mieux pour nous deux.

Quand Ben s'est retourné dans le lit en ronflant, j'ai aussi essayé d'enregistrer ce souvenir.

Ensuite, évidemment, Ma m'a appelé pour me parler d'Eiju.

*

Les questions que mon père m'a posées depuis que je suis arrivé au Japon : *T'habites où à Houston ? Quoi ? Pourquoi là-bas ? T'as pas trouvé un taudis un peu plus grand ? Tu penses que c'est raciste ? Tu te fous de ma gueule ? Tu penses que t'as souffert ? Tu vis tout seul ? Bon, il fait quoi dans la vie ? Et il t'a laissé partir, comme ça ? Pour venir ici ? Me voir moi ? Et tu penses vraiment qu'il tient à toi ? Tu penses vraiment qu'y a des gens qui tiennent à toi ? Tu penses vraiment qu'y a des gens qui tiennent à nous ? Pourquoi t'es venu ici déjà ? Calme-toi, y a rien de si grave, tu t'énerves quand on te pose une question et tu penses que t'as vécu des putain de sales trucs ? On mange quoi ce soir déjà ?*

Un soir, Takeshi et Hiro ont eu l'idée d'un jeu à boire pour convaincre Sana de laisser sa famille : il en était à sa sixième bière quand ils ont frappé à la porte.

Ils étaient déjà complètement torchés quand je leur ai demandé de se calmer.

Tu racontes des conneries, Hiro a dit.

T'es pas Eiju, Sana a répliqué.

Exactement. Ça veut dire que je vais vous foutre dehors direct.

À ce moment-là, ils ont rien fait putain, ils m'ont juste regardé. Comme si je venais d'enfreindre un commandement sacré. Mais ils ont quand même rien dit à ce sujet, ils ont juste obéi.

Bien plus tard, une fois tout ça derrière nous, ils m'ont avoué qu'à ce moment-là on aurait cru que j'étais lui. Même ma voix ressemblait à la sienne.

Un autre soir, Takeshi est venu au bar tout seul. En général c'était le type le plus bruyant du groupe, mais ce soir-là il racontait pas grand-chose. Un silence agréable s'était installé. Il a bu tout en enchaînant les cigarettes, moi j'ai trouvé des trucs à faire derrière le comptoir, et avant de partir il a laissé beaucoup trop d'argent sous son verre. Quand je l'ai appelé, il m'a fait signe de laisser tomber, avant de s'enfoncer dans la nuit.

On peut pas dire que les matins chantaient quand je rentrais à la maison ; parfois je passais devant le même attroupement d'enfants à l'arrêt de métro, ceux qui étaient toujours en train de danser sur du Missy Elliott qu'ils diffusaient sur leur portable. Ils s'entraînaient au pop and lock près des escalators, en faisant des pauses de temps en temps pour se regarder les uns les autres. Quand ils me voyaient, ils s'arrêtaient pas. Ils me laissaient m'attarder là, à les observer faire leur truc sans s'occuper de moi.

Un matin, j'ai conduit la camionnette jusqu'au port pour refaire le stock. Quand j'ai tendu la liste à Hikaru, il a tiré sur sa clope, avant de tout souffler juste au-dessus de ma tête. Il a pas posé de question sur Eiju. Il a fait comme s'il entrait même pas en compte. Et une fois qu'Hikaru est entré dans le bâtiment, il en est plus ressorti. Sora s'est pointé pour m'aider à charger les cartons, sans arrêter de se plaindre de ses douleurs aux genoux. Après ça, le gamin m'a tendu deux bières, qu'on a bues à l'arrière de la camionnette, sans prononcer le moindre putain de mot.

J'ai servi les bières, j'ai mixé les cocktails, j'ai cuit le riz, j'ai fait la vaisselle.

Ça fait un truc bizarre au cerveau, ce moment où tu comprends que les choses commencent à changer.

Au début y a eu comme une pause, les habitués acceptaient petit à petit que tout ça constituait leur nouvelle réalité. Que moi je constituais leur nouvelle réalité. Ils mettaient un peu plus de temps à commander un autre verre. Ils faisaient un peu plus attention à leurs conversations. Ils avaient plus qu'une personne pour s'occuper d'eux maintenant, plus que deux pieds en train de courir derrière le bar, au lieu de six.

Un soir, Natsue m'a demandé comment ça se passait, alors je lui ai répondu que tout se passait bien.

Vraiment ?

Vraiment.

OK, elle a dit, avant de lever la main pour commander une autre bière.

Leurs attentes ont fini par revenir. Le décor a alors changé.

C'est arrivé qu'une fois : Hiro a commandé du porc sauté accompagné de kimchi, et il est sorti comme ma mère avait l'habitude de le faire, comme moi j'avais l'habitude de le cuisiner pour Ben. Ce qui était complètement différent de la recette d'Eiju. Ou de Kunihiko. Alors Hiro a ouvert la bouche pour prononcer les mots suivants : ça a pas le même goût que quand c'était Eiju qui l'avait préparé.

Natsue et Hayato ont eu un petit mouvement nerveux. J'ai juste réussi à hocher la tête.

Par contre, Hiro a ajouté, c'est pas mauvais. Ça me va, en fait.

Un soir, Mieko s'est penchée au-dessus du bar pour me taper sur l'épaule.

Considère que je t'ai rien dit, mais j'ai trouvé le mec parfait pour toi.

*

Un après-midi, après sa visite, j'ai questionné Taro. À quoi il fallait s'attendre pour la suite. À ce moment-là, il venait chaque jour voir Eiju. On avait évoqué les soins palliatifs une seule fois, et quand j'ai suggéré que plus de gens viennent pour l'aider, Eiju a demandé pourquoi je pensais qu'il avait accepté de me garder, putain.

À la fin de sa visite, je suis sorti sur le balcon avec Taro. Il s'est pincé les lèvres avant de répondre, en réfléchissant bien à ce qu'il allait dire.

C'est quoi la prochaine étape. Et là, je jure devant Dieu qu'il a failli hausser les épaules.

Rien.

Ce que je veux dire c'est, qu'est-ce que moi je peux faire ?

J'ai très bien compris ce que tu voulais dire.

Tout le monde pense pouvoir faire quelque chose de plus, il a ajouté. La vérité c'est que, parfois, t'es déjà en train de le faire.

Évidemment, Eiju voulait rien savoir de toutes ces conneries.

Il mettait du temps à se lever du lit.

Il mettait du temps à chier.

Il mettait du temps à aller s'asseoir sur le putain de canapé.

Il mettait du temps à s'étirer dans le putain de patio.

Désormais, quand je rentrais du bar le matin, je nous préparais le petit déjeuner pendant que lui il regardait du canapé. Parfois il prenait qu'une seule bouchée. Parfois il finissait son assiette. Parfois il allait tout vomir juste après ; dans ces cas-là, Eiju atteignait en général les toilettes, sauf quand, par accident, il les atteignait pas du tout.

Mais il essayait toujours de manger ce que je lui avais préparé.

Quand Eiju m'a demandé des nouvelles du bar, pour savoir comment ça se passait et comment allaient ses clients, je lui ai répondu que j'étais encore en phase d'adaptation. Que j'étais pas lui.

Sans déconner. Enfin c'était pas ma question.

Tout va bien. Je suis encore en train d'apprendre.

C'est plus facile quand y a quelqu'un pour t'aider. Kunihiko est un bon modèle.

Je lui avais rien dit pour Kunihiko, que j'avais pas revu depuis son départ.

Tu vas t'y faire.

Alors, malgré tout, je lui ai répondu que j'en doutais pas.

*

Quand les choses commencent à partir en vrille, elles le font d'un seul coup.

Quand Eiju chute la fois suivante, c'est carrément un événement. Il s'écroule de façon spectaculaire dans la cuisine, en se cognant la tête contre la planche à découper et les différentes louches.

Ensuite, l'effondrement de tout son corps se passe en silence, comme un mouvement naturel. Il tombe, c'est tout.

Si je me trouvais à côté quand ça lui arrivait, je l'aidais évidemment à se relever.

Mais quand j'étais pas là, qui sait ce qui se passait.

Un matin, on était tous les deux dans la cuisine, je lui ai demandé. Je venais de rentrer du bar. On était en train de manger par terre, d'où il risquait pas de tomber. Eiju a alors tiré une tête bizarre.

Au moins, quand je dois me relever, ça me donne un truc à faire en ton absence.

Arrête de raconter des conneries. Faudrait qu'on te file un bip à utiliser pour les appels d'urgence.

Histoire d'avoir encore plus de gens qui viennent me faire chier ? Dégage avec tes idées de merde.

Je crois que tu voulais dire encore plus d'aide.

Pas du tout, Eiju a répondu. Je vais très bien. Ta mère dirait que je suis en train de revenir à la terre. Mais de toute façon il est beaucoup trop tôt pour avoir ce genre de conversations.

Dans tous les cas, Eiju a précisé, je veux pas être enterré. Disperse mes cendres dans l'océan, au-dessus de Kansai. Je m'en tape. Je m'en taperai. Mitsuko aussi.

Dis pas ça.

C'est la vérité.

Mais t'es pas obligé de le dire.

Là c'est toi qui es pas réaliste.

Elle en aura rien à foutre. Elle aura raison d'ailleurs.

Promets-moi juste que tu attendras pas pour la prévenir. Dis-lui dès que je serai parti. Tu lui as parlé récemment ?

T'en fais pas pour ça, j'ai répondu.

Ça marche. Promets-le-moi, Eiju a insisté.

D'accord.

Dis-le.

Je te le promets.

Parfait.

J'ai tellement de soucis en ce moment, Eiju a continué. Essaie de pas trop m'en ajouter.

J'ai regardé Eiju pour voir s'il allait craquer. Pour voir quand il allait craquer. C'est jamais arrivé.

Je me suis assis sur le parquet, près de lui. J'ai posé la tête sur ses jambes. Il a eu aucun mouvement de tension, alors j'ai fermé les yeux.

J'ai attendu que sa respiration s'apaise. C'est jamais arrivé, puis je me suis autorisé à sombrer dans le sommeil.

C'est peut-être ça le principe en fait, Eiju a dit une fois qu'il m'a cru endormi.

Peut-être que tout finit par revenir, je l'ai entendu dire, à moitié endormi.

*

Un souvenir : Eiju et moi, seuls à la maison à Houston. On est en train d'attendre que Ma revienne. Elle est brièvement retournée à Tokyo, où ses parents vont officiellement la renier. Elle y reviendra pas avant des décennies.

Pour l'instant, en son absence, Eiju et moi on est occupés à se faire différentes grimaces. On est cachés sous un drap. Nos voisins sont en train de s'engueuler ou de baiser, bref, de faire un truc super bruyant de l'autre côté du mur.

D'abord, Eiju est un fantôme.

Ensuite, il devient trompettiste.

Après ça, il se transforme en chien.

J'ai six ou sept ans.

À un moment, Eiju se met à quatre pattes pour rôder en cercles autour de moi, en me donnant de petits coups de griffe sur l'épaule, pendant que moi j'essaie de lui attraper les cheveux, plus heureux que je l'ai jamais été.

Un autre souvenir : Ma est toujours pas revenue. Eiju et moi on est en train de dîner au restaurant chinois. Il m'a emmené au boulot, vu qu'il peut évidemment pas se payer une baby-sitter, ni même imaginer comment il faudrait faire pour en trouver une. Il a fini son service, alors il m'assoit au comptoir pour me servir des pâtes directement dans la bouche. Quand elles me glissent sur le visage ou qu'elles me tombent sur les dents, il les attrape directement, il les enroule sur les doigts, et puis il les mange lui-même.

Vas-y doucement, il dit, alors qu'elles pendouillent encore de ses lèvres.

Un souvenir : Eiju et moi on est en train de traverser tout Houston en voiture pour aller passer le début de soirée au centre-ville. Personne l'attend à la maison, y a que moi qu'il ait besoin de voir. On a loué une voiture grâce aux revenus de la semaine, un truc hyper tape-à-l'œil que Ma aurait jamais toléré. Je suis assis à côté de mon père, qui me nomme les rues les unes après les autres, en faisant attention à prononcer chaque syllabe très fort. Son anglais est plutôt pas mauvais, mais il galère avec les avenues aux noms espagnols et vietnamiens.

Quand on s'arrête à un feu, il me prend les doigts pour pointer les réverbères au-dessus de nos têtes.

Un jour c'est là que tu vas vivre, il me montre à chaque fois qu'on passe devant un bel immeuble bien chic, dont les lumières nous illuminent tous les deux.

*

Et puis un après-midi, Kunihiko s'est pointé à la porte d'Eiju, sans annonce préalable, sans aucune explication, sans raison particulière.

Il portait un jogging et un débardeur. Jamais je l'avais vu habillé de façon si décontractée. Il tenait un sac en tissu rempli de provisions dans une main, et un sac en papier rempli de légumes dans l'autre.

Il est passé devant moi en silence, avant de tout poser sur la table. Eiju l'a regardé lui, puis moi, sans rien dire non plus.

Sans un mot, Kunihiko a commencé à fouiller dans les placards de la cuisine, à la recherche de casseroles. Il en a profité pour sortir des baguettes, une cuiller et un verre mesureur. Je me suis appuyé sur la table près de lui histoire de le regarder faire ; de temps en temps, il me lançait un bref regard.

À un moment je lui ai demandé, Comment tu fais pour savoir où tout est rangé ?

Tous les Japonais organisent leur cuisine de la même façon.

Je savais pas.

Personne se serait attendu à ce que tu le saches. Où est la spatule ?

Là où les vrais Japonais la rangent.

T'es vraiment pas marrant, Kunihiko a dit.

Je sais. Bon, qu'est-ce que tu fous là, putain ?

Kunihiko s'est contenté de me lancer un regard noir. Il a secoué la tête.

Rien de spécial. Je suis venu vous aider.

Vraiment ?

Vraiment. Comme d'habitude.

Non. C'est pas aussi simple.

Mais ça pourrait l'être, Kunihiko a répondu, il regardait ses pieds en soupirant. Si seulement tu l'acceptais, alors ça pourrait vraiment devenir aussi simple. Je peux juste être là. Pour aider.

C'est la solution facile.

T'as pas tort.

Il a hoché la tête. Et puis il m'a tendu la main.

On fait la paix ? il a demandé.

On aurait vraiment dit un gosse.

C'est pas plutôt moi qui devrais te demander ça ? J'ai été un gros connard. C'était pas juste.

C'est vrai.

Je suis sérieux.

Moi aussi.

Vous pourriez fermer vos putain de gueules tous les deux, Eiju a demandé. En plus je croyais que t'avais déjà un petit copain, Mike.

Kunihiko est retourné en cuisine pour battre les œufs, trancher les tomates, les oignons et le tofu ; il a ajouté une cuillerée de fécule de pomme de terre, avant de mélanger le tout pour en faire une espèce de frittata, qu'on a ensuite mise au four. Après ça, on s'est affalés sur le canapé pour végéter devant des films. Eiju poussait des grognements à cause du doublage merdique de *Rush Hour 2*. Vingt minutes plus tard, on pensait plus du tout au plat, qui avait cramé, mais qu'on a quand même intégralement mangé.

*

Un autre souvenir : Alors qu'on était en train de foutre toutes nos affaires dans le coffre de la voiture pour aller en Californie et voir la côte Ouest, Eiju soulève ma mère et la dépose sur la banquette arrière. Elle pousse un hurlement sans s'arrêter de rire, ce qui fait qu'une voisine noire vient jeter un œil à travers ses volets. Quand elle voit que c'est juste mes parents, elle nous salue de la main.

Un autre souvenir : La route est longue jusqu'à San Francisco, mais on s'arrête qu'une seule fois, pour passer la nuit au motel. La femme à la réception a la peau foncée. Quand elle sourit on voit toutes ses dents. Ma mère nous demande d'aller prendre des glaçons à la machine située à l'autre bout du couloir, alors Eiju m'emmène, à moitié endormi, en me portant sur ses épaules, avant de revenir en courant à toute vitesse pendant que moi je tiens le seau en hurlant d'excitation.

Un autre souvenir : Notre première nuit au motel. Il fait une chaleur étouffante, j'arrive pas à dormir, et la clim fonctionne pas. Quand je vois que je suis pas à l'aise sous mes draps posés à même le sol, je les laisse tomber pour aller sur le tapis. Quand je vois que je suis pas à l'aise sur le tapis, j'enlève mon t-shirt, puis mon pantalon. Quand je me mets à pleurer, Eiju sort du lit, où il dormait à côté de ma mère, pour venir par terre avec moi. Ma me retrouve blotti contre lui le lendemain matin. Elle veut savoir ce qui nous a fait croire qu'on allait avoir moins chaud comme ça.

Un autre souvenir : Eiju parcourt un album photo posé par terre, en me demandant si je ressemble plus à son père ou à sa mère. Je hausse les épaules, j'en sais rien. Il m'explique que quelqu'un viendra décider à ma place si je me dépêche pas de faire mon choix.

C'est surtout les oreilles, il dit en tirant les miennes.

Un autre souvenir : Ma mère qui essaie de retourner un pancake sur la plaque de cuisson du motel, puis le pancake qui atterrit sur le carrelage. Depuis les deux derniers jours, on a vu je sais pas combien de putain de cafards ramper dessus. Ma mère quitte pas le pancake des yeux jusqu'à ce que, de nulle part, Eiju sorte de la chambre juste à côté, qu'il le ramasse, et qu'il en fasse une seule bouchée.

Un autre souvenir : Mes parents, écrasés par la chaleur, étendus par terre sur le tapis, qui allument la radio et tombent sur une station qui diffuse du D'Angelo. Mon père, allongé à côté de moi, se relève d'un coup en prenant Ma par les épaules. Elle est pas surprise par cette décision soudaine : son corps se tend une fraction de seconde, avant qu'ils se mettent à danser tout doucement. Eiju fredonne le refrain de « Brown Sugar ». Ils terminent cette sérénade en venant faire un cercle autour de moi, qui en tombe de rire.

*

Un jour, alors que j'étais en train de somnoler sur le canapé, Eiju a commencé à me fixer du regard. Je lui ai demandé ce qu'il regardait.

Mon fils.

Arrête ça.

OK. À ce moment-là, j'ai su que j'allais regretter de lui avoir dit ça jusqu'à mon dernier souffle.

Un jour, je suis tombé sur un autre carnet rangé à côté du lit d'Eiju. Il était rempli de listes à moitié griffonnées en anglais, comme celui des toilettes. Je l'ai remis là où je l'avais trouvé. Puis j'ai changé d'avis et je l'ai fourré dans mon sac.

Un jour, Eiju m'a demandé de l'accompagner au sanctuaire shintoïste qui était à quelques pâtés de maisons de l'appartement.

C'est pas pour faire le gros connard, mais il est un peu tard pour se tourner vers la religion.

Le shintoïsme s'adresse à tout le monde, Eiju m'a répondu. Espèce de gros connard.

On avançait lentement, comme le temps cet après-midi. Des cyclistes nous passaient devant. Les piétons nous regardaient même pas. Une fois arrivés au sanctuaire, j'ai aidé mon père à monter les escaliers en le tenant par le bras ; on s'est avancés vers la grande cloche et l'estrade, et quand je me suis arrêté juste derrière lui, il s'est tourné vers moi.

Qu'est-ce que tu fous putain ? Viens ici.

J'ai commencé à dire un truc, mais je me suis arrêté. Je l'ai rejoint.

Vu que j'étais juste à côté de lui, j'ai réalisé à quel point sa taille avait diminué. Mon père avait rétréci. Eiju était fébrile désormais.

Tu sais comment faut faire. Je lui ai répondu que non.

Avant tu savais, Eiju a continué. Avant t'adorais venir au sanctuaire.

Il m'a montré les différentes étapes : on s'est lavé les mains, et puis on a déposé notre offrande.

On s'est prosternés deux fois.

On a frappé des mains deux fois.

On s'est de nouveau prosternés.

Et maintenant, tu fais un vœu et tu vas sonner la cloche.

Pourquoi on doit la sonner ?

Pour que les dieux t'entendent, Eiju a répondu. Il est allé la sonner, tout en évitant soigneusement mon regard.

Il s'est mis de côté pendant que je saisissais la corde.

Du coup, je l'ai sonnée.

Quand j'ai réfléchi à un vœu, c'est devenu tout blanc dans ma tête.

Mais je l'ai quand même sonnée, encore et encore et encore.

Certains soirs, Kunihiko restait dormir sur un tatami qu'on avait posé devant la porte, et certains soirs il rentrait chez lui. Eiju disait que Kunihiko venait réaliser ses fantasmes. Quand le gamin a entendu ça pour la première fois, il est devenu rouge de honte, comme s'il allait jamais s'en remettre, mais il a quand même pas nié.

À présent, les lumières au-dessus de nous étaient éteintes. Des ronflements nous parvenaient de la chambre d'Eiju. Kunihiko et moi on était allongés tête contre tête, les bras croisés.

Mike. Alors j'ai levé les yeux.

Ça va bien se passer, Kunihiko a continué. Vraiment.

Ouais. Tu fais du super boulot.

Mike.

Vraiment. Tu gères la situation super bien.

C'est pas ça dont je parle, Kunihiko a dit.

Le lendemain matin, on a pris des œufs et du riz. Kunihiko et moi on a cuisiné l'un à côté de l'autre. Ensuite, Eiju m'a fait un signe de la tête quand Kunihiko est allé se planquer dans la salle de bains.

Il est débile ce garçon.

Mais tu devrais quand même l'écouter, il a ajouté.

Ensuite, Eiju a lâché un rot explosif, monstrueux, qui a fait trembler tout le salon.

Il est resté complètement stoïque. Je me suis mis à rire, et lui aussi, alors Kunihiko est sorti de la salle de bains à toute vitesse en demandant ce qui s'était passé, s'il était arrivé un truc grave.

Quelque temps plus tard, Kunihiko et moi on était assis par terre en face d'Eiju quand il a demandé au gamin s'il comptait se marier un jour.

Kunihiko m'a regardé. J'ai haussé les épaules.

Avant même qu'il puisse répondre, Eiju a dit, Moi c'était pas dans mes plans.

C'est la mère de Mike qui m'a fait changer d'avis.

Je dis pas que t'es obligé, ni même que tu devrais.

C'est valable pour tous les deux. Y a des gens là-dehors qui vous feront changer d'avis.

Kunihiko a fini par s'endormir. Eiju et moi on est restés à côté de lui à regarder sa poitrine se soulever puis retomber. De temps en temps, le gamin frissonnait de la tête aux pieds, mais il a jamais ouvert les yeux pour autant. Son corps replongeait directement dans le silence.

Quelques instants plus tard, Eiju a dit, J'ai eu peur.

Je croyais qu'il s'était endormi lui aussi.

C'est pour ça, il a ajouté.

Pour ça que quoi ?

Tu sais très bien, Eiju a répondu.

J'ai eu peur. Du coup je me suis enfui. C'est pour ça que je suis rentré à la maison.

J'ai observé les mouvements de ses orteils. J'ai fixé ses cuisses.

T'aurais pu me le dire plus tôt.

Jamais t'aurais pu comprendre. Moi-même je me comprenais pas. Et t'étais tout bébé.

Un adolescent, c'est plus un bébé.

T'étais tout bébé.

T'aurais pu essayer.

Non. On s'est dit que je ferais mieux de pas tenter le coup.

On, j'ai demandé.

C'était l'idée de Mitsuko.

De vous deux.

Et elle a eu raison. Comme d'habitude.

On s'est dit qu'on saurait quand t'expliquer, Eiju a ajouté. Qu'on saurait quand le moment de t'en parler serait arrivé.

Sauf que ça s'est jamais passé.

Je suis en train de t'en parler là, Eiju a répondu en me regardant droit dans les yeux. Le moment, c'est maintenant.

*

Et puis y a eu cette nuit où on s'est retrouvés tous les trois sur la jetée à San Francisco. On y était enfin arrivés. Ma, Eiju et moi on avait pas les moyens de faire quoi que ce soit à part se balader, donc c'est ce qu'on a fait ; Eiju a fouillé dans ses poches pour trouver de quoi nous payer trois hot-dogs. Quand il s'est rendu compte qu'il lui manquait de l'argent, mon père nous a dit de l'attendre, il retournait à la voiture. Je me suis mis derrière ma mère qui souriait au vendeur, un petit Blanc. Il lui a pas rendu son sourire.

Au retour d'Eiju, le petit Blanc lui a dit qu'il lui manquait encore dix centimes ; il a alors rendu toute sa monnaie à Eiju en la balançant sur le comptoir en bois.

On m'a raconté qu'au Japon mon père était plutôt du genre à se battre. Qu'il foutait des coups pour un rien, qu'il levait son poing au moindre énervement.

Ce jour-là, Eiju s'est contenté de sourire. Il a récupéré sa monnaie et ses deux hot-dogs.

Ma et moi on a marché derrière lui. Elle m'a lancé un regard pour que surtout je ferme bien ma gueule. C'est ce que j'ai fait. On s'est posés sur un banc sur la jetée, ma mère a pris une bouchée d'un des hot-dogs, et moi une de l'autre.

Quand Ma a proposé à Eiju de goûter le sien, il a secoué la tête, en mode même pas en rêve.

Quand je lui ai tendu le mien, je m'attendais à la même réponse. Il m'a regardé droit dans les yeux.

Et il a ouvert grand la bouche pour prendre une énorme bouchée ; il a failli engloutir le hot-dog d'un coup, et ma main au passage.

*

Et puis, et puis, et puis.

Un soir, je me suis levé pour aller pisser, et j'ai entendu le silence.

Évidemment, on savait que ça allait arriver.
Je savais que ça allait arriver.
Et il savait que ça allait arriver.

Donc, c'est arrivé.

Kunihiko était pas là quand je l'ai trouvé, mais il a été la première personne que j'aie appelée.

Et puis j'ai appelé Taro.

Et puis je me suis assis près de mon père.

On peut pas vraiment dire qu'il était froid. Il était parti dans son sommeil. Je savais pas que les gens faisaient ça pour de vrai, que ça arrivait vraiment à certaines personnes.

Avant l'arrivée de Taro, j'ai appelé Ma. Je suis sorti pour lui téléphoner. Un grand rayon de soleil éclairait le balcon. Des gosses jouaient au ballon dans la rue. C'était sans doute la fin d'après-midi à Houston.

Quand ma mère a décroché, je l'ai presque senti sourire à l'autre bout du fil, et je me suis dit que tout allait bien se passer, qu'on trouverait sans doute une solution, alors j'ai failli pas lui parler de la mort de mon père, la garder pour moi, ça faisait si longtemps que j'avais pas perçu l'espoir dans sa voix.

Mais ensuite, j'ai pensé à Eiju.

À la promesse.

Ma a pas crié. Sa respiration s'est interrompue quelques secondes. Puis elle a recommencé à me parler normalement, en contrôlant son intonation.

Elle m'a demandé si j'allais bien, alors je lui ai répondu que oui.

Elle m'a demandé où on était, alors je lui ai répondu que c'était arrivé dans l'appartement, pendant qu'on dormait tous les deux.

Bien, elle a dit.

Bien, j'ai dit.

Ça aurait pu être bien pire, Ma a ajouté.

J'ai ouvert la bouche, mais c'est un son asséché qui en est sorti.

Écoute, reste avec lui. Pas besoin d'appeler qui que ce soit. Appelle quelqu'un si t'as besoin d'aide, je m'occupe du reste. Le plus important, c'est de rester avec lui, tant que tu peux.

Ce moment se représentera plus jamais, elle a poursuivi. Tu m'entends ? C'est la dernière fois que cette occasion s'offre à toi, si tu la saisis pas tu te demanderas pourquoi tu pensais à tellement d'autres trucs. Je te le dis parce que je sais. Tu comprends ?

Je comprends.

T'es sûr ? elle a demandé en japonais. Michael ?

Je suis sûr, j'ai répondu en japonais. Ça va.

Bien. Je m'occupe du reste.

Quand ma mère a raccroché, j'ai fixé mon père du regard.

Je me suis étendu près de lui, avant de poser la main sur son torse.

Il avait un bras relâché, alors je l'ai mis sur le mien. Je suis resté allongé comme ça, dans les bras de mon père, dix bonnes minutes, quinze peut-être, jusqu'à ce qu'on vienne frapper à la porte en hurlant pour que j'aille ouvrir.

*

Ma s'est occupée de tout ce qu'elle pouvait faire de chez elle. Elle a prévenu sa famille, sa sœur, et le reste de la famille du côté de cette sœur. Taro a géré le côté administratif. Mais il s'est trouvé qu'Eiju, le prince du chaos, avait déjà tout prévu.

Il avait prévu l'endroit où il souhaitait être incinéré, et ce qu'il voulait qu'on fasse de ses cendres ensuite. Un tiers pour sa famille à Kyushu. Un tiers éparpillé dans Osaka. Un tiers pour son fils, s'il en voulait bien, et sinon, on pouvait décider ce qu'on voulait.

Tout était pris en charge. Tout ce qu'il me restait à faire, c'était d'accepter la situation.

Kunihiko a géré le bar. Il a même pas demandé.

T'as juste à me dire quand tu te sens de reprendre. Je serai là.

Ouais, j'ai répondu.

Va à ton rythme, il a ajouté. Prends le temps qu'il faut.

Ouais.

Taro m'a aidé à remplir tous les papiers et à faire toutes les tâches administratives. Natsue m'a aidé pour tout le reste. Elle m'a dit qu'elle voulait pas voir le corps, qu'elle en ressentait pas le besoin. Elle connaissait pas assez bien Eiju.

J'avais pas besoin de céder le bar pendant six mois, comme il me l'avait expliqué. Le loyer était déjà payé jusque-là. Ensuite, je pourrais décider de renouveler le bail, ou bien de le rompre.

Natsue m'a dit, Dans les deux cas tu vas te faire de l'argent.

C'est pas le plus important.

Natsue était suffisamment polie pour pas répondre directement. Elle a quand même fini par le faire.

Évidemment que c'est important. Il est parti. Mais toi, t'es toujours là.

*

Eiju voulait pas d'une cérémonie au temple, aucune merde de ce genre, du coup y a pas eu de cérémonie. Il a explicitement dit qu'il voulait que tout continue comme d'habitude.

Y a eu un truc d'organisé au bar, c'est Kunihiko qui s'en est occupé, mais je lui ai dit que je viendrais pas, qu'il fallait pas compter sur ma venue, et j'ai tenu parole.

Cette nuit-là a été la première que je passais seul à l'appartement. Tan s'est pointé avec un sac rempli de bouffe achetée à l'épicerie du coin.

Quand je lui ai demandé comment il avait fait pour me trouver, il m'a dit que Kunihiko lui avait donné l'adresse.

On a mangé du karaage et du riz sur le canapé, on a bu de la bière, et on s'est pas beaucoup parlé. Quand je lui ai demandé des nouvelles de sa mère, Tan m'a répondu qu'elle allait bien. Il m'a parlé de son job. Il m'a parlé de la météo. Il m'a parlé, encore et encore, pour combler le vide, mais il m'a pas demandé ce que j'avais comme plans, où je comptais aller, ce que je comptais faire, alors, quand Tan s'est arrêté de parler, je lui ai dit, Je vais partir quelque temps.

Tan a répondu, OK.

Avant de s'en aller, il m'a mis la main sur le visage pour le griffer doucement.

Il m'a dit, On se revoit vite.

Ouais.

Ouais ? Tan a demandé.

Je crois bien. Oui.

OK.

OK.

J'ai acheté mon billet d'avion.

J'ai appelé ma mère.

J'ai écrit à Ben.

Je me suis assis dans l'appartement d'Eiju. J'ai respiré autant de lui que possible. Je l'ai gardé en moi en essayant de pas relâcher d'air, en essayant de pas le mettre à nouveau dehors. C'était le deuxième départ de mon père. Mon père avait essayé de rester. Mon père avait pas essayé de rester. C'était pas sa faute. C'était sa faute. Mon père allait pas revenir. Mon père allait pas revenir.

*

Quelques jours plus tôt, j'avais fouillé dans la commode de sa chambre. J'y cherchais de la monnaie qui traînait, un stylo, des trucs du style, histoire de passer au crible toutes les merdes accumulées par mon père au cours des années vécues dans cet appartement. Il avait pas foutu les pieds dans cette chambre depuis au moins une semaine, vu qu'à la fin il arrivait plus à se lever du canapé du salon. Je lui avais apporté toutes ses fringues pour lui faciliter la vie. Je les avais bien pliées, en les posant pour qu'il puisse les atteindre. Je m'asseyais au pied de la baignoire quand il se lavait, je me bouchais les oreilles quand il pleurait. Et c'est dans un tiroir que j'ai trouvé une photo de nous deux.

Le sweat que je porte est largement trop grand pour moi. Mon père a encore une masse de cheveux sur la tête, à tel point qu'ils lui tombent jusqu'aux épaules. Son sourire est beaucoup trop grand pour son visage, il a les mains sous mes aisselles, et moi je suis assis sur ses genoux, devant l'océan, la jetée et tout le pays. Je sais pas si je souris parce qu'on me l'a demandé, ou parce que j'étais vraiment heureux, mais l'expression de mon père laisse aucune place au doute.

Ma a dû prendre cette photo quand on était à Cali. J'ai pas de souvenir de ce moment. Enfin j'imagine que tout le truc est là : nos souvenirs nous suivent partout, et ceux qui restent sont ceux qui nous ont marqués ; c'est comme ça qu'on construit notre vie.

Je vais prendre cette photo avec moi.

Je vais dire que c'est ça qui s'est passé.

C'est tout ce qui me restera au moment d'entrer dans l'avion.

Et quand j'atterrirai sur le tarmac, quand mes pieds toucheront la terre ferme, sans que j'arrive à y croire, sans que je parvienne même à le concevoir, jusqu'à ma mort, je ramènerai mon père à la maison, je le ramènerai chez moi, il m'accompagnera où que j'aille putain, où que j'aille.

BENSON

1

Mike a défait ses valises, et il est directement allé dormir toute la nuit, puis toute la journée, ce qui nous a forcés, Mitsuko et moi, à marcher sans faire de bruit quand on se déplaçait dans l'appartement. Comme si on avait signé une espèce d'accord tacite qui consistait à laisser l'ours hiberner. À rattraper le temps perdu pendant qu'il se reposait. À faire comme si le problème dont il était à l'origine existait pas, même s'il en était évidemment pas vraiment à l'origine, et maintenant je me retrouve à retourner au boulot en l'ayant à peine vu.

Les gosses foutent de la boue partout sur le tapis. Ils attendent les vacances de printemps avec impatience. Ils sont super nerveux. Barry et moi on s'avachit sur le comptoir pour regarder Ethan et Xu qui se donnent tour à tour de petits coups sur le nez.

T'as eu des nouvelles de notre star du moment ? Barry me demande.

Nan.

Ximena est partie à Amsterdam pour rejoindre la famille de Noah. Elle a bien insisté, avec véhémence, sur le fait que c'était en aucun cas leur lune de miel, qui pouvait uniquement se passer à Oaxaca, avec sa famille à elle.

Y a rien de super étonnant, mec. Évidemment qu'elle allait nous laisser seuls avec les gosses.

Elle vient de se marier. Franchement, mec.

Et c'est super cool. Mais quand moi on m'a passé la bague au doigt, je me suis quand même pointé au boulot ensuite.

Je réponds rien. Barry se contente de sourire, tout satisfait de son argument.

Margaret se joint à la petite bagarre d'Ethan et Xu ; je lève les yeux pour voir ce que trafique Ahmad, qui est en train de colorier des mots croisés sur le tapis.

Je finis par lui demander pourquoi il fait ça. Le gamin lève même pas la tête. Alors je me mets à quatre pattes, au niveau de son regard, ce qui décide Ahmad à rouler sur le côté.

Tu sais que les petites cases sont faites pour y écrire des lettres, pas vrai ?

Pas toujours, Ahmad répond.

OK, disons dans la très grande majorité des cas.

Pas vrai, il réplique en soupirant, avant de passer sur le ventre et ainsi mettre fin à notre conversation.

Faut juste les remplir, c'est tout, il ajoute en reprenant ses gribouillages.

De retour à l'appartement, je tombe sur Mike au salon.

Il est assis avec sa mère. Mitsuko est en train de faire je sais pas quoi sur sa tablette. Une urne est posée entre eux, elle a pas bougé depuis deux jours, et j'ai pas demandé ce qu'y avait dedans, je connais déjà la réponse.

Ils sont en plein dans des questions d'organisation. Mitsuko est complètement décoiffée. Mais sa posture est parfaitement maîtrisée. Son fils et elle pourraient pas être plus différents l'un de l'autre, et pourtant ils ont l'air complètement identiques. Quelques heures auparavant, Mitsuko a réservé son billet pour Tokyo, en choisissant un siège près d'une sortie de secours. Elle a décidé qu'il était temps de partir, et Mike a pas dit non.

J'imagine que jamais un meilleur moment se présentera pour le lui dire.

Eh, je lui fais, T'as une minute ?

Quand Mike lève la tête, je remarque un truc nouveau sur son visage, caché sous le grand sourire qu'il affiche constamment depuis qu'il a atterri. C'est évident qu'il se force, je me demande juste si je suis le seul à m'en rendre compte. On a passé trop de temps ensemble pour que je le remarque pas, d'autant plus qu'en réalité, sous son sourire, il a l'air complètement épuisé. Mais si Mitsuko le voit, elle le montre pas.

Ma ?

Mitsuko cligne à peine des yeux. Tout au plus, elle se lèche le doigt pour taper sur sa tablette.

Non, on a du travail.

Juste une seconde, je lui dis.

Ma.

Vraiment ? Mitsuko répond. Là, maintenant ? Avec tout ce qui se passe ?

Elle enchaîne en disant un truc en japonais à Mike, ensuite elle accepte de me regarder, du coup tout ce que j'arrive à faire c'est sourire.

Qu'est-ce qu'y a, Ben ? Mike me demande.

Vous savez quoi, ça peut encore attendre un peu.

Il va falloir, Mitsuko réplique, en enlevant ses lunettes avant de se tourner vers moi.

Ma, et quand sa mère pousse un petit grognement, Mike ajoute, Laisse-le parler. On est une famille maintenant. Vous avez eu le temps d'apprendre à vous connaître.

Toute l'intensité de la perte que Mike ressent s'entend dans sa voix. Dans chaque syllabe.

Mitsuko repose sa tablette, l'écran contre la table. Elle me regarde moi, puis Mike.

Les garçons, j'ai pas posé la moindre question. J'ai tout accepté. Quand Michael est parti, j'ai rien dit. Je suis restée dans le même appartement qu'un jeune homme que j'avais jamais vu, pendant une période indéterminée, et j'ai quand même rien dit. Et là, plus que jamais, vous me demandez d'attendre. Non.

Là c'est vous qui pouvez attendre, Mitsuko continue. Juste cette fois. Ça va pas vous tuer. Michael est revenu. Tu vas bientôt l'avoir de nouveau rien que pour toi, et tu pourras lui raconter tout ce que tu veux, aussi longtemps que tu veux. Mais là, tout de suite, on a des trucs à régler. Là, tout de suite, on est occupés.

À ces mots, Mitsuko reprend sa tablette.
Je regarde Mike. Il se pince les lèvres.
Je finis par dire, D'accord.
Et puis je referme la porte derrière moi.
Mais pas assez vite pour ne pas entendre Mitsuko grogner plaintivement un *Mon Dieu* bien audible.

Dans n'importe quelle autre situation, j'aurais immédiatement envoyé un message à Ximena, sauf qu'elle a jamais pris de forfait pour l'international, donc j'ai pas envie de me faire baiser à devoir payer une facture d'un milliard de dollars.

J'écrirais bien à Mike, mais il est en plein cœur du soleil là.

J'écrirais bien à Omar, mais il se trouve à l'autre bout de la galaxie.

Du coup, j'envoie un message à ma sœur.

Le printemps à Houston, c'est surtout des trottoirs brûlants et des couples ivres de soleil. C'est de l'herbe calcinée et des orages de mi-journée. C'est ni le début ni la fin de quoi que ce soit, c'est juste une espèce d'entre-deux qui dure au milieu des embouteillages interminables de l'I-45.

Mike a beau être de retour, je continue à prendre sa voiture. Je conduis jusqu'au parc situé à quelques pâtés de maisons, je m'assieds au calme, là où je peux enfin m'entendre penser. Tout le monde s'installe pour l'arrivée du soleil. Les habitants du Third Ward se détendent sur leur perron, un éventail à la main, à moitié en train de surveiller leurs gosses. Les filles des voisins balancent de l'herbe à un chaton, qu'elles essaient d'attirer vers elles en lui parlant en espagnol. Pour une fois il fait pratiquement pas humide, ce qui arrive que quelques jours par an, mais quand tout le monde est dehors et que le temps redevient clément, le coin ressemble un peu moins à une expo sur la gentrification et un peu plus à un vrai putain de quartier.

La voiture de Lydia finit par s'approcher tranquillement de la mienne. Elle en sort en short et sweat-shirt, tout en tirant sur sa cigarette électronique. On se dirige vers les balançoires en traînant des pieds, et une fois posés on fume, au milieu du cliquetis des chaînes.

T'as intérêt à tout me raconter. C'est quoi ce délire de me faire venir jusqu'ici.

C'est pas si loin que ça.

T'aurais pu te bouger toi.

J'aurais pu. Mike est revenu.

L'info suffit à la faire siffler. Elle s'appuie contre sa balançoire, puis elle me tend la cigarette.

Et c'est une bonne nouvelle ?

C'est une nouvelle.

Désolée, frérot.

Pas la peine.

Je sais. Mais je suis quand même désolée.

Je demande à Lydia comment elle se sent, elle me répond en haussant les épaules. Elle vit avec notre père trois jours par semaine. Sur les photos qu'elle m'envoie parfois, il a l'air d'aller horriblement mal. Au moins il est là, et elle est à ses côtés.

Je lui dis qu'ils sont mignons, elle pousse un petit rire moqueur.

Y a rien de mignon à vivre avec un putain de vieillard.

Ça me dérangerait pas. Si j'en trouvais un qui veuille bien m'héberger.

T'as déjà un jeune homme plutôt mignon.

Pas si sûr. Ça risque de changer.

Lydia me regarde. Elle se tourne vers moi en croisant les jambes.

Tout finit par changer. Le changement a rien de bon ou mauvais. C'est juste le changement, rien de plus.

C'est censé me remonter le moral ?

C'est censé rien faire du tout. Je balance juste ça comme ça.

Y a rien de mal à avancer dans la vie, pas vrai ? C'est un truc comme un autre. Ça arrive à tout le monde. Que t'en aies envie ou non. Et t'en as envie ?

Je sais pas.

Évidemment, Lydia répond. Si jamais ça peut aider, je l'aime bien Mike. Mais toi je t'aime bien plus.

Merci, grande sœur.

Pas de quoi, petit frère.

Lydia me prend par l'épaule, qu'elle masse doucement. Un nuage nous passe juste au-dessus de la tête, ce qui nous protège un peu de la chaleur étouffante. J'explique à ma sœur que, dans le pire des cas, j'aurai peut-être besoin de dormir à la maison quelque temps, alors elle se tourne vers moi, les sourcils froncés, et puis elle laisse échapper toute la fumée qu'elle avait en bouche tellement ce que je viens de dire la fait marrer.

Aucun souci, elle dit avec un grand sourire. Mais je dors déjà dans ta chambre.

De retour à l'appartement, je trouve Mitsuko endormie sur le canapé. Il reste de la vaisselle dans l'évier, que Mike est train de laver, tout doucement. Avant que je puisse parler, il pose un doigt sur ses lèvres, il s'essuie la main, et il me fait signe de le suivre dans la chambre.

On a à peine refermé la porte qu'il m'a déjà pris dans les bras.

Ma première réaction est de sursauter.

Et puis je comprends qu'il veut juste me serrer contre lui.

Tout ce que Mike est en train de faire, c'est me serrer contre lui.

J'ouvre la bouche, mais il me fait chut.

On va régler tout ça, il dit. On va trouver une solution.

Par contre, Mike continue, viens on reste comme ça encore une minute, s'il te plaît ; je me souviens pas de la dernière fois où je l'ai entendu employer ce mot.

Je plonge la tête contre son épaule. Mike ferme les yeux. Ça me fait trembler.

À mon réveil, il est minuit passé depuis longtemps. Y a pas un bruit au salon. J'imagine que Mitsuko dort profondément ; Mike, lui, est en train d'écrire un truc sur son téléphone, et j'arrive pas à savoir s'il me voit ou pas.

Je lui demande de me passer un oreiller. Je lui dis que je préfère dormir par terre.

Là tu joues au con putain, Mike me répond, tout en me tirant sur son ventre.

On reste allongés comme ça un moment, à juste sentir la respiration de l'autre.

Donc t'étais à Osaka.

Ouais. Mais je suis revenu maintenant.

Et ton père. Je regrette mes mots à l'instant où ils quittent ma bouche ; Mike se contente de se gratter l'arête du nez.

Je lui passe la main dans les cheveux. Mike relâche les épaules.

Je lui dis, Je fréquente quelqu'un d'autre.

Je sais pas trop à quoi m'attendre, mais je me prépare à tout.

Mike cligne une première fois des yeux, puis une deuxième.

Genre fréquenter fréquenter ? Ou c'est juste que vous baisez ensemble ?

Je sais pas.

OK, Mike répond, en relâchant un peu plus son corps.

Dans ce cas, moi aussi j'ai rencontré quelqu'un d'autre.

Il me regarde droit dans les yeux en me l'annonçant.

Bizarrement, ça me fait rien.

C'est rien de sérieux, il précise.

Ah d'accord.

On vient de se rencontrer.

Mais c'est suffisamment sérieux pour que tu ressentes le besoin d'en parler.

À ces mots, Mike se lèche les lèvres. Il évalue ce qu'il s'apprête à dire en se passant la langue sur les dents.

Il s'appelle Tan. Et toi, il s'appelle comment ton mec ?

C'est pas mon mec.

D'accord. Ta personne.

Cette conversation n'a pas de sens.

Peut-être. Parle-moi de lui quand même.

Je préfère pas.

Y a quelques instants t'étais prêt à me raconter.

Arrête ça.

Il s'appelle Omar.

Omar, c'est un joli nom.

Fais pas ton connard.

Je suis sincère. C'est vraiment un joli nom.

D'accord.

Tu l'aimes bien ?

Non.

Et puis j'ajoute, Peut-être que si.

Enfin, je sais pas trop. Je sais pas trop quelle est notre situation.

Je suis toujours allongé, la main dans les cheveux de Mike. Il continue à me laisser faire.

J'imagine qu'on a laissé notre situation à nous en suspens, Mike réplique.

Non. C'est toi qui es parti.

Je suis parti.

Le chauffage est en galère, on entend tous ses muscles se contracter. Un éternuement nous parvient du salon. Aucun de nous deux réagit.

Je vais peut-être repartir.

Tu déconnes.

Non. Une surprise pour une surprise. Maintenant on est quittes.

Ça a absolument rien à voir.

Ben, mon père est mort.

Il est parti, Mike continue. C'est comme ça. Mais il m'a laissé un truc. Et je crois que je ferais mieux de le prendre, au moins quelque temps.

Un truc.

Un commerce. C'est un peu compliqué.

Un commerce, je répète.

Ouais.

On plie tous les deux les orteils. Ils se frôlent par accident.

Et si je comprends bien, t'es même pas sûr que ce truc va te plaire.

Non, j'en sais rien. Et franchement, si ça se trouve je vais le détester. Peut-être que je le déteste déjà. Je crois que j'ai surtout envie de tenter le coup.

Nos voisins ferment leur porte en la claquant, mais ça nous fait pas sursauter. Des bribes d'espagnol nous parviennent par la fenêtre, suivies d'éclats de rire et de bouteilles qui s'entrechoquent.

En tout cas, j'ai pas les moyens de payer cet appart tout seul.

Si tu gagnais ce genre de sommes, Mike répond, la conversation serait très différente.

Arrête de raconter des conneries ; Mike pose alors le menton sur mon épaule.

On reste comme ça, en silence, cinq minutes.

Qui en deviennent dix.

Du coup tu vas même pas me proposer de partir avec moi.

Je le dévisage.

Au Japon ?

Tu sais très bien où.

Je le regarde droit dans les yeux. Il a abandonné son sourire. Je vois pas où est la blague.

Je lui dis, T'es en train de me demander de venir avec toi ?

Mike répond, Ça te ferait changer d'avis ?

Qu'est-ce que j'irais foutre au Japon, putain ?

Tu trouverais un truc. Comme n'importe qui d'autre. Plein de gens l'ont fait avant toi.

Pas des gens comme moi.

Parce que t'es noir ?

Parce que j'ai une vie ici, Michael.

Tu dis ça comme si moi j'en avais pas. Comme si j'avais pas toute ma famille ici. Et tous les gens qui comptent pour moi, putain. Comme si c'était pas aussi ma vie.

T'as raison. Mais c'est différent.

C'est exactement la même chose, putain.

Non. Là-bas t'auras ta mère, et ton histoire de commerce. Moi j'aurais personne.

J'aurai que dalle. T'as passé plus de temps avec elle ces dernières semaines que moi ces dernières années.

En tout cas, je suis en train de perdre deux personnes. Les deux seules qui en ont un peu quelque chose à foutre de moi et de ma putain de vie. C'est ça ma situation, putain.

J'ai jamais vu Mike aussi tendu. Il prononce tout sur le même ton. Il fait craquer ses doigts contre son ventre, alors je pose mes mains dessus pour qu'il arrête.

Tu vas pas me perdre. Même si tu t'en vas. Ça changera rien.

Tout le monde dit ça.

Je suis pas tout le monde. Tu vas pas me perdre. C'est clair ?

OK.

Tu me crois ?

OK, Mike répond.

OK alors.

J'ajoute, Du coup.

Je continue, Tu crois vraiment que j'ai juste à partir avec toi ? Et qu'ensuite on va vivre heureux pour toujours ?

Mike me caresse la main. Il la masse, tout doucement, comme s'il voulait en enlever les plis.

Il finit par dire, Ça existe pas.

Ça pourrait.

Ça pourrait.

Je lui serre fort les doigts. Ils craquent comme de minuscules feux d'artifice.

Mais non, Mike reprend. Je crois pas.

Et voilà, juste comme ça, tout l'oxygène de mon corps l'abandonne d'un coup.

Je dis à Mike que je crois pas non plus.

Une fois que les mots ont quitté mes lèvres, j'ai l'impression qu'ils sont vrais.

Qu'est-ce qu'on fait alors, je lui dis. Tu sais. Jusqu'à ce que…

Jusqu'à ce que… ?

Jusqu'à ce que tu t'en ailles.

Je vais partir. Pas mourir.

Tu sais très bien ce que je veux dire.

Mike me montre l'appartement d'un grand geste des mains. Elles brillent, embrassant tout dans leur mouvement.

Le mieux c'est de terminer tout ça ensemble.

Vraiment ?

Vraiment.

Ensuite, Mike et moi on dit plus rien.

L'air chaud soufflé par le radiateur en devient agressif. On est en train de transpirer tous les deux sur son lit, alors que nos corps sont même pas en contact. Je prends la main de Mike dans la mienne, à nouveau ; il lui faut au moins une minute pour la serrer. Mais il finit par le faire. On cherche pas à enlacer nos doigts. On se tient l'un à l'autre, c'est tout putain.

Et puis.

Et puis.

Et puis tout doucement, d'un seul coup, je m'endors et, à mon réveil, il est 6 heures du matin.

Mike est en train de ronfler. Les bruits qu'il fait se mélangent aux murmures de sa mère, qui me parviennent par bouffées du salon. Elle parle au téléphone en japonais, chaleureusement, d'un ton décidé. Elle effectue de petites pauses de temps en temps, au cours desquelles je l'entends presque hocher la tête. En se bouchant légèrement les oreilles, on se rend compte que les deux bruits s'aspirent l'un l'autre en harmonie : Mitsuko et son fils s'élèvent tour à tour, comme s'ils dirigeaient ensemble un minuscule orchestre dont ils seraient les uniques musiciens.

2

Les fois où on s'est dit je t'aime se comptent sur les doigts d'une main. J'aurais même pas besoin de tous les utiliser.

La deuxième fois où c'est arrivé, on était en voiture. La circulation est progressivement devenue moins dense. On roulait entre deux SUV, je sais plus trop où on allait, on avait pas de destination précise en tête. À un moment, la voiture s'est mise à souffler de l'air chaud, puis très chaud, puis plus d'air du tout.

Quand j'ai voulu baisser la vitre, le bouton répondait plus.

Mike a tenté le coup de son côté, mais c'était bloqué aussi.

Génial, y a rien à faire du coup.

Je crois bien, Mike a répondu.

J'espère que c'est pas un signe, ou je sais pas quoi.

J'espère aussi.

Et puis il l'a dit.

On a continué le trajet en silence. On dégoulinait de sueur. La circulation empirait à chaque seconde.

Il s'est passé ce truc où t'entends les mots quitter la bouche de quelqu'un, puis rebondir entre tes deux oreilles, encore et encore, sans jamais sembler s'arrêter.

Le camion devant nous voulait pas avancer. Les vitres de la voiture de Mike voulaient pas s'ouvrir. Il est passé au point mort, il a incliné le dossier de son siège, et puis il a fermé les yeux.

La fois suivante, c'était pendant un repas banal au milieu de la nuit. J'avais faim, Mike était en train de ronfler au lit, et en cherchant à l'enjamber pour aller me préparer un truc à la cuisine, j'ai buté contre sa cuisse. Notre frigo était toujours rempli, ce qui présente aucun intérêt quand tu sais pas quoi faire des ingrédients qu'y a dedans. J'ai posé une poêle sur la plaque, j'ai cassé un œuf, et cinq minutes plus tard l'alarme incendie s'est déclenchée.

J'ai pas repéré que Mike était là jusqu'à ce qu'il commence à éventer la fumée qui s'échappait de derrière moi. Et puis, sans un mot, en silence, il a mis un wok sur la plaque. Il m'a préparé deux œufs, deux autres pour lui, et on les a mangés sur le comptoir tout en balançant nos jambes, qui cognaient contre le bois de la façade.

C'est sorti dans un souffle, entre deux bouchées, alors que l'alarme sonnait encore.

C'était beaucoup trop fort, mais il a fait attention à bien prononcer chaque syllabe.

La quatrième fois, il était en train de m'enculer. Il l'a dit juste avant de jouir.

3

Quelques heures plus tard, je suis réveillé par quelqu'un qui toque à la porte. En me levant, je vois que Mike est plus à côté de moi. Il répond pas quand je l'appelle.

Tout à coup, je sens un putain de frisson m'envahir.

J'ai reçu un message d'Omar. Juste un émoji qui sourit.

Y en a un autre, de Mike cette fois : il est parti se balader avec Mitsuko. Ils rentrent dans pas longtemps.

Et puis j'ai un appel manqué de ma sœur, un autre appel manqué, et encore un troisième.

Avec un message : Prépare-toi, j'arrive.

Quand Lydia a quitté la maison, je vivais encore avec mon père, je suis allé passer la nuit chez elle à Sul Ross. On a pris une bière au Shell et on s'est bourré la gueule sur le parking, avant de galérer à rentrer jusqu'à son appartement. On est passés devant des ados qui jouaient au foot dans le parc en se parlant en espagnol, on s'est assis dans l'herbe pour les regarder et, à un moment, celui qui se sentait le plus à l'aise du groupe s'est avancé vers Lydia.

Il lui a demandé son numéro, comme ça, directement.

Elle lui a demandé si elle pouvait rejoindre leur match.

J'ai dit à ma sœur que c'était pas super malin. Lydia m'a répondu que c'était pas mon problème. Au début les garçons l'ont plutôt laissée tranquille, mais au bout du deuxième but qu'elle a marqué, ils ont commencé à venir l'emmerder. Celui qui était venu draguer ma sœur lui a filé un coup de pied aux chevilles. Quand elle l'a fait tomber et qu'il s'est rattrapé sur les mains, il a craché par terre. Et puis elle leur a remis un but.

Après ça, Lydia lui a quand même filé son numéro. Il a soulevé le papier comme si c'était un trophée, en sautillant de joie devant ses potes. À la fin du match, le short de ma sœur était couvert de boue, pareil pour ses baskets, elle était encore un peu sonnée, mais elle affichait un sourire jusqu'aux oreilles.

Je crois que ce que j'essaie de dire c'est : Elle fait vraiment de son mieux.

Et puis ils sont arrivés devant la porte.

Ma sœur, mon père, ma mère.

Ma famille.

Lydia se gratte le nez, ma mère se pince les lèvres. Elle me demande si mes invités sont encore dans le coin.

On s'en tape, dit mon père. Il fait beaucoup trop humide, laisse-nous entrer.

La dernière fois qu'on s'était tous assis dans la même pièce, on vivait encore ensemble dans l'ancienne maison ; on mangeait un plat préparé par ma mère. Quelques jours plus tôt, elle nous avait annoncé qu'elle allait partir. Le dîner avait un goût de lot de consolation. Elle avait préparé des steaks hachés et des ackees. On en a tous pris une bouchée, en faisant notre maximum pour pas en tirer de plaisir, mais on s'est vite retrouvés à retourner trois ou quatre fois à la cuisine pour se resservir.

À un moment, on était là, tous les trois, un steak dans chaque main. On a attendu que quelqu'un d'autre vienne choper le dernier. Et la paume qui a fini par l'attraper était celle de ma mère, qui a carrément plongé la main dans le plat.

On l'a regardée mâcher tout doucement sa viande, et puis elle s'est levée, et elle est partie.

À présent, ma famille est assise sur le canapé, serrée comme des sardines.

Ma mère nous dit, Votre père veut nous annoncer quelque chose à tous.

C'est rien d'incroyable putain, mon père répond.

J'ai commencé à aller voir un psy, il dit. Surprise.

Ma mère sèche ses larmes. Mon père éternue. La faible lumière de l'appartement nous applique une espèce de filtre. On a tous l'air malades.

Je regarde mes parents en plissant les yeux, mais ils ont pas l'air de rigoler.

Quoi, mon père me fait.

Je réponds rien, alors ma mère ajoute, C'est vraiment une surprise.

Papa fait des efforts, Lydia dit. C'est bien.

Pas vrai, Benson ? ma mère demande.

C'est super. Merveilleux. Très bien.

Par contre, je continue, je comprends pas bien en quoi ça me concerne, putain. En quoi t'étais obligé de venir jusqu'ici pour me l'annoncer, putain ?

À ces mots, tout le monde se redresse de gêne. Mon père remue les orteils.

Vas-y, dis-leur, ma mère fait en donnant un petit coup d'encouragement à mon père.

Il a clairement pas envie de l'entendre, mon père répond.

Ça fait partie du processus. Tu te souviens ?

Je tire une tête bizarre, du coup mon père ajoute, Guillermo pense qu'il est important que je partage ce que je ressens.

Guillermo, je lui dis.

Le psy. Il dit que mes réussites sont les réussites de ma famille. Vos réussites sont mes réussites.

Et Guillermo a tout à fait raison, ma mère ajoute.

Même s'il arrive avec neuf ou dix ans de retard, Lydia dit.

Guillermo a surtout l'air d'un putain d'arnaqueur.

D'un coup, les trois me regardent. En réalité, ils étudient l'appartement. Ils y cherchent un truc qui pourrait les aider à me comprendre, des indices sur ma vie je pense ; sauf qu'y a rien à trouver.

Je saisis quand même pas pourquoi tu pouvais pas l'annoncer par texto.

Franchement, Lydia fait.

C'est vrai, putain. T'aurais pu juste nous appeler.

On a appelé.

De toute façon, ma mère poursuit, t'aurais jamais décroché.

La lumière de la pièce passe d'un bleu délavé à un rouge boueux. On a tous l'air un ton plus sombre. Ma mère croise les jambes.

On est venus ici pour découvrir ton monde, mon père dit.

T'avais surtout envie de mettre la pression sur le dos de quelqu'un d'autre.

Benson, Lydia lâche.

C'est la vérité. Il sait très bien que c'est vrai, lui. La situation se complique de ton côté, donc tu tentes de faire diversion.

T'es pas juste avec moi, mon père dit.

Tu sais rien faire d'autre, putain. Il te l'a déjà expliqué ça, Guillermo ?

Et toi tu vaux pas mieux, je lance à ma mère. Pourquoi t'en as quoi que ce soit à foutre ? T'as pas mieux à faire ailleurs ? C'est pas comme si y avait une famille tout entière qui attendait que tu t'occupes enfin d'eux.

Lydia me dit, Ben, fais pas ton connard.

Et toi, fais pas ta grosse complice, putain. Je suis là à tout me prendre dans la gueule, pendant que toi, tu fais quoi toi ? Tu restes calme ? Tu suis le mouvement ?

L'air qui me souffle dans les yeux me semble de plus en plus chaud. C'est un peu comme la gravité : je sais que je ferais mieux de ralentir, mais les mots sortent tout seuls.

Vous savez comment je me suis senti quand je vous ai annoncé que j'étais séropo et que vous avez pas ouvert la gueule ? Quand vous m'avez tous abandonné ? Quand vous m'avez envoyé me faire foutre comme une vieille merde en me laissant à la rue ? Et que j'ai dû gérer cette merde tout seul ? C'était le pire moment de ma vie. Je sais même pas comment vous le faire comprendre, putain. Et là vous vous pointez chez moi en espérant que je vais avoir un peu de compassion et accepter vos conneries de conversations à cœur ouvert ? Moi ?

Lydia et ma mère me dévisagent. Elles ont pas l'air énervées. Ni même épuisées, à vrai dire. Mon père, par contre, tire une tête bizarre, comme s'il avait un énorme secret sur le cœur. Ça lui échappe un peu, du coup il affiche un léger sourire.

Vas-y ! je lui hurle. Sors-le, putain !

Mon fils, mon père répond, je t'ai pas entendu parler autant depuis je sais pas combien de temps.

Ce Mike doit vraiment beaucoup te plaire, il continue.

T'as l'air d'un petit garçon qui vient de tomber amoureux.

Lydia étouffe un rire en se pinçant les lèvres. Ma mère se mord les joues. C'est comme si tous les quatre on était pris dans une spirale, comme si on avait déjà vécu ce moment au geste près. Mais avant que je puisse insulter mon père, avant que je puisse vraiment balancer tout ce que j'ai en moi, la porte s'ouvre et laisse apparaître Mike et sa mère, debout dans l'entrée.

Mitsuko parle la première.
Elle dit, Oh non, pas encore.

Ma mère leur dit, Bonjour.
Lydia dit, Salut Mike.
Mon père se contente de rester assis, le regard vide. Il laisse échapper un bruit de gorge.
Mitsuko se tient debout, les bras croisés, une sacoche à l'épaule. Elle porte des vêtements appartenant à Mike, un sweat-shirt SUPREME beaucoup trop large et un short de basket. Les deux sentent la cigarette, Mike est en débardeur, il tient des sacs de courses dans chaque main, son visage est totalement impassible, et je sais pas si c'est moi qui suis censé parler ou pas.
Et je sais pas ce que je pourrais bien dire.
Du coup je dis rien du tout.
Puis j'ouvre la bouche.
Et ce qui en sort c'est, Bon.
C'est le moment que Mitsuko choisit pour traverser la pièce. Elle s'assied sur le canapé en face de mes parents. Mon père écarquille les yeux, Mitsuko réagit pas, alors mon père lui dit, Ma fille m'a beaucoup parlé de vous.

Mitsuko répond, Votre réputation est plutôt horrible aussi.

J'entends Mike se diriger vers la cuisine pour y poser ses sacs ; il a clairement décidé de me laisser galérer tout seul. Mais quelques secondes plus tard, il revient au salon. Juste à côté de moi.

Il serre la main de ma mère avant de lui dire, Madame, c'est un plaisir de faire enfin votre connaissance.

Il se penche pour prendre Lydia dans ses bras, tout en lui chuchotant un truc à l'oreille.

Il se tient devant mon père ; il est un peu plus large et un peu plus petit que lui.

C'est alors que mon père, sans raison particulière, se lève pour lui faire face en le regardant de haut.

Mitsuko pousse un soupir. Lydia se met à rire. Ma mère se replie sur elle-même.

Et puis, de façon assez inexplicable, mon père lui tend la main.

Je suis le père de Ben.

Je sais, Mike répond.

Parfait.

Et je suis le petit copain de votre fils.

C'est ce qu'on m'a dit, mon père réplique.

Mon père ajoute alors, Ravi de te rencontrer, après quoi Mike retire sa main.

Mike nous regarde tous. Il me regarde moi.

Mike demande si on a faim. Il ajoute, J'étais sur le point de préparer le dîner.

4

Le cinquième Je t'aime est arrivé en plein milieu de la nuit. Je m'étais installé chez Mike. J'ai entendu qu'on frappait à la porte, c'était une sorte de salve de coups puissants et frénétiques, presque une supplication ; ça m'a réveillé le premier. J'ai secoué l'épaule de Mike jusqu'à ce qu'il pousse un petit gémissement en me tapant sur la main ; après ça, je lui ai pincé l'arête du nez.

Tu fous quoi, putain.

C'est à ce moment qu'il a aussi entendu les coups.

Mike s'est levé. Il s'est même pas fait chier à enfiler un t-shirt. Pendant qu'il avançait dans le couloir, je lui ai crié de laisser tomber, évidemment il m'a pas écouté, il a préféré allumer toutes les lumières de l'entrée et ouvrir les trois verrous de la porte à l'aide de son coude.

Ceux qui s'amusaient à exploser la porte étaient deux gamins de la fac au bout de la rue. La peau foncée, en sueur, et complètement défoncés.

À la vue de Mike, ils se sont mis à pouffer de rire. L'un d'eux lui a expliqué qu'ils étaient en train de cuisiner. Il leur manquait du beurre et du paprika, mais ils demandaient ça tout en se marrant à chaque phrase, complètement affalés l'un sur l'autre.

Mike leur a quand même filé une plaquette et un flacon d'épice, en leur conseillant de faire attention en rentrant chez eux.

Il est revenu au lit, en m'écrasant au passage, il m'a posé une main sur le ventre, et puis il m'a murmuré les mots à l'oreille.

La sixième fois, ça s'est passé à une soirée. Mike était venu à ma rescousse pour me sortir d'une conversation avec une mère de famille à moitié bourrée. J'avais bu mais j'étais encore lucide ; et ça lui a échappé, comme ça lui arrive par moments. Pour la première fois, je lui ai dit moi aussi.

5

À la cuisine, pendant que le reste de ma famille est installé au salon, Mike me dit qu'il aimerait rencontrer Omar. Je lui réponds pas, à la place je continue à jongler avec trois œufs, tout en faisant des va-et-vient devant la plaque de cuisson. Mike a déjà préparé une espèce de cocotte de riz au poulet accompagnée de tofu et de carottes, trois pavés de cabillaud recouverts d'oignons qu'il a mis à cuire à feu doux, et un petit bol de dashi posé à côté du reste. J'ai beau l'avoir vu cuisiner plein de fois, je me suis jamais arrêté juste pour le regarder faire ; il suit le même rythme que sa mère, jusque dans ses mouvements de pieds.

Je reste à côté de lui pour éplucher des pommes de terre et les mettre à bouillir, tout en faisant revenir des oignons et du porc dans une poêle à l'autre bout. Mike jette un premier coup d'œil dans ma direction, puis un deuxième. Quand je commence à ajouter les pommes de terre, il me demande ce que je suis en train de cuisiner, alors je lui réponds : des korokke de pommes de terre.

Il cligne une première fois des yeux.

Des korokke ?

Ouais.

Vraiment ? Des croquettes de pommes de terre ?

C'est ce que je viens de dire oui, je lui lance en continuant de remuer les ingrédients.

Mike ouvre la bouche pour la troisième fois, mais rien n'en sort. Il me tourne directement le dos.

Au début, Mike observe mes déplacements dans la cuisine ; il regarde tout ce que je prends, tout ce que je déplace, tout ce que je découpe. Il finit par me rejoindre, son corps proche du mien, attentif au moindre de mes mouvements. On a jamais cuisiné ensemble, mais à voir la façon dont on bouge dans la pièce, on aurait pu croire que ça faisait des années.

À certains moments, je sais très bien qu'il devrait me faire une remarque sur la façon dont je viens de couper un truc ou mélanger un autre, mais ça n'arrive pas. Mike se contente de me regarder, de s'occuper de ses plats à lui, en me complimentant sur les miens.

Il me pose la question pour Omar une deuxième, puis une troisième fois, avant que je lui réponde que je trouve ça déplacé et qu'y a aucune putain de chance que ça arrive ; c'est à cet instant-là qu'un premier œuf tombe par terre, suivi de deux autres.

Maintenant, c'est-à-dire une heure plus tard environ, nos deux familles s'asseyent à table pour dîner. On mange la cocotte, on boit la soupe. Mike, Lydia et moi on se pose à même le sol, pendant que mes parents viennent s'asseoir sur le canapé, à côté de Mitsuko, en jonglant entre leurs baguettes et leur cuiller. J'observe la mère de Mike qui prend une petite bouchée de croquette ; en me voyant, elle me fait un clin d'œil.

Dans l'ensemble, le repas est plutôt simple et consistant, j'aurais quand même pas pensé qu'il leur plairait. J'avais jamais vu mon père ne serait-ce que prendre une gorgée d'un bol de soupe à la tomate, et encore moins tenter un plat complètement inconnu.

Mais on est là, à mâcher en silence.

Tous les six, on mâche en silence.

Les seuls à parler sont Mike et Lydia. Ils se posent des questions, ils se marrent à des blagues de merde. Mike évoque pas du tout le sujet de son absence, ni celui de son père, mais il a pas de problème à dire des trucs à mon père, auxquels c'est Lydia qui répond, tout comme quand Lydia dit un truc à Mitsuko, c'est son fils qui répond à sa place. À un moment, Mike demande à ma mère comment va sa famille, son autre famille, et avant que j'arrive à lui envoyer un coup dans les couilles, elle répond que tout le monde va bien.

Ils sont heureux et en bonne santé.

Parfait.

Ils sont bien installés.

J'en suis ravi.

Tyler et Teju arrêtent pas de grandir.

Les enfants font souvent ce genre de choses, Mike affirme. Ben m'en parle tout le temps.

Ça va bientôt leur passer, je lui dis. Tout le monde finit par devenir adulte.

Toi non, Mitsuko lance à Mike.

Sauf que c'est bien là le problème, ma mère dit. T'as pas envie que ça s'arrête.

Même si tu sais très bien que ça va arriver. Finalement. Quoi que tu fasses. Du coup t'essaies de retarder ça le plus possible. Chaque parent cherche à jouer au magicien. On tente juste de gagner autant de temps que possible. Tout l'enjeu, c'est d'y arriver sans foutre ton gosse en l'air.

En disant ces mots, la voix de ma mère est enjouée. Mais pas son visage.

Je regarde Lydia, puis mon père. Ma sœur a les yeux fixés sur ma mère. Mon père se contente de s'arracher les poils du bras.

Tout ça est tellement futile, Mitsuko lâche en soupirant. La vie est comme ça, c'est tout.

Mais on se doit quand même d'essayer, ma mère répond.

Je serais pas prête à recommencer.

Moi non plus, ma mère approuve en riant. Je comprends même pas comment j'ai fait jusqu'ici.

Je suis certaine que vous faites de votre mieux.

Tout le monde fait de son mieux. Chacun doit s'en convaincre, du moins.

En tout cas, Mitsuko continue en me pointant du doigt, vous vous en êtes bien sortie avec celui-là.

Il a su s'occuper de moi.

J'ai pas rendu la vie facile à Benson, Mitsuko dit, mais il s'est jamais plaint.

Mon père se redresse. Ma mère fait une tête que j'ai pas vue depuis longtemps. Pour une fois, tout le monde dans la pièce se tourne vers moi.

Sauf Mike.

Il a de nouveau un regard plein de considération.

Enfin, il s'est jamais trop plaint. Juste ce qu'il fallait.

C'est le moins que Benson pouvait faire, ma mère répond. Croyez-moi.

Si seulement il faisait pareil pour moi, mon père ajoute.

Mais bon, qui l'aurait cru ? il demande. Deux bons garçons qui se trouvent enfin.

Mon père fait un signe de tête à Mike. Et, pour la toute première fois, mon compagnon, que j'ai jamais vu déstabilisé, devient complètement cramoisi.

Quelles étaient les chances, mon père continue.

Attends un peu, Lydia dit, c'est moi qui t'en ai parlé la première, putain.

Alors tout le monde pousse un petit grognement d'approbation.

Le ciel se fige dans une brume d'ambre. Je raccompagne ma famille à leurs voitures.

Ma mère me prend fort la main dans la sienne avant de filer dans son van.

On se revoit quand tu veux, mon père me lance en claquant la portière de la voiture de Lydia.

Lydia, elle, reste un peu à côté de moi dans le patio.

Elle me dit, On devrait faire ça plus souvent.

Je souris.

Je lui réponds, J'espère que ça t'a plu, parce que ça arrivera plus jamais.

Lydia se met à rire, jusqu'à ce qu'elle remarque ma tête ; alors son rire s'évanouit. Puis ses dents réapparaissent, doucement, accompagnées d'un sourire. Elle pose ses mains sur mes joues.

Elle me dit, Petit frère, c'est à croire que t'apprendras jamais.

Et maintenant : Mike et moi on est à la cuisine. Il fait la vaisselle, je donne des coups de pied contre le comptoir. Mitsuko est au salon en train de zapper. Ses ronflements finissent par l'emporter sur le bourdonnement de la télé.

T'as juste à lui poser la question, Mike dit. Pas la peine d'avoir peur.

La peur a rien à faire là-dedans. C'est putain de chelou, c'est tout.

Bah.

Tu veux vraiment qu'on se dispute là-dessus ?

Non. Donc va lui demander. Allez.

Je dis à Mike qu'il peut se toucher, du coup il se met à ronchonner.

Désolé.

Arrête d'être putain de désolé tout le temps, Mike répond, en frottant tellement fort les assiettes qu'il manque de les défoncer.

Vingt minutes plus tard, j'écris à Omar. Comme ça, sur un coup de tête. Le matin, il m'avait envoyé un truc, mais j'avais laissé son message en non lu.

Franchement, pour l'instant on était rien du tout. On avait rien décidé. On avait baisé, encore, chez lui, puis de nouveau après ça, et ensuite, quand on avait tous les deux joui pour la deuxième fois, j'ai demandé à Omar ce qu'il voulait, et Omar m'a répondu qu'il savait pas trop.

Mes doigts battaient la mesure sur son dos. On était dans le lit d'Omar. Je voyais pas son visage, je distinguais juste ses mains qui jouaient avec l'oreiller.

À toi de me dire, il a ajouté.

C'est moi qui t'ai posé la question.

Je sais. Mais je sais aussi que tu as, comment dire, certaines contraintes, alors que moi non.

C'est comme ça que tu parles de mon copain.

Désolé. Je lui ai attrapé la fesse.

T'en fais pas. C'est moi qui suis là. C'est moi qui complique les choses.

Voilà, c'est toi qui l'as dit. Pas moi.

Eh !

C'est toi qui l'as dit !

Bon, écoute, Omar a continué.

Il s'est retourné sur le matelas pour me faire face. On était nus, la douceur des draps contre la peau.

Ça peut devenir aussi sérieux que t'en as envie. Ou pas. Je suis pas en train de te dire qu'on va adopter un chiot demain, ou je sais pas quoi.

Je sais.

Parfait. On y va doucement. On avance comme tu veux.

Mais tu me plais, il a ajouté. Et je crois bien que tu pourrais continuer à me plaire. J'avais juste envie que tu le saches.

Du coup, on y allait tranquillement depuis ce moment.

Je fixe l'écran de mon téléphone, malgré moi, dans l'attente d'un message de sa part.

Quand Mike entre dans la chambre, il me lance, Ah, les amours naissantes, alors je lui dis d'aller se faire enculer.

T'es pas censé préparer tes affaires, toi ?

Arrête d'avoir l'air tellement content de me voir partir, il répond en souriant, mais qu'à moitié.

Mike s'assied par terre pour ranger ses vêtements. Ça fait des mois qu'on est pas restés dans une même pièce sans se parler. Je sais très bien que je suis censé lui demander pardon, lui déclarer mon affection et lui dire à quel point je l'apprécie, ou un truc du genre.

Mais je le fais pas.

Je sais pas trop pourquoi.

Et le moment passe.

Quelques heures plus tard, Omar me répond. Le message est plein d'émojis.

Il me dit : On va bien se marrer !!!! 😂😂😂😂

6

Le septième Je t'aime est sorti à l'issue d'une dispute, la dernière qu'on puisse qualifier de majeure avant le départ de Mike.

J'avais balancé une bougie contre le mur. Mike l'a ramassée pour me la renvoyer à la gueule. Il m'a poussé l'épaule, je lui ai attrapé le bras, ce qui nous a fait tomber par terre, où il s'est accroché à moi pendant que je lui foutais des claques. J'ai fini par arrêter de me tortiller dans tous les sens, Mike a arrêté de me serrer, je lui ai enlevé son t-shirt, et il m'a baissé le short. Il est descendu le long de mon corps, tout en m'agrippant les cheveux ; ensuite, on est restés allongés par terre, puant de transpiration, sans se parler, et puis on s'est endormis.

La première chose que j'ai vue en me réveillant, c'était Mike, voûté sur un balai, en train de nettoyer les restes de la bougie. Il portait juste un caleçon. Je l'ai regardé balayer en silence, le dos éclairé par la lune, et c'est à ce moment-là que j'ai su, du moins je crois, de façon absolument certaine, que notre histoire allait bientôt se terminer.

J'ai aussi compris que j'en avais pas envie.

Et que c'était légitime de pas en avoir envie.

Et que c'était peut-être légitime de pas tout arrêter maintenant.

Mais qu'il le fallait.

Sans doute.

C'est à ce moment-là que Mike a marché sur un éclat de verre. Il a poussé un cri aigu en sautillant de douleur.

Arrête ça, tu vas faire qu'aggraver les choses.

Tu déconnes putain, Mike a répondu.

Je lui ai dit de s'asseoir. On avait de la gaze à la salle de bains. Je lui ai nettoyé la plante du pied à l'alcool, avant d'aller chercher un couteau à la cuisine. J'ai pris le plus affûté que j'aie trouvé, Mike a écarquillé les yeux à sa vue. Je lui ai dit de se détendre, et Mike m'a répondu qu'il m'en voudrait pas si je le coupais.

Moi je m'en voudrais.

Quand mes mains tremblaient, je faisais des pauses. J'ai avancé la lame tout doucement, très progressivement. Ça nous a pris dix minutes, mais j'ai réussi à retirer le morceau de verre.

Ensuite, j'ai désinfecté le pied de Mike et je lui ai posé un bandage de gaze ; en relevant la tête, j'ai vu que mon compagnon s'était profondément endormi.

Je sais pas s'il m'a entendu quand je le lui ai dit, mais son corps s'est tendu, il s'est apaisé, et puis il s'est stabilisé.

7

Deux jours avant que Mitsuko quitte les États-Unis, je la trouve en train de rincer du riz à la cuisine. Elle hoche la tête pour me saluer, et puis elle continue à tamiser le contenu de la casserole de ses mains ; je vais m'asseoir sur un tabouret en face d'elle, pendant qu'elle se concentre sur ses mains.

Mike est parti en réunion avec ses collègues. Il m'a pas expliqué ce qu'il allait leur dire, mais je sais que ça va pas bien se passer.

Quand elle a fini de rincer le riz, Mitsuko pose la casserole sur la plaque. Elle garde les bras croisés et les yeux fixés au plafond.

Alors comme ça Mike rentre chez lui, je dis, avant que Mitsuko me regarde enfin.

Tu pourrais aussi dire qu'il part de chez lui.

Mais ça va vous plaire de l'avoir plus proche de vous, non ?

Je suis toujours contente de voir le fils que j'ai enfanté.

Aucun de nous bouge pendant quinze bonnes minutes. J'observe Mitsuko verser le riz de la casserole dans la poêle où elle a déjà cuit des œufs. Elle en a fait un petit tas à côté des patates douces, du cheddar, d'un radis, de l'ail, sur lesquels elle referme l'omelette pour qu'elle contienne tous les ingrédients. L'omurice continue à cuire à feu doux, jusqu'à ce qu'on voie se dessiner un semblant de repas.

Elle me demande, T'attendais autre chose peut-être ?

Non. Je m'en vais, là.

Mais t'as rien mangé, Mitsuko me répond en prenant un bol.

Elle le pose devant moi sur la table.

Impossible.

Possible. Il te reste plus beaucoup d'occasions d'en profiter.

Je pourrai toujours m'en préparer un tout seul.

Si tu le dis, Benson.

Je suis assis en face de Mitsuko, qui vient s'installer en face de moi.

Je suis désolé.

De quoi ?

Vous savez bien. C'est à ce moment-là que ça commence ; les larmes m'inondent les joues. Je comprends même pas d'où elles coulent, jusqu'à ce qu'elles quittent mon visage. Je tremble, d'abord un peu, puis beaucoup. La chaise sur laquelle je suis assis vacille tellement qu'on dirait qu'elle danse. Des sons quittent ma bouche, des bruits d'animaux que je reconnais même pas et, à mesure que j'essaie de les étouffer, ils se transforment en autre chose. J'ai les mains sur la table. Dix doigts qui forment deux poings. Mon pouce s'enfonce au creux de ma paume comme pour en faire jaillir du sang, alors la main de Mitsuko vient se poser sur la mienne, pour l'en faire sortir tout doucement.

Benson, regarde-moi.

Regarde-moi, me dit Mitsuko une seconde fois. Je me cache le visage dans les mains.

Je sais.

Vous savez rien, je lui dis.

Si. T'as rien fait de mal. Rien du tout.

C'est exactement ce que Mike dit que son père lui a raconté, je lui lance en séchant mes larmes.

J'imagine bien. C'est pile le genre de choses que mon mari aurait pu dire.

À un moment, les tremblements cessent. Ma respiration devient plus régulière. J'arrive de nouveau à croiser son regard ; et elle me regarde la regarder.

Elle prend sa cuiller pour étaler du ketchup sur son omelette.

Je finis aussi par attraper ma cuiller.

On mange.

Tu devrais aller parler à mon fils, Mitsuko me conseille en continuant de mâcher.

On en a déjà parlé.

Il a toujours été un peu spécial. Depuis tout petit. Il me racontait un truc, il commençait à s'y intéresser, et puis il passait à autre chose. Ou alors il se mettait à penser qu'à ça.

Mitsuko fixe son bol, tout en remuant les œufs avec sa cuiller. Elle reprend un peu de ketchup, tout doucement, elle en fait un petit tas sur le côté de son assiette, avant de le remettre sur sa cuiller pour l'étaler.

Quel âge t'avais quand t'as commencé à faire tes lacets tout seul ?

Quoi, je réponds en m'essuyant les yeux.

Tu m'as demandé de te raconter une histoire. T'avais quel âge ?

Je sais pas. Putain de merde. Six ans ?

Il a fallu onze ans à Michael. Il a fallu toutes ces années à mon fils pour sortir l'idée de sa tête et la mettre en pratique. Il s'en pensait pas capable, c'est tout. Les lacets lui tenaient pas en main. Je lui montrais comment faire, son père lui montrait comment faire, ensuite il essayait tout seul, mais en général il abandonnait. Presque quatre mille jours de sa vie. Il a porté des baskets à scratch jusqu'au collège.

J'ai observé Mitsuko jouer avec sa nourriture. Elle continuait d'éviter mon regard.

Il s'est passé quoi du coup.

Ce qui se passe toujours avec mon fils, Mitsuko a répliqué dans un léger sourire. Il a compris par lui-même. À un moment il s'est décidé à y arriver, et donc il y est arrivé. Tout comme mon fils a considéré qu'il devait reprendre le bar, si on peut appeler ça un bar, à Osaka. Tout comme il a considéré qu'il devait accompagner son père jusqu'à la fin.

Sauf que vous vouliez pas qu'il parte.

C'est vrai. Je voulais pas. J'aurais préféré que mon fils prenne une autre décision.

Mais il en avait besoin. Et il savait qu'il en avait besoin. À de rares moments, Michael arrive à voir plus loin que le bout de son nez. Il faut croire qu'il s'est amélioré d'ailleurs. Et même si jamais je le lui avouerai, et t'as pas intérêt à lui raconter que je te l'ai dit non plus, je suis fière de lui pour ça. Le voir prendre des décisions, de grandes décisions, ça me rend fière. Là je crois pas qu'on soit face à l'un de ces moments.

Mitsuko croise les bras et les pose sur la table. Elle me regarde enfin.

Tu vois où je veux en venir, elle me demande.

Je suis pas sûr.

Ce que je veux dire, c'est que si tu laisses Michael faire ce qu'il a à faire, il finira par revenir. C'est sûr. Seulement ce sera peut-être trop tard pour toi. Mon fils t'aime beaucoup.

Moi aussi je l'aime.

Exactement. Du coup dis-lui ça. Mot pour mot.

Et ça va le faire changer d'avis ?

Je sais pas trop. Y a plusieurs situations possibles. Mais ça va l'aider à prendre la décision qu'il veut vraiment prendre, plutôt que celle qu'il pense devoir prendre. Ou celle qui correspond à l'option la plus facile.

Tout va bien se passer, Mitsuko continue. Tout ira bien. Je te le promets.

Si vous le dites.

Je le dis.

T'as de qui tenir, Mitsuko ajoute. Avant de quitter la cuisine, elle me pose une main sur la nuque.

Quand je vois que Ximena est de retour à la garderie, et même si je sais pas trop à quoi m'attendre en ce premier jour, je remarque qu'elle est en train de feuilleter un magazine alors qu'on est sur le point d'ouvrir.

Ximena me fait un clin d'œil en me voyant arriver.

Noah a laissé l'appart dans un putain de gros bordel ce matin, elle me lance.

Qui a une femme heureuse, a une vie heureuse.

Ta gueule. C'est vraiment un gros porc. Il laisse ses tasses sur la table et tout. Il a dit qu'il allait faire des efforts, mais voilà, il recommence à foutre la merde.

Tout se joue dans les détails.

Mon cul. Je suis pas sa putain de femme de ménage.

Fin de la lune de miel donc. Content que tu sois de retour.

Ça a aucun rapport. Le mariage est terminé depuis longtemps.

Mais regarde ça, elle dit en me montrant son bronzage ; et effectivement, sa peau resplendit d'un bronze vif, des épaules au bout des doigts.

Je brille littéralement putain, Ximena continue.

La différence elle est là. C'est ça qui compte.

T'aurais très bien pu faire ça sans lui, je lui dis.

Sans déconner, Kierkegaard. Tu crois vraiment que je suis pas au courant ?

C'est là tout le truc, Ximena ajoute en me faisant un clin d'œil : y a pas que le soleil que je voulais sentir sur moi.

Les gosses sont déchaînés aujourd'hui. Quand je demande à Marcos et à Lorraine de se calmer un peu et d'arrêter de courir partout, ils se contentent de gonfler les joues pour piquer un sprint encore plus intense. Quand je demande à Silvia de poser les crayons de couleur, elle casse en deux ceux qu'elle a en main. Je dis pour la quinzième fois à Xu et Ethan qu'ils me rendraient le plus grand service du monde s'ils voulaient bien arrêter de se donner des coups de poing, alors les deux frères me regardent en clignant des yeux, avant de faire exactement ce que je leur ai dit et commencent à se filer des coups de boule à la place.

Merde, Barry me fait. C'est vraiment la fin du monde là.

Cherche pas à comprendre, Ximena répond.

Les gosses se contentent de hausser les épaules. Ils font leur truc.

Pour être honnête, en vérité, on peut pas leur en vouloir. C'est pas leur faute. On faisait la même chose à leur âge, et on le referait si on en avait la possibilité.

À la fin de la journée, pendant que Barry et Ximena commencent à passer l'aspirateur, la serpillière et le balai, je rejoins Ahmad, qui est assis près de la porte. Tous les autres gamins ont été récupérés, mais lui, il reste calme, les mains sur les genoux. Il a passé toute la matinée à faire des coloriages dans un petit carnet, celui que ses parents lui ont acheté, m'a-t-il dit, et tout l'après-midi à tenter des paniers sur le terrain de basket. D'abord avec Barry. Puis avec Ethan et Xu. Ensuite avec Thomas, Margaret et Silvia, jusqu'à ce qu'il reste plus qu'Ahmad.

Là, il est encore en train de colorier. Les pastels se mélangent pour former de minuscules systèmes solaires tout brillants.

Je lui demande s'il est encore en grève.

La grève est terminée. T'es en retard.

Au moins, je lui dis, t'as fini par aller chez le coiffeur.

Cette coupe me va très bien.

D'accord à cent pour cent.

C'est Daliah qui me l'a conseillée.

Daliah.

C'est une fille de mon école.

Ah bon. Cinq points pour Daliah.

C'est la personne la plus intelligente que je connaisse. Enfin presque.

Presque ?

Ouais, Ahmad répond en se mordant la lèvre tellement il réfléchit fort.

Il ajoute, Ximena est plutôt intelligente aussi.

Regarde, il continue en me montrant son dessin. Pour que je le voie mieux, Ahmad me pose son carnet sur les genoux.

Il a fait une planète verte entourée de quelques rares étoiles. Au centre, il a dessiné deux hommes. L'un d'eux représente très clairement son frère. L'autre doit impérativement aller chez le coiffeur.

Je peux te demander ce que ça représente.

Tu vois pas ?

En général, c'est plus poli de demander.

C'est l'univers, Ahmad répond d'un ton pragmatique.

Et puis aussi, il ajoute en faisant un geste vers les deux hommes. Tu sais, quoi.

Omar arrive enfin pour récupérer son petit frère. Il a enlevé sa blouse, et passé un sweat-shirt et un short.

On va toujours dîner ensemble ?

Ahmad laisse son frère lui caresser la tête. Les deux se ressemblent absolument pas, mais on voit qu'ils vont bien ensemble.

Les gens disaient la même chose de moi et mon père, et de mon père et ma sœur.

C'est aussi vrai pour Mitsuko et Mike.

C'était aussi vrai pour Mike et moi.

Ouais, je lui dis, sauf si t'as changé d'avis.

Nan, Omar répond en me tapant sur l'épaule, je vais prendre sur moi.

En sortant, je vois Ximena et Barry, collés l'un contre l'autre, qui sont en train de nous observer ; ils se moquent de moi et s'amusent à me tirer la langue. Je m'apprête à leur faire signe de dégager, mais Ahmad capte mon regard à ce moment-là, du coup je le fais pas.

Le gamin dit rien. Il se contente de lever les yeux au ciel.

Omar nous conduit tous les trois à Montrose, en fonçant direct vers le parking du Burger Shack. Les baffles balancent du Beyoncé approximatif, jusqu'à ce qu'Ahmad chope le portable de son frère pour mettre un truc qui ressemble à de la K-pop, un son synthétique bien lourd. Il se retourne pour me demander si je connais. Je lui réponds que non.

Les paroles sont faciles à retenir. Tu vas y arriver.

Je commence à dire un truc, Omar intercepte mon regard dans le rétroviseur intérieur ; et à nouveau je garde mes idées pour moi.

Quand on le repère enfin, Mike a déjà une bouteille d'eau à la main. Il porte des lunettes de soleil et un short. Il fait une putain de chaleur, typique du début de la saison infernale dans le Sud-Ouest, et les ventilateurs installés dans le patio galèrent à rafraîchir l'attroupement de corps qui s'est réfugié à leur niveau. Omar avance tout doucement vers la table et, au moment où il bégaye un bonjour, je lui touche le bas du dos, un geste qui, par pure inadvertance, se transforme en un genre de caresse. Ahmad nous adresse même pas un regard, tellement il est concentré sur l'argent qu'Omar lui a passé pour qu'il aille nous acheter des burgers.

Mike donne une petite tape sur le banc à côté de lui. Je m'approche pour m'asseoir, mais il me fait signe de m'arrêter.

La place est réservée à notre nouvel ami.

Vous vous connaissez même pas, je lui fais.

D'où ce petit rendez-vous, Mike répond. Allez, viens.

Omar mord à l'hameçon. Je vais me poser près d'Ahmad, qui est revenu avec quatre steaks de bœuf sur un plateau. En regardant les deux hommes devant moi, je me dis qu'ils pourraient tout à fait incarner les faces A et B du disque de ma vie.

En me tournant vers Mike, je lui demande, Tu prends pas de bière ?

Pas de bière, il répond en secouant la tête.

Omar l'interroge, Alors, comment s'est passée ta journée ?

Oh tu sais, j'ai un peu bougé, je suis allé régler quelques affaires.

Benson m'a expliqué que t'allais bientôt quitter la ville, c'est ça ?

Cherche pas à comprendre. Ben fait son maximum pour se débarrasser de moi.

C'est faux, je réplique.

OK, c'est faux, Mike me dit.

Je demande à Mike comment ça s'est passé au boulot, il me répond d'un simple hochement de tête. Une ombre lui couvre le visage. Elle disparaît aussitôt.

Tout est bien qui finit bien, Mike fait.

Je m'apprête à parler et, à ce moment-là, Ahmad me tire la manche. Il me montre un truc sur son portable. C'est une note qu'il a rédigée.

Elle dit : tt va bien ?

Je lance un regard au gamin. Je lui prends son portable.

J'écris : oui 😆.

En relevant la tête, je vois Mike et Omar en train de discuter.

Je les observe.

Je me retourne vers Ahmad.

Du coup, comment ça va toi ?

Sans même lever la tête de ses frites, Ahmad me fait un sourire qui découvre toutes ses dents.

Un genre de silence plutôt agréable finit par s'installer. Les Blancs autour de nous continuent à parler pour rien dire, tandis que l'écran derrière nous passe la rediffusion d'un vieux match des Astros. En se bouchant vraiment fort les oreilles, on peut oublier le bruit de la circulation sur Montrose. En réalité tout ce qui nous entoure commence à se fondre en un seul truc, un énorme vortex qui nous aspire complètement.

En regardant son frère, Ahmad lui demande s'ils vont encore rester là longtemps. Quand Omar lui répond que c'est très malpoli, le gamin se met à tirer la gueule.

Mais on fait rien là, Ahmad dit.

Tout a pas besoin de ressembler à un film d'action, Omar réplique.

On est en train de profiter de la compagnie de l'autre, Mike dit, les mains sur le ventre. Il fait bon dehors. Je grossis de plus en plus.

T'es pas gros, je lui dis.

T'es très beau, Omar ajoute. On se tourne tous vers lui, mais il a l'air de le penser vraiment.

Pour la deuxième fois en deux jours, Mike a sincèrement l'air perturbé.

Omar dit ça à tout le monde, Ahmad lâche en écrivant un truc sur le portable de son frère.

Pour être honnête, ça m'a fait un bien fou de l'entendre, Mike répond.

Il essaie juste de t'avoir dans la poche, je lui explique.

Non, Omar insiste d'un air sévère, le regard fixé sur moi. C'est vrai.

Il s'adosse contre le banc, les bras croisés.

Omar, en ouvrant grand les bras, lance, Franchement, regardez-nous. C'est incroyable, nan ? Comment on a fait pour arriver ici ?

Alors, légèrement grisés par ces mots, on a tous les trois levé les yeux vers l'auvent en bois qui nous surplombe.

Je veux dire, Ahmad précise, il sort vraiment ça à tout le monde.

Aucun de nous parvient à terminer son plat. On se retrouve avec des micro-restes de burger. Ahmad demande un doggy bag pour le sien, dans lequel il met aussi le reste de frites d'Omar. On se lève tous, sans trop savoir quoi faire de nos mains, jusqu'à ce qu'Omar prenne Mike dans les bras.

Ensuite je prends Omar dans les bras.

Et puis Mike vient me prendre moi dans les bras.

Entre chaque séquence, on va tous serrer la main à Ahmad, qui hoche la tête à chaque fois.

Il finit par demander à Omar, Est-ce que, s'il te plaît, on peut y aller ?

Je dis à Omar qu'on se revoit bientôt, il me répond d'un hochement de tête en souriant. Malgré moi, un sourire se dessine aussi sur mon visage. Je me rends compte qu'il m'a toujours pas quitté en entrant dans la voiture, quand Mike me le fait remarquer.

C'est rien.

C'est jamais rien, Mike répond. T'as l'air heureux. Je suis heureux pour toi.

En plus il t'aime bien, Mike ajoute.

Ta gueule.

Non. C'est important. Et toi tu l'aimes bien, pas vrai ?

Je regarde la route devant nous. On est à peine début mars, mais le béton commence déjà à scintiller sous l'effet du soleil. Un jour, on va lever les yeux, et ce sera de nouveau l'été. Personne l'aura vu venir.

Je sais pas trop.

Ça se comprend.

Mais il se pourrait que tu l'aimes bien, il dit.

Euh.

Oui. Oui. Je crois que ça se pourrait.

Alors t'as pas besoin d'en demander plus, Mike répond en prenant à gauche ; je cherche pas à voir son visage, je veux pas savoir quelle tête il est en train de faire.

On s'apprête à entrer dans notre appartement quand on est pris en embuscade : un skateboard venu de l'autre côté de la rue se dirige droit sur Mike, manquant d'entrer en collision avec sa cheville. Il fait pas trop attention, on dirait qu'il est carrément sur une autre planète. Mais il arrive quand même à l'arrêter avec le talon, tout en faisant un grand sourire satisfait aux gamins à qui il avait échappé.

Y a un petit temps de latence, après quoi ils apparaissent tous d'un coup. C'est nos voisins. Ils sont désolés. Ils demandent à Mike si tout va bien, et dans le même souffle ils nous implorent de rien raconter à leur père.

Il va casser le skateboard sinon. Le plus âgé d'entre eux a parlé d'un ton pragmatique.

Le plus jeune lance, S'il vous plaît s'il vous plaît s'il vous plaît s'il vous plaît por favor por favor s'il vous plaît s'il vous plaît.

Mike se pince les lèvres en réfléchissant à sa décision. Et il saute sur la planche, doucement, tendrement. Il se penche en avant, puis en arrière, avant de tenter un petit ollie. Quand les gamins comprennent ce qui est en train de se passer, ils commencent à sourire, puis à rire, avant d'applaudir et de pousser des cris d'encouragement à côté de lui, pendant que moi aussi j'applaudis, en pleurant.

8

Mon père me fait, C'est pas ça qu'on dit ? Comme tu les rencontres, tu les perds ?

Je lui demande qui c'est on, il me demande de lui passer le sirop. On est dans un diner de l'autre côté de l'I-610. Y a des flics à toutes les tables, ils font comme si on était pas là. J'ai laissé Mike passer le reste de l'après-midi avec sa mère. Elle a son vol demain, son fils la rejoint dans quelques semaines, et on a toujours pas décidé de ce qu'on allait faire, mais Mike m'a déjà dit, plus d'une fois, que son père lui avait laissé de l'argent pour ça aussi.

Le psy de mon père lui a conseillé d'aller explorer de nouveaux endroits, de reconnecter avec le monde extérieur, ce que mon père m'explique en grommelant entre deux bouchées de pancake, et je sais très bien qu'il attendait ce conseil depuis longtemps. Il a recommencé à donner des cours, de façon limitée pour l'instant. Il pourra en faire un peu plus à la rentrée.

Là, il est assis avec moi dans le box, les jambes croisées, un verre de jus d'orange à la main. Il a une pile de copies posée à côté de lui. Elles sont recouvertes d'encre verte et de quelques traces de bleu.

Je demande à mon père des nouvelles de Lydia, il me répond d'un grognement.

Ta sœur pense que je suis chiant à mourir.

Elle aime bien faire des trucs de son côté, c'est tout.

Tout le monde aime faire des trucs de son côté, mon père répond. Ça veut pas dire que tu peux pas partager certains moments.

Elle est venue habiter avec toi, Papa, je lui dis. À la façon dont il sirote son jus, je sais que ça lui fait plaisir, et qu'il veut que je sache que ça lui fait plaisir.

Ma mère et lui se sont promis de prendre un café ensemble de temps en temps. Quand je lui explique que De temps en temps c'est plutôt vague, mon père me répond que ma mère lui a dit que c'était là tout l'intérêt.

Elle est persuadée que ça va me mettre la pression pour que ce soit moi qui organise quelque chose, il ajoute.

Elle a raison.

T'es bien le fils de ta mère.

C'est vrai. Mais je suis le tien aussi.

Les pancakes sont pas mauvais. On demande à la serveuse, une vieille femme noire, de nous apporter encore un peu de sirop. Mon père est convaincu que, pour suivre les consignes de son psy à la lettre, il a juste à tenter chaque diner de l'I-610.

C'est un mec sympa. Jeune. Mexicain, je crois. Il a posé le drapeau sur son bureau. Au début, j'avais peur qu'il raconte que des conneries, vu que, tu sais, personne t'apprend à gérer les vieux négros à l'école.

J'en sais rien pour être honnête.

Si, bien sûr que tu sais.

Tu joues le fermé d'esprit, là.

T'es le plus optimiste des pessimistes que je connaisse.

Je me fais du souci pour tes étudiants.

Ils vont s'en sortir. T'y es bien arrivé, toi.

Par contre mon psy, mon père continue, je crois bien qu'il est, tu sais. Comme toi.

Comme moi.

Tu sais.

Dis-le.

Gay, mon père lâche.

Je regarde mon père en clignant des yeux. Il se contente de hausser les épaules.

Quand il se lève pour sortir du box en balançant un billet de vingt dollars sur la table, ses mots se mettent à résonner en moi comme une alarme.

J'ai pas besoin que tu me cases avec qui que ce soit.

Tu sais jamais, mon père me répond.

Le fais pas.

Je lui ai déjà dit que vous iriez super bien ensemble.

J'ai pas besoin de ça pour le moment.

Bien sûr. Mais parfois les moments passent.

On sort du restaurant les mains dans les poches. Mon père fait de petits hochements de tête en se dirigeant vers sa camionnette, sans un mot. La nationale est derrière nous, elle laisse place à un enchaînement de ponts ; dans l'air flotte à la fois une légère odeur d'essence, une légère odeur de gâteaux et une légère odeur de Houston.

Mon père ajuste le rétroviseur puis boucle sa ceinture. Je le regarde manœuvrer pour sortir du parking. Avant de s'engager sur la route, il se retourne pour me dire au revoir de la main.

Alors que je suis en train de rentrer à l'appartement, je décide de m'arrêter en chemin pour aller chez le coiffeur. Rien d'incroyable. Juste assez pour me donner l'impression qu'un truc concret a changé chez moi. Je me fais couper la même longueur que d'habitude.

Et j'arrive sous le porche.

Et je me retrouve sur le pas de la porte.

Et je tombe sur Mike, complètement voûté sur la valise de sa mère ; à moitié affalé dessus, il lutte pour descendre la fermeture éclair jusqu'au bout.

Je lui dis qu'il ressemble à un personnage de dessin animé.

Ferme plutôt ta gueule et viens m'aider, il lance en grognant.

Je lui demande où est passée Mitsuko. Mike m'indique notre chambre d'un mouvement de tête.

Elle a fermé la porte à clé, on entend l'eau couler à la salle de bains, mais des sanglots étouffés recouvrent le bruit. Je regarde Mike, il est complètement absorbé par la valise. Il est en sueur, donnant tout pour effacer les pleurs de sa mère.

Du coup je me mets à genoux par terre. Je m'allonge près de lui en poussant la valise. Mais elle refuse de bouger. Je suis sur le point d'abandonner quand je sens Mike se retourner, se coller contre moi et mettre ses bras autour de mon ventre. Je garde les mains sur la valise, sinon elle va exploser, sans que Mike réagisse. Il se contente de me serrer fort.

Y a encore une petite flamme entre nous. Elle est pas assez intense pour nous brûler. Elle pourrait, si j'en avais envie, et je suis surpris rien qu'en me voyant y penser.

Il me chuchote à l'oreille, Tu peux encore changer d'avis.

Je reste comme ça, à genoux, quelques secondes.

Et puis je lui réponds, C'est vrai, je peux.

OK, Mike dit. C'est tout. L'important c'est que tu le saches. Et que je sache que tu sais.

Je sais.

À ce moment-là, la porte de la salle de bains s'ouvre, et Mike me passe dessus pour fermer la valise, ce qu'il réussit à faire.

Mitsuko a le visage tout rouge. Elle est complètement décoiffée. Elle est en survêtement en train de sécher ses larmes, et moi je peux pas m'empêcher de trouver que, même dans un tel état de désespoir, elle est absolument magnifique.

Elle nous dit que si on a fini de rien de foutre, elle est prête à partir.

Je demande à Mike ce qu'elle entend par là, il se contente de hausser les épaules. Il dit qu'ils ont des courses à faire. Si j'y tiens vraiment, je peux m'incruster.

On peut rouler d'un point à un autre de Houston en ayant quand même l'impression d'avoir atterri dans un tout autre pays. De Bellaire à Sugar Land à Katy au centre des affaires au centre-ville à River Oaks à Montrose aux Heights à l'East End au Third Ward au Warehouse District, puis demi-tour.

De temps en temps, c'est même pas la peine d'aller très loin, et c'est là qu'on se rend : on passe un pont, avant de se retrouver sur Wheeler. On continue dessus, jusqu'à arriver sur Elgin, puis Studemont, puis Memorial. Mike gare la voiture devant le parc, qui surplombe le bayou ; sa mère et lui sortent en même temps, comme s'ils avaient déjà répété la scène.

On s'engage sur le chemin qui mène au parc. On est en milieu de semaine, du coup y a pas grand monde dehors. Deux ou trois clochards sont allongés sur l'herbe, les jambes croisées. Un couple de jeunes Blancs prend le soleil sur une serviette posée à côté d'eux, accompagnés de leur bébé et d'une bouteille de vin.

On s'arrête devant une passerelle au niveau du bayou. Mitsuko met ses lunettes de soleil. Mike me lance un regard, avant de sortir un truc de son sac à dos : l'urne. Il regarde le couvercle quelques secondes, avant de l'embrasser, ce qui me fait tressaillir, c'est le genre de baiser que tu donnes quand tu sais que tu vas plus jamais revoir un truc, un truc avec lequel t'as été en conflit pendant des décennies, pendant toute ta putain de vie, et c'est seulement ensuite que Mike passe l'urne à Mitsuko, qui y réfléchit pas à deux fois, elle la prend, elle l'ouvre, et les cendres s'en échappent direct.

On les regarde s'éparpiller dans les airs. Elles volent dans le ciel, toutes ensemble, dans un même mouvement. Elles s'effritent petit à petit, avant de fondre au point de devenir invisibles, de se faire emprisonner dans les lattes en bois du pont ou dans la rivière, voire de disparaître complètement, jusqu'à ce qu'on soit les seuls à pouvoir attester du fait qu'elles ont un jour existé, jusqu'à ce qu'on finisse par les oublier elles aussi, même si on sait qu'à ce moment-là elles seront encore quelque part, sans doute. Y a rien de très beau à ça.

Mitsuko retire ses lunettes de soleil. Je me tourne vers Mike, qui a les yeux fermés. Sa mère s'agrippe à la rambarde du pont, elle se tient sur la pointe des pieds et puis, de tout son corps, elle hurle, PUTAIN.

Mitsuko nous annonce qu'elle va certainement pas faire la cuisine pour sa dernière soirée dans le pays, du coup on se dirige vers le plus quelconque des Tex-Mex du quartier.

L'atmosphère y est beaucoup trop festive pour notre état d'esprit. On entend de la salsa au milieu du vacarme des clients blancs occupés à claquer leur fric pendant l'happy hour. Un petit jeune en costard nous conduit à notre table, avant de nous dévisager une première fois, puis une deuxième. Après ça, il nous confie à une serveuse qui peut pas avoir plus de quinze ans.

Par contre, elle est à fond. Elle note les commandes de tout le monde, y compris les ajouts successifs de Mike, elle nous pose des questions, elle nous fait des suggestions et, après nous avoir répété tout ce qu'elle a écrit pour s'assurer d'avoir rien oublié, elle disparaît.

Mike se retrouve avec un verre d'eau. Moi je me suis démerdé pour avoir une bière. Mitsuko, elle, est assise devant une margarita qui fait la taille de sa tête. Aucun de nous prononce le moindre mot, tandis que les cris des fêtes dans la salle nous submergent peu à peu.

Dans le box en face de nous, je surprends un gamin qui nous jette des coups d'œil furtifs par-dessus l'épaule de sa mère. Quand je le regarde en plissant des yeux pour lui faire peur, le gosse a pas la moindre réaction.

En deux gorgées, Mitsuko a bu la moitié de sa margarita.

Et donc, elle nous dit, qu'est-ce qu'on fait maintenant ?

Ton avion décolle à 6 heures, Mike lui répond. On va se débrouiller pour que tu sois là-bas une heure avant.

Non, Mitsuko lui fait en le renvoyant de la main, avant de se tourner vers moi.

Qu'est-ce que vous allez faire pour vous deux ? elle demande.

Benson, elle ajoute, est-ce que mon fils t'a expliqué ce qu'il voulait ?

Je me tourne vers Mike. Il est en train de regarder sa mère, sans que j'arrive encore à déchiffrer l'expression sur son visage.

On va pas parler de ça maintenant.

Bien sûr que si, Mitsuko répond. Benson ?

Mike va partir. À Osaka. Et moi je vais rester ici.

Et ça s'arrête là ?

Je crois bien.

Mitsuko marmonne un Mmh, avant de finir sa margarita cul sec.

Quand la serveuse repasse par notre table pour savoir s'il nous faut autre chose, Mitsuko lui en commande une deuxième.

Ma, Mike lui fait.

Mon amour, Mitsuko répond.

Écoute, elle dit, une fois son nouveau verre posé devant elle. Est-ce que je t'ai déjà raconté mon premier rendez-vous avec Eiju ?

Je vivais à Osaka depuis quelque temps. Il a proposé qu'on aille dans un bar. Ce qui est super original. Personne a jamais eu cette idée avant lui. Moi, dans ma tête, je réfléchis pas trop, je vaux mieux que ça. Je réfléchis pas au fait que, si ça se trouve, il cherche juste à s'amuser un peu. Je réfléchis pas à ce qu'il veut vraiment, parce qu'à ce moment-là j'avais un copain, un type bien. Stable. C'était le cousin d'Eiju, à vrai dire. Et à l'époque je comprenais que dalle. Eiju m'a expliqué où le retrouver, et je lui ai dit d'accord. En arrivant sur place un peu plus tôt que l'heure du rendez-vous, j'ai examiné l'endroit.

Il avait l'air parfaitement normal. Je me suis commandé un verre, et j'ai attendu.

Je suis partie au bout de trois heures. Cent quatre-vingts minutes.

Il s'est jamais pointé. Il est jamais venu. J'étais à la fois hors de moi et soulagée, c'était exactement le genre de truc que j'aurais dû voir venir, et en même temps ça m'évitait d'avoir à faire quoi que ce soit comme choix. J'ai retrouvé mon copain le lendemain après-midi et je lui en ai même pas parlé, je me suis juste dit que c'était la volonté divine. Qu'Il était intervenu pour remettre ma vie sur le droit chemin.

Notre serveuse revient accompagnée d'un autre type. Ils déposent trois plateaux de poisson pané, de pinto et de riz jaune sur la table. Le nouveau type nous sert des tortillas qu'il dépose dans un bol ; il reste un peu pour fixer Mike des yeux. Le fils de Mitsuko le remarque même pas, il est trop occupé à regarder sa mère.

Mitsuko prend une fourchette pour découper son plat, mais sans rien en manger.

C'est seulement la semaine suivante que je revois Eiju, elle reprend. Il frappe à ma porte jusqu'à ce que je lui ouvre. À ce moment-là, je le vois couvert de blessures. Il a les mains complètement bandées. Des hématomes partout sur le visage. Il est tellement amoché que je me sens obligée de lui demander ce qui s'est passé, et tu sais ce qu'il me répond ? Ça te regarde pas. D'un coup, il me montre qu'à ses yeux je suis qu'une personne comme une autre. Ou carrément personne du tout. Juste une fille qui sort avec son cousin. Je lui referme la porte à la gueule.

On se reparle pas pendant des mois, même s'il passe son temps chez mon copain à fumer sur le canapé. Et quelques semaines plus tard, l'un des amis de mon copain m'explique que c'est mon copain qui a frappé Eiju. Soit le matin de notre rendez-vous, soit le soir juste avant. Il était allé chez lui, il s'était installé sur son canapé, et puis il avait défoncé la gueule de son cousin. Au début j'y ai pas cru, et quand j'en ai parlé à mon copain il a tout nié. Mais il mentait, ça se voyait. La vérité a fini par éclater. Il m'a expliqué qu'il avait trop honte pour m'en parler. Qu'il avait peur de me perdre, qu'il m'aimait tellement, alors je lui ai annoncé que notre relation était terminée.

J'ai arrêté d'aller chez mon copain, du coup Eiju devait bien revenir vers moi. C'est ce qui a fini par arriver. En plein milieu de la nuit. Il s'est pointé en veste et pantalon de costard, la totale. Un vrai costume de clown. Je lui ai demandé s'il avait bu, et la réponse était évidemment oui, mais il m'a dit qu'il avait quand même envie de m'emmener dîner dehors. À ce moment-là j'avais déjà plus de recul, et je me suis quand même dit que je lui devais bien ça. Je lui ai expliqué que je voulais pas qu'on aille trop loin. J'ai juste enfilé des espèces de chaussons, une veste, et on est allés manger un curry de l'autre côté de la rue.

Eiju a passé tout le repas à dire à quel point le curry était bon. Moi j'avais grandi avec. Ça faisait des années que chaque fois que j'étais à Osaka je venais manger ici. Il a commandé un premier bol, puis un deuxième, et ensuite je lui ai demandé pourquoi il m'avait jamais expliqué que c'était mon copain qui lui avait fait ça. Alors, Michael, ton père, qui avait encore la bouche pleine, m'a regardée droit dans les yeux et m'a dit, Pour la simple et bonne raison que tu m'aurais pas cru. T'aurais pensé que je racontais des conneries. Le truc avec les types comme lui, c'est qu'ils finissent toujours par montrer leur vrai visage, et toi tu l'aimais beaucoup trop. Ça t'aurait complètement déglinguée si je t'avais dit quoi que ce soit, si tu t'en étais pas rendu compte par toi-même.

Mitsuko arrête de découper son poisson. Elle fixe l'espace entre nos deux corps assis dans le box.

J'ai dit à Eiju que c'était encore plus douloureux de l'apprendre de cette façon. Il m'a répondu que c'était pas la même chose. Même pas un peu. Il a ajouté qu'il valait mieux découvrir les choses par nous-mêmes. Il avait pas envie d'être celui qui m'en parlait. Il voulait pas que je le voie comme ça.

Et voilà, Mitsuko conclut. Eiju m'a raccompagnée à la maison. Il m'a même pas offert le repas. Il avait à peine assez pour payer le sien.

À ce moment-là, Mitsuko a largement fini de découper tout son repas en morceaux. Elle a aussi englouti sa troisième margarita, dont elle a récupéré la tranche de citron pour jouer avec. Derrière nous, un quatuor d'adolescents en costumes de mariachis s'est mis en position pour entamer une chanson de joyeux anniversaire. La femme en hijab à qui ils chantent la sérénade affiche un sourire jusqu'aux oreilles. Ses amies sont assises à côté d'elle, elles applaudissent en rythme.

Mike demande, Et c'était quoi l'intérêt de tout ça ?

L'intérêt, Mitsuko fait.

L'intérêt de nous raconter cette histoire.

De quoi tu parles.

L'intérêt, c'est que c'est comme ça que t'es venu au monde, elle ajoute. Un premier truc s'est passé, qui a mené à un deuxième truc. On s'est pas demandé si ça allait marcher entre nous. On l'a juste fait.

Ça a pas de sens.

T'as juste pas envie que ça en ait un.

Non, Mike répond en reposant ses couverts.

Papa m'a déjà tout raconté, il continue. Quelques jours avant de mourir, il m'a raconté à quel point il t'a attendue. Je lui avais même pas demandé. Il m'a juste raconté, c'est tout.

Papa a pris un vol pour le Japon, il ajoute, et on était censés le rejoindre. T'as fait en sorte que ça arrive pas.

Je regarde Mitsuko. Je regarde la salière posée sur la table. Le bruit assourdissant qui provient des autres box semble s'atténuer d'un seul coup.

C'est évident qu'Eiju allait te raconter ça.

Parce que c'est ce qui s'est passé, pas vrai ?

Papa m'a raconté qu'on était censés le rejoindre au Japon, Mike continue en séchant ses larmes. C'est pour ça qu'il est parti. Il a pris de l'avance, et on était censés le rejoindre. Sauf que c'est jamais arrivé, parce que tu voulais pas. Tu voulais pas qu'on soit de nouveau réunis.

Mike lance de nouveau un regard à sa mère, en la fixant droit dans les yeux. Et à ce moment-là il éclate en sanglots. Les larmes coulent le long de ses joues. Je lui tends la serviette qui était posée sur mes genoux, mais il la laisse tomber ; Mitsuko est juste à côté de lui et, franchement, elle a déjà le regard ailleurs. Elle reprend une gorgée de margarita.

Écoute, Mitsuko lui dit. Imaginons, par pure hypothèse, que t'aies partiellement raison.

Si c'était le cas, elle continue, ça changerait pas mal de trucs. Ça voudrait dire qu'Eiju est pas vraiment un monstre, contrairement à ce que je t'ai raconté pendant seize ans. Par pure hypothèse, ça voudrait dire que tout était ma faute. Que c'est moi qui ai brisé notre famille. Malgré tous ses défauts, ça ferait de moi quelqu'un d'encore pire que lui.

Mitsuko passe le doigt sur sa boucle d'oreille. Elle donne un petit coup contre son verre de margarita.

Par contre, elle ajoute, imagine ce que ça m'aurait demandé de prendre une telle décision. De t'arracher à ton père. Pense à quel point j'aurais pesé cette décision. À quel point ça m'aurait détruite de l'intérieur. Ça voudrait dire que j'aurais fait le bilan de notre situation, pour en conclure que te voir grandir sans lui vaudrait mieux pour toi que de grandir auprès du type d'homme que ton père aurait pu devenir, peu importe ce qu'il était devenu au moment de partir. Ça voudrait dire que je croyais en nous, en toi et moi, plus qu'en tout ce que ton père aurait un jour pu devenir. Et que je serais forcée de passer le reste de ma vie à me demander si j'ai eu tort. Et que, si effectivement j'avais tort, je pourrais jamais faire marche arrière. Que si j'avais tort, cette décision viendrait encore me hanter sur mon lit de mort.

Mitsuko se retourne pour regarder le groupe d'adolescents qui finissent de jouer leur chanson, avant de les applaudir beaucoup trop fort. Ils se tournent alors dans notre direction. L'un d'eux lève le poing.

Quand notre serveuse réapparaît, elle demande à Mitsuko si elle désire une autre margarita. Elle acquiesce, tandis que Mike fait non de la tête. Il dit à sa mère qu'elle doit s'arrêter.

C'est des conneries ça, Mitsuko répond.

Ma, Mike lui fait, encore en pleurs.

Pas de Ma avec moi. C'est moi qui t'ai fait.

T'as pas touché à ton plat.

Benson. Explique-lui.

Je pense vraiment pas que ce soit mon rôle, je lui dis.

C'est votre problème alors, Mitsuko réplique en croisant les bras. À tous les deux. C'est à vous de régler ça.

Je vais en reprendre une, Mitsuko dit en se tournant vers la serveuse. Et je crois que je vais rapporter toute cette nourriture chez moi. Je la terminerai plus tard.

Mike rentre à la maison par le chemin le plus court, mais on prend quelques instants pour regarder le ciel. Une fois dans notre quartier, il se dépêche de se garer, mal, puis il sort de la voiture sans même nous adresser un regard, avant de se diriger encore plus vite vers la porte d'entrée, en passant devant les voisins qui crient son nom. J'attends Mitsuko, qui sort de la voiture avec beaucoup de précautions ; puis, prenant tout son temps pour atteindre notre porche, elle décide de se laisser tomber sur les marches.

Mitsuko sort des couverts de son doggy bag. Elle commence à manger en me regardant. Je viens m'asseoir près d'elle.

On entend le bourdonnement des libellules, attirées par l'unique lumière au-dessus de nos têtes. Tout est enveloppé d'or. La mère de famille vénézuélienne est aussi venue s'asseoir sous son porche ; elle salue Mitsuko de la main, qui lève son plat en réponse.

On est assis, en sueur, sans rien dire. Mitsuko, qui s'évente de sa main libre, scrute le quartier en plissant les yeux. Puis elle retire ses chaussures, qu'elle envoie balader.

Ensuite, elle me fait, Tout ce que je veux dire, c'est que vous vous en sortez bien tous les deux.

Pas trop mal.

Vous vous en sortirez bien, Mitsuko corrige. Vous allez trouver une solution. C'est tout sauf du gâchis, c'est ça que je veux dire. Y a pas de gâchis. Soit rien n'est du gâchis, soit tout est du gâchis. Mais vous, vous pourriez trouver pire situation que d'être ensemble, que de partager la vie de l'autre. Tu comprends ?

Oui.

Alors sois pas énervé.

J'essaierai.

Promets-le-moi, Mitsuko me fait.

Je vous le promets.

Parfait, elle répond en prenant une nouvelle bouchée.

On reste dehors à regarder les voitures qui passent, jusqu'à ce qu'y ait plus rien à voir que l'autre, même si on est pas obligés d'observer tout ce qui nous entoure pour savoir que c'est là. Mike finit par ouvrir la porte d'entrée pour dire à Mitsuko qu'elle ferait vraiment mieux d'aller se coucher, avant qu'elle lui réponde qu'elle est au courant merci, est-ce qu'il croit vraiment que c'est la première fois qu'elle prend l'avion ?

9

La première fois correspond à un souvenir que j'ai réduit à l'essentiel : je crois qu'on est en train de se balader dans le quartier. Je dis à Mike que j'adore ce coin, ou que je pourrais bien apprendre à l'adorer. Il relève la tête beaucoup trop vite, mais c'est trop tard, j'ai déjà vu que ma remarque lui a décroché un sourire. À cet instant précis, alors qu'une catastrophe est sur le point de se produire, Mike me montre une maison en me disant qu'elle penche d'une façon qu'il adore. Je lui montre un chat posé sous un lampadaire, en train de paresser au soleil, en lui disant que j'adore son rapport au monde. Mike me montre les fleurs des champs qui poussent sur le bas-côté de la route. Je lui montre les éclairages au-dessus de nos têtes. On se montre mutuellement des trucs qu'on adore derrière nous, à nos pieds, à chaque coin de rue, derrière les fenêtres devant lesquelles on passe, on se montre tout, sauf nous deux, même si, bien sûr, j'ai compris depuis que c'était déjà un signe.

10

Le lendemain matin, je regarde mon téléphone dès que j'ouvre les yeux. J'ai reçu un message d'Omar : toute une série de cœurs.

J'ai aussi reçu un message de Ximena : un selfie sur lequel elle sourit, dans l'avion, son gosse sur les genoux, la tête de Noah posée contre son coude.

J'ai reçu un message de ma mère : elle me demande de mes nouvelles.

J'ai reçu un message de Lydia : elle voudrait savoir quand je serai libre pour déjeuner.

Et puis j'ai reçu un message de Mike : une série de photos.

Il a dû les prendre pendant que j'avais la tête tournée. La première est de moi avec ma mère. Ensuite, y en a une juste de moi. Et puis une de notre porche.

Et puis y en a une de mon cul, sur lequel il a zoomé et appliqué un filtre. Et puis y en a une de Mike, qui fait un grand sourire à l'objectif.

Par contre c'est un vrai sourire. Je sais que c'est celui-là dont je vais me souvenir. Peu importe la suite des événements. C'est celui-là que je vais garder avec moi.

Mike est déjà réveillé. Il est allongé à côté de moi, les yeux fixés au plafond.

Une fois qu'on a fini de s'habiller, on rejoint Mitsuko au salon. Elle porte les mêmes habits que la veille, l'exacte même veste et les exactes mêmes lunettes de soleil.

IAH est pas très loin en voiture. Mike arrête pas de râler à cause des embouteillages, même s'il est super tôt. Mitsuko me lance un premier regard, puis un deuxième dans le rétro intérieur ; il est suffisamment tôt pour que j'arrive à compter les étoiles qui traînent encore dans le ciel, aussi moches soient-elles. La lune est d'un pourpre moche, une couleur que j'ai jamais vue ailleurs que dans cette ville, même si je suis sûr qu'elle existe partout ailleurs, et que j'essaierai de la retrouver où que j'aille.

On s'arrête devant le terminal des départs ; Mike et moi on aide Mitsuko à sortir ses valises. Son fils ouvre une première fois la bouche, avant de finalement la refermer. Et puis il lui dit à bientôt. Mitsuko lui demande s'il veut vraiment dire bientôt, ou dans pas longtemps, mais avant que Mike lui réponde, sa mère s'avance pour lui murmurer un truc à l'oreille, et c'est là que Mike se décompose ; il se met à pleurer toutes les larmes de son corps, de nouveau, la bouche à peine ouverte.

Ensuite, elle s'avance pour me murmurer quelque chose.

Mais au lieu de me dire des mots, elle vient m'embrasser.

Et je regarde Mitsuko repartir avec ses valises. Elle se retourne pas au moment d'entrer dans l'aéroport. Elle va retirer ses billets, avant de filer dans l'autre sens pour prendre l'escalator, grâce auquel elle s'élève, doucement, gracieusement, comme une bienheureuse, jusqu'à ce qu'elle soit rentrée à la maison.

REMERCIEMENTS

Arlena et Gary.
Alison et Patrick.
Adam, Rachel, Sanda et Isaac.
Thu.
Alex.
Joanna.
Rhonda.
Paul.
Allegra.
Nicole.
Kuniaki et Yuji.
Ryosei.
Hiroyuki et Shinji.
Aja.
Szilvia.
Lou.
Ashley et Min Jung.
Laura.
Toute l'équipe de Riverhead.
Danielle.

PAPIER CERTIFIÉ

Le Livre de Poche s'engage pour l'environnement en réduisant l'empreinte carbone de ses livres. Celle de cet exemplaire est de :
500 g éq. CO_2
Rendez-vous sur www.livredepoche-durable.fr

Composition réalisée par PCA

Achevé d'imprimer en janvier 2024 en Espagne par
LIBERDUPLEX
Dépôt légal 1re publication : février 2024
LIBRAIRIE GÉNÉRALE FRANÇAISE
21, rue du Montparnasse – 75298 Paris Cedex 06

78/9633/4